An Introduction to European Literary Thought and Criticism

欧美文艺思潮及文学批评

主　编　朱宾忠

副主编　鲁晓雁　廖　衡

参　编　郑文东　张　亘　包向飞　鲁晓雁
　　　　卢秋平　熊红萍　陈慧荣　方　茜　万光荣

WUHAN UNIVERSITY PRESS
武汉大学出版社

图书在版编目(CIP)数据

欧美文艺思潮及文学批评/朱宾忠主编. —武汉:武汉大学出版社,2016.9
ISBN 978-7-307-18577-7

Ⅰ.欧…　Ⅱ.朱…　Ⅲ.文学批评史—研究—西方国家　Ⅳ.I109

中国版本图书馆 CIP 数据核字(2016)第 203383 号

责任编辑:叶玲利　　　责任校对:汪欣怡　　　书籍设计:马　佳

出版发行:**武汉大学出版社**　　(430072　武昌　珞珈山)
　　　　(电子邮件:cbs22@whu.edu.cn 网址:www.wdp.com.cn)
印刷:湖北民政印刷厂
开本:787×1092　1/16　　印张:11.5　　字数:271 千字　　插页:1
版次:2016 年 9 月第 1 版　　　2016 年 9 月第 1 次印刷
ISBN 978-7-307-18577-7　　　定价:28.00 元

序 言

对于外语语言文学专业的研究生而言，从事文学研究需要掌握系统的文学理论知识和完备的文学批评史知识。前者现在已经得到足够重视，各语种均开设有形式多样的文学理论课程，而后者则尚未引起足够关注，很多学校也未开设文学批评史课程。有鉴于此，武汉大学外国语言文学学院英、法、德、俄四个专业的教师在全面调研、充分论证的基础上，经武汉大学研究生院批准，于 2012 年起为全院研究生开设一门文学批评史通识课。经过三年的教学实践，形成了较为成熟的授课内容。为了扩大教学研究成果，培育优质课程，稳定教学团队，现将部分讲稿整理成文，适当扩充，编辑成册，予以出版。

全书分为英美、法国、德国、俄国四大板块，按照时间顺序排列，从 16 世纪的英国文学批评开始，到 20 世纪中晚期的俄国文学批评结束，时间跨度约 4 个世纪，在文艺思潮的总体背景下介绍了欧美 20 余位批评家的文艺思想和批评实践，分析了他们在文学批评上的独特价值和独到贡献，力求以一种以点带面的方式呈现出欧美文学批评史的概貌。

英美板块率先介绍的是批评家锡德尼，其《为诗辩护》是英国文艺复兴诗学走出传统的修辞学、逻辑学和语法学，走向独立的标志。锡德尼继承和发扬了亚里士多德的"模仿论"及贺拉斯"寓教于乐"说，明确提出了诗歌的教育和怡情功用，奠定了英国文学批评的道德传统，其文学批评客观公正，不谩骂，不攻击，不搞意气之争，只为探求真理；重论据，讲逻辑，说理透彻，是真正纯粹的文学批评，其语言轻松有趣，流畅自然，比喻鲜活贴切，激发阅读兴趣，堪称后世文学批评之典范。在他的引领之下，英国文学批评逐渐走向了繁荣。之后，分别介绍了德莱顿、蒲柏、华兹华斯、柯勒律治的诗学理论和理查逊、菲尔丁等人的小说理论。其中菲尔丁在小说理论方面最有建树，所涉及的小说理论问题也最全面、最复杂，他深入讨论了小说的性质、内容和创作原则，论述了小说创作的真实性、小说形式、小说家的资格以及小说与读者的相互关系等问题。英美板块最后介绍了"耶鲁学派"的保尔·德·曼、哈罗德·布鲁姆、西利斯·米勒和杰弗里·哈特曼等人的文学批评思想。耶鲁学派反对西方形而上学，打破逻各斯中心主义，在文学批评中革新了英美文学批评传统，揭示语言的修辞性和文本意义的不确定性，瓦解了作家和文本权威，给美国文学批评带来前所未有的活力和深远的影响。在法国板块，笔者介绍了法国存在主义思潮，法国结构主义文论以及剧作家马拉美。马拉美从精神性与哲理性方面影响了存在主义大师萨特，而在纯文本性与理论性影响了法国结构主义，被认为是串联这两个思潮的领路人。在德国板块，笔者分别介绍了戏剧评论家莱辛、法兰克福学派、席勒和里尔克。选择这几位作为德国文学批评史的代表，是因为莱辛以其独创性的"最富孕育性的顷刻"、"化美为媚"等美学观点，表达了与古典主义艺术观截然不同的人本主义的艺术理想；席勒作为美学家，却具有高深的理论造诣，能像哲学家一样思考，他与德国的唯心主义哲学以及浪漫主义文学都有着深刻的关联，但用更加形象化的语言表达了康德深奥难懂的美学理论；而里尔克则用他深刻的思想和高超的技法丰富了诗歌世界，为诗歌世界增添了很多不朽的文学造物。在俄国板块，笔者介绍了形式主义流派、巴赫金文化诗学流派和塔尔图-莫斯科符号学派，这些学派深刻影响现代文论进程，以其思想的原创性、学说的丰富性、理论的辐射力在现代欧美文艺思潮中占据举足轻重的地位。

全书分为十五讲，其中涉及英美的有五讲、法国的三讲、德国的四讲、俄国的三讲。撰稿人分别为廖衡（第一讲）、朱宾忠（第二讲）、卢秋平（第三讲）、方茜（第四讲）、熊红萍（第五讲）、张亘（第六、七、八讲）、鲁晓雁（第九、第十二讲）、包向飞（第十、十一讲）和郑文东（第十三、十四、十五讲）。由鲁晓雁、廖衡负责全书初稿的整理和校对，陈慧荣、万光荣协助搜集相关材料，核对原文引文，朱宾忠负责全书的内容设定、出版策划和二稿及终稿的审校。需要附带说明的是，为了展现各位教师的授课风格，未对各章在篇章结构、论述方式、原文选读等方面做整齐划一的统一要求。

由于欧洲文学批评的发达，批评家的群体庞大，这样一本教程难免挂一漏万，那么，就让此书作为进入欧美文学批评史汪洋大海的一个入海口吧！

编者

2016 年 8 月 6 日于武汉大学

目 录

英国文学批评的肇始：锡德尼及其诗学观

英国文学批评发端于中世纪，最初的批评主要从语法学、修辞学和诗韵学的角度，对文学内部结构和语言等方面进行探讨，或通过文学作品的序言及相关人物来表达文学创作观点，或对相关作品进行印象式点评。如公元 13 世纪的英国学者杰弗里·文索夫（Geoffrey of Vinsauf）用拉丁文创作的《新诗艺》从修辞学角度介绍了作诗的技巧和方法；英诗之父杰弗里·乔叟（Geoffrey Chaucer，1343-1400）在《坎特伯雷故事集》等系列作品中表达了从人物塑造到英诗的语言甚至文学的功用等方面的见解；而首位将印刷术引进英国的印刷商兼翻译家威廉·卡克斯顿（William Caxton，1422-1491）则为他所印刷出版的文学作品写序，申述筛选的理由，在其印象式的点评中包含着文学批评标准的萌芽。①

随着英国文艺复兴时代的到来，人文主义的沃土不仅滋养了欣欣向荣的文学创作，也催生了人们对文学本质和功用的严肃思考。伊丽莎白时期出现了英国文学批评史上首位比较系统地论述诗学理论的批评家——菲利普·锡德尼（Philip Sidney，1554-1586）。锡德尼的《为诗辩护》开启了英国文学批评的"自我塑造"，是英国文艺复兴诗学走出传统的修辞学、逻辑学和语法学，走向独立的标志。②

一、锡德尼其人：谦谦君子，铮铮铁骨

菲利普·锡德尼是英国伊丽莎白女王执政时期的"全能绅士"，"文艺复兴式的通才"（Renaissance Man）。他集多重身份于一身，不仅是才华横溢的诗人和文艺理论家，稳重成熟的政治家和外交官，还是沙场上能征善战、身先士卒的将领。锡德尼相貌俊美，风度翩翩，加之具有高贵的品质、非凡的气度和渊博的学识，因此被誉为"仁侠的模式，风流的镜子"③。

锡德尼出身名门望族，其父亨利·锡德尼（Henry Sidney）是都铎王朝的三朝老臣，在

① 王卫新，隋晓荻. 英国文学批评史. 上海：上海外语教育出版社，2011：12-13.
② 王守仁，胡宝平. 英国文学批评史. 南京：南京大学出版社，2012：33.
③ 王佐良，何其莘. 英国文艺复兴时期文学史. 北京：外语教学与研究出版社，2006：61.

伊丽莎白执政时期被任命为爱尔兰总督，其母来自著名的达德利家族①，锡德尼的舅舅是伊丽莎白的宠臣——莱切斯特伯爵罗伯特·达德利（Robert Dudley，1532-1588），这位无子嗣的伯爵曾一度视锡德尼为合法继承人，对其倍加呵护。锡德尼聪慧好学，自小与书为伴，慎思明辨，十四岁进入牛津大学学习，十六岁赢得博学之名，十八岁到欧洲游历，备受当时欧洲诸君主的器重②。

1572—1575 年，锡德尼游历了巴黎、斯特拉斯堡、法兰克福、维也纳、威尼斯、帕多瓦、安特卫普等欧陆城市，学习和进修了多种欧陆语言，广泛结识了欧洲各界的社会名流，开始在欧洲政治生活中崭露头角。当时享誉欧洲的人道主义学者休伯特·兰盖（Hubert Languet，1518-1581）十分赏识锡德尼，认为他将会是推进欧洲新教政治联盟事业的重要新生代力量。他们两人结成忘年之好，一起从法兰克福游历到了维也纳。年长的兰盖犹如锡德尼的精神导师，不遗余力地指导和引荐锡德尼。锡德尼的个人魅力也给欧洲皇室留下了深刻的印象，法国国王查理九世封年仅十七岁的锡德尼为"锡德尼男爵"。在维也纳，锡德尼在开明的神圣罗马帝国皇帝马克西米利安二世（Maximilian II，1527-1576）的朝廷中受到了欧洲人文主义思想的熏陶，并且系统地学习了骑术，为他日后的政治和军事生涯打下了基础。

回国后的锡德尼踌躇满志，积极寻求施展抱负的机会。1577 年，22 岁的锡德尼出使德国，吊唁去世的马克西米利安二世，与德国各王子探讨结成新教联盟的可能性。锡德尼优雅而积极的外交风范赢得了各国的好评。欧洲国际法先驱阿尔贝里科·贞提利（Alberico Gentili，1552-1608）评论道："只有一个人最能代表一个完美的使节的风范和形象……这个人就是菲利普·锡德尼。"③威廉一世（奥兰治亲王，William of Orange，1533-1584）让与锡德尼同行的弗路克·格雷维（Fulke Greville，1554-1628）向女王转达："女王陛下的朝廷有着目前欧洲最为成熟和优秀的国家顾问——菲利普·锡德尼。"④著名的意大利思想家乔尔丹诺·布鲁诺（Giordano Bruno，1548-1600）也非常欣赏锡德尼，将《关于原因、原则和太一》一书献给锡德尼⑤。

或许伊丽莎白女王担心锡德尼所代表的达德利家族势力过于强大，于是开始疏远和搁置锡德尼。当英国准备与德国王子详细讨论联盟事宜时，她派出的代表并不是锡德尼。尽管锡德尼有着过人的政治天赋和远大的抱负，在英国朝廷及欧洲皇室广受好评，但是他在伊丽莎白的朝廷却抑郁不得志。他生性坦率，热情洋溢，常常直言不讳。1579 年，锡德

---

① 达德利家族在都铎王朝历史上扮演了重要的角色。锡德尼的外曾祖父是亨利八世的财政大臣；其外祖父约翰·达德利（John Dudley）更是都铎王朝权倾一时的风云人物，他是亨利八世晚期的海军事务大臣，年幼的爱德华六世即位后，他成为英格兰的保护者，并被册封为诺森伯兰公爵。1553 年爱德华六世临终前，他要求其将王位传给此时已成为他儿媳的简·格雷郡主，但玛丽·都铎（玛丽一世）的支持者们起而反对，最后以叛国罪将其处死。约翰·达德利的第五子，锡德尼的舅舅罗伯特·达德利是伊丽莎白女王宠幸了三十年的莱切斯特伯爵，曾一度被视为王夫的合适人选。

② 钱学熙. "译后记". 锡德尼为诗辩护. 钱学熙，译. 北京：人民文学出版社，1998：69.

③ Stewart, Alan. *Philip Sidney: A Double Life*. London: Pimlico, 2001.

④ Henry Moreley's *A Defence of Poesie and Poems*.

⑤ 钱学熙. "译后记"//锡德尼为诗辩护. 钱学熙，译. 北京：人民文学出版社，1998：69.

尼写信给伊丽莎白女王，公开反对女王与信奉天主教的法国储君安茹公爵的联姻，指出这桩婚事对国家和女王都是危险的，会危及当前稳定的英国政局。同时，锡德尼认为安茹公爵野心勃勃，且薄情易变，时而追求西班牙公主，时而讨好伊丽莎白女王，绝不是可靠的王夫人选。锡德尼之举不仅惹怒了女王，也招致了其他朝臣的怨恨。1580 年，他不得不离开朝廷。

失之东隅，收之桑榆。锡德尼的政治抱负受挫，文学创作却收获颇丰。离开朝廷后，锡德尼住在妹妹玛丽·锡德尼（Mary Sidney，1561-1621，彭布罗克伯爵夫人）的乡间宅邸威尔顿庄园（Wilton House）里。在此，他完成了传奇小说《阿卡迪亚》（*Acadia*，1590）、诗集《爱星者与星》（*Astrophil and Stella*，1591）的大部分十四行诗和诗篇①以及力作《为诗辩护》（*An Apologie for Poetrie*，1591）②。

1583 年锡德尼重新回到朝廷后，受封为爵士。同年，他同国务大臣弗朗西斯·沃尔辛厄姆的女儿弗朗西斯结婚。不久，锡德尼被任命为荷兰海岸行省弗拉辛的总督，赴低地国家（Low Countries）从事军事活动，以抵抗西班牙的军事扩张。至此，锡德尼终于有了施展政治理想的机会，他表现出极大的行动热情、杰出的军事领导能力以及令人钦佩的骑士精神。1586 年，锡德尼在聚特芬（Zutphen）的小规模战争中，不幸因大腿中枪重伤不治，二十六天后，年仅三十一岁的锡德尼离开了人世。据锡德尼好友格雷维尔的描述，战前，锡德尼看到与自己并肩作战的战友威廉·佩勒姆爵士（Sir William Pelham）未佩戴护腿铠甲，便故意卸下了自己的护腿铠甲，以示与他同舟共济，生死与共；在负伤后，锡德尼又把饮水让给某个口渴的伤兵，并对他说："你比我更需要它。"（Thy necessity is yet greater than mine.）病床上的锡德尼虽然深受腿部伤口化脓坏疽的折磨，却表现出极大的忍耐力、平和的心态和高贵的尊严。他在病痛中立下遗嘱，考虑周全，连给他治病的医生的费用都不忘交代。锡德尼还写了一首诗，让别人读给他听。

锡德尼去世的消息使整个欧洲为之震惊，各种讲述和纪念锡德尼英雄事迹的报道层出不穷，锡德尼完美的形象永远留在了英国人民心中：他是英国人的民族英雄，被誉为英勇的"骑士之花"（flower of chivalry），"完美的侍臣"（the perfect courtier）③，"美德的典范"（the peerless paragon of letters and arms），"英格兰男性的表率"。有论者指出，莎士比亚笔下的哈姆雷特那具有"朝臣的眼睛、学者的辩舌、人伦的典范、军人的利剑、国家所属的一朵娇花，时流的明镜、人伦的典范"的形象或许来自于锡德尼留在英国人心中的形象。

---

① 锡德尼的十四行诗是英国最早的十四行组诗之一，它与斯宾塞的《小爱神》和莎士比亚的《十四行诗集》一起被称为"文艺复兴时期英国文坛上流行的三大十四行组诗，见[英]锡德尼. 爱星者与星：锡德尼十四行诗集. 曹明伦，译. 石家庄：河北大学出版社，2008：8.

② 锡德尼的主要文学作品都是在诗人离世之后才陆续出版的。《为诗辩护》在 1595 年出版时有两种版本：一种由 William Ponsonby 出版，标题为 *The Defence of Poesy*；另一种是 Henry Olney 出版的 *An Apologie for Poetrie*。

③ 意大利外交家巴尔达萨雷·卡斯蒂利奥奈（Baldassare Castiglione）在《侍臣论》中描述了一个完美侍臣的榜样："勇敢、精明、热爱真理、多才多艺而且是有文化教养。"对当时的英国人甚至是许多欧洲人来说，锡德尼便是完美侍臣之化身。

锡德尼的遗体从荷兰运回英国后安葬在圣保罗大教堂，在其遗体由伦敦运往圣保罗大教堂的途中，整个城市的街道都挤满了为他送葬的人，灵柩经过时，几乎没有人不为他落泪，人们纷纷高呼："别了！人间最优秀的骑士！"（Farewell, the worthiest knight that lived.）①

二、锡德尼的诗学观

1579 年，清教徒斯蒂芬·高森（Stephan Godson, 1554-1624）出版了《罪恶学堂》(*The School of Abuse*)一书，并把此书献给当时已有诗人之誉的锡德尼。在这本小册子里，高森从狭隘清教徒的道德立场出发，攻击诗人、剧作家和演员，指责诗歌和戏剧宣扬不正之风，败坏道德，与同时代的其他几位反对文学的作者②一起掀起了一股反文学潮流。针对这股"反文学"之风，锡德尼创作了《为诗辩护》一文，驳斥高森之流强加于诗人的莫须有的罪名，反驳他们对文学的污蔑。锡德尼从人文主义学者的视角，借鉴古希腊和古罗马先贤们的诗歌理论，肯定了诗歌的社会功用和道德价值。他还以批评家的视角审视了当代英国文坛，就当时的戏剧创作之不足提出了批评和反思。在《为诗辩护》里，他就诗歌③提出了以下观点：

诗人是高明的创造者。

锡德尼对"诗人"一词从词源学上进行考证，指出诗人在古希腊、罗马人心中享有崇高地位。罗马人将诗人称为"瓦底士"（vates），意为"神意的忖度者，有先见的人，未卜先知的人"。而在他们之前的希腊人则称诗人为"普爱丁"（Poieten），意为"创造者"。锡德尼指出，诗人不肯屈从于自然，他们为自己的创新热情所鼓舞，在作品中创造出另一个自然来；他们所创造的事物比大自然中已有的要么更加美好，要么更加新颖；他们创造出大自然中从来没有的形象，如诸多的英雄、半人神、独眼巨人、妖魔鬼怪和复仇女神等，因而诗人是与自然携手并进的，他不受自然有限的资源束缚，而是在自己广袤的思维世界中自由驰骋。自然从未像诗人那样，用如此华丽的织锦来装扮大地；也没有像诗人一样以如此美妙的河流、丰饶的果树、甜美的花朵和一切诗歌中美好的东西将我们所深爱的土地变得更加可爱，"大自然的世界是铜的，而只有诗人给予我们一个金的世界。

诗歌是光明的给予者、知识的乳娘，一切学问的基础。

锡德尼认为在一切人所共知的高贵民族的语言里，诗歌是开启人们智力的第一缕光线，是我们最初的奶妈。她的乳汁使我们壮实，从而能够接受更"粗硬"的知识。贬低诗歌就是忘恩负义。锡德尼指出，从时间上来说，诗歌的出现早于任何其他学科。在古希腊，诗人荷马的史诗及赫西俄德的诗歌先于任何历史学家的著作；意大利的科学巨匠但丁（Dante）、薄伽丘（Boccace）和彼特拉克（Petrarch）等人首先是以诗歌闻名于世的。其次，

---

① Ousby, Ian, ed. *The Cambridge Guide to Literature in English*. Cambridge：Cambridge University Press, 1998. 868-869.
② 王守仁，胡宝平. 英国文学批评史. 南京：南京大学出版社，2012：26.
③ 在当时泛指文学，在他的论文里时而指诗歌，时而泛指文学。

有形，使人触动，令人愉悦，从而受到教益。以荷马史诗为例，诗人在诗歌里将愤怒、爱慕、哀痛、后悔等抽象概念描摹得生动鲜活，使人如身临其境，亲眼目睹，感同身受。诗之为诗，在于其对人的能力全方位的提升：它能精纯人的智识、丰富人的记忆、提升人的判断力、拓宽人的想象力。

那么，诗歌为何遭人诟病呢？对此，锡德尼推测说，诗歌被人攻讦和贬低，可能有四个原因：(1)有很多别的有用的知识和学问，有人会觉得花时间学那些东西比学诗歌更有意义。(2)有人觉得诗歌是谎言之母。(3)有人认为诗歌会激发不良欲望，并且使人变得软弱，失去斗志。(4)柏拉图看不起诗歌，曾将诗人逐出他的理想国。对这些观点，锡德尼一一予以分析和驳斥，来捍卫诗歌。他承认确实有很多其他有用的学问，但是就教人向善，培养人的高尚情操而言，诗歌最有效，没有任何一门学问可以与之相提并论。说诗歌是谎言之母更是无稽之谈。因为所谓撒谎，就是对不真实的事情予以确认，称其为真，而诗人从来不宣称自己写的东西是真的，只是编个故事讲道理，就像《伊索寓言》里的那些动物故事一样。故事未必实有其事，道理却是普遍存在的。诗人不宣称什么是真实的，从来不像历史学家一样断言他们所写的东西是事实，只讲述什么是应该的。所以诗不是谎言，诗人不是骗子。说诗歌挑起了情欲等不良欲望，那也是张冠李戴，因为挑起这样欲望的不是诗歌，而是诗歌被人滥用，犹如一把宝剑，可以用来杀敌，保家卫国，也可以被忤逆之子用来杀父。逆子杀父，错不在剑，而在逆子，法律不能追究宝剑的过失。诗歌也不会使人胆小，神勇非凡的亚历山大大帝随身就带着荷马史诗，因为史诗里那些英雄的英勇行为就是鼓励人勇敢的最佳范例。最后，说柏拉图鄙视诗人，那是对他的误解。他并不反对诗歌，他反对的是用诗歌来亵渎神灵，换言之，是反对滥用诗歌，而不是诗歌本身，他只是要把渎神的诗人赶出理想国。况且，他本人的哲学论述，往往也借用了诗歌的语言和形式。

锡德尼也并没有一味地替诗歌唱赞歌，他也认真地思考和批评英国文学的现存问题，显示了一个批评家应有的客观与公正。他认识到当时诗人队伍中鱼龙混杂、参差不齐的情况，有不少拙劣的诗人（poet-apes）或称涂鸦之人（paper-blurrer），本来不具诗人之才，仅仅满足于出版的酬劳而为之，敷衍了事，不仅自己出尽洋相，也玷污了诗人之名；许多诗只是"一行引出另一行，诗的开头并未呼应结尾；因而成为一堆混乱的词句，带着叮叮当当的诗韵，却并无多少道理"。他还指出，悲剧和喜剧遭人诟病也并非毫无道理，因为我们的这些剧作有些乱来，既"无礼仪之庄重，也无诗歌之灵巧"。剧情的场景随意变化，缺少现实可信度。剧中的时间处理也很混乱，事件发生得突兀，情节之间缺乏连贯和铺垫，在多幕剧中缺乏有效的剪裁，没有处理好讲述与展现（reporting and representing）的关系。角色设置也有问题，悲喜剧不分，国王与小丑混作一团，该由国王行使严肃崇高帝王职权的地方，却插进一个小丑来插科打诨，结果观众不知道到底该表示崇敬，还是该表示悲悯同情。喜剧作者们没有理解笑与快乐的关系，觉得没有笑就没有快乐，所以不遗余力地制造笑料，这其实是走错了路。喜剧不可纯粹为了逗笑而拿令人鄙视的东西来表演，而要对其进行加工，使人从中感到快乐的同时也获得教益，因为这才是诗歌的目的。由于戏剧表现不佳，结果诗歌遭到牵连，名誉受损，就像没有教养的女儿行止有亏，导致母亲被人议论，声誉受损一样。此外，不少抒情诗或格调浮夸，感情泛滥，缺乏真诚动人的力量，或用词古怪生僻，不合时宜，过于修饰，恣意堆砌，就像烹饪时把所有的调料都放进菜里。艺术技巧要用得恰到好处，让人看不见技巧。而现在不少写诗的人处处炫耀技巧，结果是远离了自然，败坏了艺术。

锡德尼提出戏剧应该遵循"三一律"中时间和地点一致及行动整一的原则。戏剧的表现应该遵从诗的规律而不是历史的规律，也就是说，戏剧的地点不能过于频繁更换，时间跨度不能太大："舞台常常代表一个地方，而舞台上预定的时间，根据亚里士多德的准则和我们的常识，应该不超过一天。"在戏剧"再现历史"时，锡德尼指出，绝不可以从头开始，换句话说，剧作家不必像历史学家一样完完整整地交代事情的来龙去脉，而是要表现最主要的情节。悲剧和喜剧不应简单杂糅。二者有着不一样的效果："喜剧的整个过程应该是令人快乐的，悲剧则应该保持一种巧妙引发出来的令人崇敬的气氛。"若剧作家将两者生硬地捆绑在一起，则会使作品不伦不类，既达不到悲剧所激发的崇敬与怜悯，也没有喜剧的愉悦效果。

锡德尼关于诗歌的思考与赞颂，对于人们认清文学的价值、重塑文学的正面形象、提振文人的信心、反击对文学的恣意攻击、打压清教徒社会思潮起到了积极的反拨作用。同时他对英国文学中所存在问题的冷静观察与思考、认真的剖析与批评，对于纠正文坛弊病、促进文学的良性发展也发挥了长远的影响。《为诗辩护》作为英国文学历史上第一篇重要的文学批评文献，继承和发扬了亚里士多德的"模仿论"及贺拉斯"寓教于乐"说，系统地探讨了文学的本质、特征及社会功用，其中所提出的诗歌的教育和怡情功用，奠定了英国文学批评的道德传统[1]，对英国戏剧规范的探讨为英国新古典主义批评之萌芽，关于诗人想象力的论述也在浪漫主义文学的批评文本中得到了进一步的发展[2]。他的文学批评，不谩骂，不攻击；不贬低他人，不自我吹嘘；不搞意气之争，只为探求真理；重论据，讲逻辑，道理讲得透彻，是真正纯粹的文学批评，而且，他的语言轻松有趣，流畅自然，比喻鲜活贴切，激发阅读兴趣，堪称为后世文学批评之典范。在他之后，英国文学迎来了创作的黄金时代，文学批评也逐渐繁荣起来。

三、《为诗辩护》原文节选

...

At first, truly, to all them that, professing learning, inveigh against poetry, may justly be objected, that they go very near to ungratefulness to seek to deface that which, in the noblest nations and languages that are known, hath been the first light-giver to ignorance, and first nurse, whose milk by little and little enabled them to feed afterwards of tougher knowledges. And will you play the hedgehog, that being received into the den, drove out his host? (A fable from the "Hetamythium" of Laurentius

---

① 王卫新，隋晓荻. 英国文学批评史. 上海：上海外语教育出版社，2011：5.

② Adams, Hazard, & Leroy Searle, eds. *Critical Theory Since Plato*. Beijing：Beijing University Press, 2006. 185.

Abstemius) or rather the vipers, that with their birth kill their parents? (Pliny says in "Nat. Hist.," lib. xi., cap. 62 that the young vipers, impatient to be born, break through the side of their mother, and so kill her.)

...

These be they, that, as the first and most noble sort, may justly be termed "vates;" so these are waited on in the excellentest languages and best understandings, with the fore-described name of poets. For these, indeed, do merely make to imitate, and imitate both to delight and teach, and delight to move men to take that goodness in hand, which, without delight they would fly as from a stranger; and teach to make them know that goodness whereunto they are moved; which being the noblest scope to which ever any learning was directed, yet want there not idle tongues to bark at them.

...

For conclusion, I say the philosopher teacheth, but he teacheth obscurely, so as the learned only can understand him; that is to say, he teacheth them that are already taught. But the poet is the food for the tenderest stomachs; the poet is, indeed, the right popular philosopher. Whereof Aesop's tales give good proof; whose pretty allegories, stealing under the formal tales of beasts, make many, more beastly than beasts, begin to hear the sound of virtue from those dumb speakers.

...

Now, therein, of all sciences (I speak still of human and according to the human conceit), is our poet the monarch. For he doth not only show the way, but giveth so sweet a prospect into the way, as will entice any man to enter into it; nay, he doth, as if your journey should lie through a fair vineyard, at the very first give you a cluster of grapes, that full of that taste you may long to pass farther. He beginneth not with obscure definitions, which must blur the margin with interpretations, and load the memory with doubtfulness, but he cometh to you with words set in delightful proportion, either accompanied with, or prepared for, the well- enchanting skill of music; and with a tale, forsooth, he cometh unto you with a tale which holdeth children from play, and old men from the chimney-corner; and, pretending no more, doth intend the winning of the mind from wickedness to virtue; even as the child is often brought to take most wholesome things, by hiding them in such other as have a pleasant taste; which, if one should begin to tell them the nature of the aloes or rhubarbarum they should receive, would sooner take their physic at their ears than at their mouth; so it is in men (most of them are childish in the best things, till they be cradled in their graves); glad they will be to hear the tales of Hercules, Achilles, Cyrus, Aeneas; and hearing them, must needs hear the right description of wisdom, valour, and justice; which, if they had been barely (that is to say, philosophically) set out, they would swear they be brought to school again. That imitation whereof poetry is, hath the most conveniency to nature of all other; insomuch that, as Aristotle saith, those things which in themselves are horrible, as cruel battles, unnatural monsters, are made, in poetical imitation, delightful. Truly, I have known men, that even with reading Amadis de Gaule, which, God knoweth, wanteth much of a perfect poesy, have found their hearts moved to the exercise of courtesy, liberality, and especially courage.

...

So that since the ever praiseworthy poesy is full of virtue, breeding delightfulness, and void of no gift that ought to be in the noble name of learning; since the blames laid against it are either false or feeble; since the cause why it is not esteemed in England is the fault of poet-apes, not poets; since, lastly, our tongue is most fit to honour poesy, and to be honoured by poesy; I conjure you all that have had the evil luck to read this ink-wasting toy of mine, even in the name of the Nine Muses, no more to scorn the sacred mysteries of poesy; no more to laugh at the name of poets, as though they were next inheritors to fools; no more to jest at the reverend title of "a rhymer;" but to believe, with Aristotle, that they were the ancient treasurers of the Grecian's divinity; to believe, with Bembus, that they were the first bringers in of all civility; to believe, with Scaliger, that no philosopher's precepts can sooner make you an honest man, than the reading of Virgil; to believe, with Clauserus, the translator of Cornutus, that it pleased the heavenly deity by Hesiod and Homer, under the veil of fables, to give us all knowledge, logic, rhetoric, philosophy natural and moral, and "quid non?" to believe, with me, that there are many mysteries contained in poetry, which of purpose were written darkly, lest by profane wits it should be abused; to believe, with Landin, that they are so beloved of the gods that whatsoever they write proceeds of a divine fury. Lastly, to believe themselves, when they tell you they will make you immortal by their verses.

...

But if (fie of such a but!) you be born so near the dull-making cataract of Nilus, that you cannot hear the planet-like music of poetry; if you have so earth-creeping a mind, that it cannot lift itself up to look to the sky of poetry, or rather, by a certain rustical disdain, will become such a Mome, as to be a Momus of poetry; then, though I will not wish unto you the ass's ears of Midas, nor to be driven by a poet's verses, as Bubonax was, to hang himself; nor to be rhymed to death, as is said to be done in Ireland; yet thus much curse I must send you in the behalf of all poets; that while you live, you live in love, and never get favour, for lacking skill of a sonnet; and when you die, your memory die from the earth for want of an epitaph.

第二讲

新古典主义思潮及德莱顿和蒲柏的诗学理论

一、新古典主义思潮概述

在近代欧洲文艺思想史上，先后发生过五次影响重大的文艺思潮，分别是 15 至 16 世纪的文艺复兴，16 至 17 世纪的新古典主义，18 世纪的启蒙主义，19 世纪的浪漫主义和批判现实主义。

新古典主义作为一种崇尚理性，强调模仿自然，倡导典雅的语言和崇高的风格，以形式的均衡、统一、整齐为主要艺术理想的文艺思潮，首先在法国兴起，16 世纪三四十年代逐步形成气候，六七十年代进入鼎盛时期，80 年代末在法国走向衰落，随后流行于整个欧洲。新古典主义既是一种创作风格，也是一套文艺批评的理论体系。

法国新古典主义文艺思潮在法国政治和文化因素的共同作用下应运而生，逐渐壮大，形成气势。政治因素主要体现在法国王室对文学艺术的鼓励、引导和干预上。法国成立了各种文学艺术的官方机构，如法兰西学士院、画家和雕刻家学院等，对文学艺术活动进行统一管理，制定行业规范，对作家艺术家们的活动予以引导和限制，同时也对作家、艺术家在物质、精神方面给予扶持，赢得了知识界的好感与合作。文化因素主要是笛卡尔理性主义哲学思想的影响。他的思想在当时已经被人们广为接受，成为社会的主流思想。他视理性为人人与生俱来的一种能力或良知，人只要不离开理性的指导，悉心地进行研究，就可以获得知识，认识真理；同时理性是绝对的、无上的东西，是检验一切知识是否合乎真理的唯一标准。

在这样的社会历史背景下诞生的新古典主义形成了一系列反映当时社会风尚的价值诉求。贯彻理性主义思想的理念和规则构成新古典主义的核心内容，其中包括：（1）崇尚理性，认为理性是一切的准绳，是文艺创作的根本原则和最高标准；理性是进行正确判断和辨别真假的能力，又是人人与生俱来的天赋，因此人可以凭借理性掌握宇宙之秩序，通达人之常情，明白事之常理；作家只要崇尚理性，就能写出合情合理的好作品。（2）崇尚经典，新古典主义以古希腊古罗马的典范作家和作品为榜样和范本，把他们的创作经验提升为不可逾越的法则。（3）崇尚典雅，在审美趣味上崇尚典雅性，在题材上要求描写贵族生活，而不是世俗内容；在体裁上推崇悲剧、喜剧和史诗，特别是悲剧；强调叙述体的、平面的、静止的美，追求宫廷贵族趣味，以宫廷的、古代的趣味作为正统。（4）崇尚规则，用既定的规则来指导创作，评价创作，对何种体裁采用何种题材有严格要求，例如要求喜剧以平民百姓为主角，悲剧则只能描写王侯将相的生活，因为只有叱咤风云的英雄人物才能干出轰轰烈烈的悲剧事业。在人物塑造方面，追求类型化，把许多个别人物身上美的部分集中起来，塑造出完美的、理想的人物，使人物成为许多优美品质或恶德的集中概括，成为主体与客体、理性与感性、现实与理想的统一。在情节安排上，要求用三整一原则（简称"三一律"）：时间整一，剧中的时间不能超过24小时；地点整一，故事要始终发生在同一个地点；情节整一，情节必须集中统一。(5)崇尚形式，认为作品的理性内容具有普遍性和永恒性，能变化的只有表现理性内容的形式，因此要追求形式的美，重视外在的形式技巧，讲究语言的纯洁、明晰、对称、和谐、匀称、秩序、和谐、统一。

法国新古典主义思潮下涌现了一批优秀剧作家，如高乃依、拉辛和莫里哀。他们的艺术实践把新古典主义戏剧推向高峰。但是，新古典主义最具代表性的人物却是一位批评家，被称为新古典主义立法者和发言人的布瓦洛(Boileau，1636-1711)。他认为"理性"是一切的准绳，表现"理性"是创作的基本原则。在理性主义哲学基础之上，他继承了古希腊、罗马尤其是贺拉斯的理论传统，总结法国古典主义文学的创作经验，提出了自己的理论主张，建立完备的新古典主义美学体系。他从1669年开始写作的《诗的艺术》这部新古典主义诗学专著，系统阐述了他的诗学见解。该书分为四个部分：第一部分论述一般理论问题，指出写诗应该经过严格的训练，语言要具有明晰性、精确性和逻辑性，写诗既要有天赋才能，又需要勤学苦练；第二部分论述牧歌、哀歌、短歌、商籁体和讽刺诗等诗体的写作要求；第三部分论述悲剧、喜剧和史诗，强调戏剧创作要遵守规则，遵守三一律；第四部分论述诗人的道德修养，强调没有高尚的人格，就写不出好诗。

新古典主义文艺思潮在法国达到顶峰后，向欧洲的其他国家扩散。王政复辟以后，法国风尚开始支配英国舞台和英国文学。新古典主义经过德莱顿、蒲柏和约翰逊等人的创作和批评实践的推动和宣传，在英国取得了权威的地位。德莱顿宣扬理性高于一切，强调遵守古典规范，模仿法国戏剧，强调悲剧要表现伟大人物和伟大行动，重视刻画人物性格，唤起观众的激情，给观众以教益。他成为英国新古典主义的先驱。而蒲柏也崇尚理性，把理性视为艺术的源泉、目的和检验的标准。他宣称理性是比较一切、权衡一切的天平，是唯一的、永恒的光辉，万物因为理性而有力量、生命和美，他被称为"英国的布瓦洛"。而约翰逊也推崇理性原则，奉行真实性和普遍性标准，在其诗歌创作和批评中，坚持以模仿自然，指导生活为追求，践行法国新古典主义的核心理念。英国新古典主义作家们自信他们继承和弘扬了先前一切文化的精华，并达到新的高度，重现了奥古斯都时代的光彩，因此人们把"新古典时期"称作"理性时代"和"黄金时期"。

英国新古典主义虽然是在法国带来的文学风尚的基础上逐渐形成的，但是，莎士比亚的戏剧实践和英国传统的经验主义哲学传统的影响使英国的新古典主义表现出更多的灵活性，使僵化的法国新古典主义变成了英国文学中的新鲜血液，促进了英国文学的发展，形成了一些英国文学批评自己的美学标准，因而与法国新古典主义相比，更符合文学本身的规律，例如在三一律问题上，认为它只是戏剧创作上的特殊现象，而不是普遍规律，因而不能作为金科玉律来遵守。他们认为，在三一律中，只有"行动的一致是重要的"，时间和地点的一致都应该服从于"行动的一致"，如果过于强调时间和地点的一致，就要"损害行动的真实性"，甚至"要牺牲艺术的内容来迁就艺术的形式"，最后导致艺术上的失败。在模仿古人的问题上，主张诗人必须仔细认真地观察自然，直接从生活中汲取创作的素材，而不应亦步亦趋地模仿古人，食古不化。

二、德莱顿及其诗学理论

1. 德莱顿其人

德莱顿(John Dryden，1631-1700)生于北安普敦郡的一个清教徒家庭，是 14 个孩子中最年长的，与斯威夫特是远亲。大约在 1644 年，他进入威斯敏斯特学校学习，1650 年就读于剑桥大学，1654 年毕业，获得文学士学位，于清教徒摄政政体结束前开始文学创作。1670 年，德莱顿受封为桂冠诗人，并在宫廷任职，诗作颇丰。在政治上，他是个见风使舵的人，曾写"俗人的宗教"一诗斥责天主教，歌颂英国国教，反对不信国教的人们，而詹姆斯二世复辟后，企图把英国变成一个罗马天主教国家，他便改信天主教，写了"牡鹿与豹"(1687)一诗赞扬罗马天主教会，把它比作洁净、不朽的牡鹿，骂英国国教为肮脏凶残的豹。当然，如约翰逊在《英国诗人传》中所指出的那样，当时这样做是一股风气，有同样行为的人很多，他之所以被注意，甚至被诟病，只因为他是个名人。

但在个人生活上，德莱顿是个可敬又可爱的人。他"天性仁厚，富有同情心，乐意原谅他人过失，对于那些冒犯过他的人，能真诚地与之言归于好。他如果把某人当朋友，就实心实意地待他，做的远比说的多。他不摆架子，平易近人，谈吐令人愉快；但在主动结交人时，有点迟疑，举步不前。他不爱社交，所以熟人不多，不免被人误解。他为人谦虚，与地位相当或者高于他的人打交道时，略欠从容。他博览群书，过目不忘，常沉浸在回忆里而乐不可支。他言谈之中，颇能引经据典，但是并不显摆，语言也不高深莫测。如果有作家来向他求教，他毫不藏私，直陈不足，但态度温和；如果他有什么疏忽或者错误，也虚怀若谷，乐意接受批评"①。

德莱顿是个多产的作家，写了将近 30 部喜剧、悲喜剧、悲剧以及歌剧，还有许多诗歌。在戏剧方面，他主要模仿法国悲剧家高乃依，写了许多"英雄剧"。其中较好的剧作有《格拉纳达的征服》(1672)和《奥伦—蔡比》(1676)等。这些英雄悲剧的主题是爱情和荣誉之间的矛盾。德莱顿还把莎士比亚的悲剧《安东尼和克莉奥佩特拉》改编成《一切为了爱情》(1678)。在诗歌创作方面，他擅长各种体裁，而且语言丰富多彩，精确灵活，优雅考究，蒲柏说："可以从他的诗歌中选出每一种样式的最佳标本，其他的诗人都望尘莫及。"约翰逊指出："无论他以何种题材写作，均能完善我们诗歌的韵律，给我们的语言润色添彩"，"也许没有哪个国家曾经产生过像他这样一位作家，其变化多端的风格使他的语言如此丰富。我国诗歌韵律的完善或完美，我们语言的雅化，我们对情感的正确表达，都归功于他。是他教会了我们'自然地思考，有力地表达'。"(《英国诗人传》)

---

① 见 Samuel Johnson's *Lives of the Poets*，此处译文以及本章中其他引自《英国诗人传》中的文字，若无特别说明，均为笔者自译。

德莱顿文学批评著作有《论戏剧诗》、《讽刺诗发凡及流变论》（*A Discourse Concerning the Original and Progress of Satire*）以及《寓言集序言》和《敌对的淑女》两部作品的序言。他对乔叟、斯宾塞、莎士比亚、琼森、鲍蒙特、弗莱彻等都作出了中肯的评价，其文学评论展现出良好的判断力，可谓"又正确，又深刻"（萨缪尔·约翰逊语，见《英国诗人传》）。作为一位新古典主义批评家，德莱顿有独立的见解、敏锐的洞察力，能够打破古典主义常规，对其原则进行修正和合理化。他指出莎剧并不符合"三一律"，莎士比亚历史剧的"情节是超出二十四小时的"，并且它们的行为情节也不是单一的；英国喜剧的行为也均是双重的，而且这些喜剧使人获得了变化多端的乐趣。德莱顿的文学评论不仅包括理论思辨，也包括对实用性技巧的讨论，不仅探讨古典时期的诗人和剧作家，也讨论近期的作品。作为批评家，他的论述不仅在批评语言的运用和写作风格上对后代产生了深刻的影响，也是继锡德尼之后英国文学批评最重要的开创者。约翰逊尊他为"英国文学评论之父"，说他是"第一个教导我们按照原则来确定作品优劣的作者"。

德莱顿在英国文学史上占据着极为重要的地位，被认为是 17 世纪仅次于约翰·多恩和约翰·弥尔顿的伟大诗人，仅次于威廉·莎士比亚和本·琼生的剧作家，而在文学批评方面，则无人可与其匹敌。由于他在文学上所作出的多方面的杰出贡献，文学史家通常把他创作的时代称为"德莱顿的时代"。

2. 德莱顿的诗学理论

德莱顿的诗学理论散见于他的作品序言中，但是出版于 1668 年的 *An Essay of Dramatic Poesy* 是其诗学思想的集中表达。在这部作品中，他继承了锡德尼在《为诗辩护》中的思想，试图证明诗歌是戏剧和史诗的合适体裁，同时，他也捍卫了英国戏剧的地位，指出英国戏剧毫不逊色于古典戏剧和法国戏剧。其主要观点如下：

（1）戏剧可以遵守三一律，因为剧中的行动时间被约束在二十四小时内，是对自然最接近真实的模仿，有利于艺术真实地表现生活，有利于矛盾的集中，去除无关大局的情节与人物，从而更有效地达到戏剧的既定目的。

（2）但是悲剧行动的成熟往往不可能在一天之内完成，硬框在一天之内，必然会影响其真实性。地点不准变，场次不准打断，更造成荒谬。有时不得不叫微贱的小人物跑到国王寝宫中去表演，或者人站立不动，房子、街道走了路。在时间上应有两三天的宽限，地点上只要是在一个大范围内就行。

（3）悲剧必须写伟大人物的一个伟大而又可能的行为，旨在引起并消除观众的怜悯与恐怖的激情。悲剧表现的不能是一个英雄人物的生平，而只能是他的一个行动。

（4）悲剧行为不一定要有真实的历史内容，但却永远要酷似真实，要超过起码可能的程度。要创造一个可能的行为，又要把它表现得奇特惊人，因为不奇特的行为不是伟大的行为，无发生可能性的行为则取悦不了理智的观众。

（5）戏剧必须恰当而生动地表现出人性，表现人的激情和脾性以及人所遭受命运的起伏变化，给人以愉悦，令人受教。

（6）由于戏剧是对自然的模仿，而人在日常谈话时，除非提前构思好，不会用韵文说话，因此戏剧用押韵的文字写，就有违自然。而且，在追求押韵效果时，会妨碍思想的表达、想象力的发挥，造成以辞害意的效果。如果要用诗歌来写，那也只能用自由诗体（blank verse）。不过，在悲剧当中，由于题材宏大，人物身份崇高，押韵的文字就显得自然，比用无韵诗效果要好。

（7）虽然我们看戏时，知道这是演戏，是个"骗局"，可是戏剧毕竟是对自然的模仿，因此模仿得一定要像，幕板上画出来的城市必须有城市的样子，才能激发观众的想象。追求真相是人的天性，因此，任何模仿，越接近被模仿的对象，越符合人的天性，越会给人带来愉悦。

（8）在戏剧题材问题上，要沿用古希腊、罗马的历史和文学材料，在已知的史实中，加入有可能发生事件的虚构。

（9）戏剧应该有整一的情节，要突出一条主线，不要繁复线索、多头并进。这样才便于避免干扰、分散观众的注意力，而达到应有的戏剧效果（如悲剧的净化、怜悯、恐惧之情）。

（10）戏剧形式要完美，但不可以是内容空泛的纯形式；语言要规范确切，用词要"精"、"准"、"雅"，不可一味追求奇丽生冷的怪僻辞藻，也要避免语句整洁、规则，读起来却味同嚼蜡。

（11）智趣（wit）要表达自然，用平易的语言传达给大家，因为当伟大的思想用人所共知、人所共用的话语传达出来时，即使最平庸的头脑也能理解它，就如同最上等的肉最容易被消化一样。

3.《论戏剧诗》(An Essay of Dramatic Poesy)原文选读

An Essay of Dramatic Poesy 以 4 人对话录的形式展开，让对立的观点在对话与反诘中自然呈现出来。文章重点讨论了 3 个问题：1) 古典戏剧与当代戏剧各自的优劣；2) 法国戏剧是否优于英国戏剧；3) 用押韵诗写的剧作是否优于用无韵诗写的剧作。虽然这是一篇观点明确、逻辑严密的论说文，但是有一个小说式的结构，文风活泼，比喻贴切，节奏舒缓，张弛有度，辞藻优美，让人读来兴味无穷，又颇受启发。

[18]　　The unity of Time they comprehend in 24 hours, the compass of a Natural Day; or as near it as can be contrived: and the reason of it is obvious to every one, that the time of the feigned action, or fable of the Play, should be proportioned as near as can be to the duration of that time in which it is represented; since therefore all plays are acted on the theater in a space of time much within the compass of 24 hours, that Play is to be thought the nearest imitation of Nature, whose plot or action is confined within that time; and, by the same rule which concludes this general proportion of time, it follows, that all the parts of it are to be equally subdivided; as namely, that one act take not up the supposed time of half a day; which is out of proportion to the rest: since the other four are then to be straightened within the compass of the remaining half; for it is unnatural that one act, which being spoke or written, is not longer than the rest, should be

supposed longer by the audience; 'tis therefore the poet's duty, to take care that no act should be imagined to exceed the time in which it is represented on the stage, and that the intervals and inequalities of time be supposed to fall out between the acts.

[20] For the Second Unity, which is that of place, the Antients meant by it, That the Scene ought to be continu'd through the Play, in the same place where it was laid in the beginning: for the Stage, on which it is represented, being but one and the same place, it is unnatural to conceive it many; and those far distant from one another. I will not deny but by the variation of painted Scenes, the Fancy (which in these cases will contribute to its own deceit) may sometimes imagine it several places, with some appearance of probability; yet it still carries the greater likelihood of truth, if those places be suppos'd so near each other, as in the same Town or City; which may all be comprehended under the larger Denomination of one place: for a greater distance will bear no proportion to the shortness of time, which is allotted in the acting, to pass from one of them to another; for the Observation of this, next to the Antients, the French are to be most commended. They tie themselves so strictly to the unity of place, that you never see in any of their Plays a Scene chang'd in the middle of the Act: if the Act begins in a Garden, a Street, or Chamber, 'tis ended in the same place; and that you may know it to be the same, the Stage is so supplied with persons that it is never empty all the time: he that enters the second has business with him who was on before; and before the second quits the Stage, a third appears who has business with him.

[36] ... the Unity of Place, how ever it might be practised by them, was never any of their Rules: We neither find it in *Aristotle*, *Horace*, of any who have written of it, till in our age the French Poets first made it a Precept of the Stage. The unity of time, even *Terence* himself (who was the best and the most regular of them) has neglected: His *Heautontimoroumenos* or Self-Punisher takes up visibly two dayes; therefore sayes *Scaliger*, the two first Acts concluding the first day, were acted over-night; the three last on the ensuing day: and *Eurypides*, in trying himself to one day, has committed an absurdity never to be forgiven him: for in one of his Tragedies he has made *Theseus* go from *Athens* to *Thebes*, which was about 40 English miles, under the walls of it to give battel, and appear victorious in the next Act; and yet from the time of his departure to the return of the *Nuntius*, who gives the relation of his Victory, *AEthra* and the Chorus have but 36 Verses; that is not for every Mile a Verse.

[**58**] Another thing in which the French differ from us and from the Spaniards, is, that they do not embaras, or cumber themselves with too much Plot: they onely represent so much of a Story as will constitute one whole and great action sufficient for a Play; we, who undertake more, do but multiply adventures; which, not being produc'd from one another, as effects from causes, but barely following, constitute many actions in the Drama, and consequently make it many Playes.

[**68**] That is, those actions which by reason of their cruelty will cause aversion in us, or by reason of their impossibility unbelief, ought either wholly to be avoided by a Poet, or onely deliver'd by narration. To which, we may have leave to add such as to avoid tumult, (as was before hinted) or to reduce the Plot into a more reasonable compass of time, or for defect of Beauty in them, are rather to be related then presented to the eye.

[**77**] ... The old Rule of Logick might have convinc'd him, that contraries when plac'd near, set off each other. A continued gravity keeps the spirit too much bent; we must refresh it sometimes, as we bait upon a journey, that we may go on with greater ease. A Scene of mirth mix'd with Tragedy has the same effect upon us which our musick has betwixt the Acts, and that we find a relief to us from the best Plots and language of the Stage, if the discourses have been long. I must therefore have stronger arguments ere I am convinc'd, that compassion and mirth in the same subject destroy each other; and in the mean time cannot but conclude, to the honour of our Nation, that we have invented, increas'd and perfected a more pleasant way of writing for the Stage then was ever known to the Ancients or Moderns of any Nation, which is Tragicomedie.

[**82**] To conclude on this subject of Relations, if we are to be blam'd for showing too much of the action, the French are as faulty for discovering too little of it: a mean betwixt both should be observed by every judicious Writer, so as the audience may neither be left unsatisfied by not seeing what is beautiful, or shock'd by beholding what is either incredible or undecent. I hope I have already prov'd in this discourse, that though we are not altogether so punctual as the French, in observing the lawes of Comedy; yet our errours are so few, and little, and those things wherein we excel them so considerable, that we ought of right to be prefer'd before them.

[84] But to return from whence I have digress'd, I dare boldly affirm these two things of the English *Drama*: First, That we have many Playes of ours as regular as any of theirs; and which, besides, have more variety of Plot and Characters: And secondly, that in most of the irregular Playes of *Shakespeare* or *Fletcher* (for *Ben Johnson's* are for the most part regular) there is a more masculine fancy and greater spirit in all the writing, then there is in any of the French.

[98] ... Onely I think it may be permitted me to say, that as it is no less'ning to us to yield to some Playes, and those not many of our own Nation in the last Age, so can it be no addition to pronounce of our present Poets that they have far surpass'd all the Ancients, and the Modern Writers of other Countreys.

[99] ... For a Play is still an imitation of Nature; we know we are to be deceiv'd, and we desire to be so; but no man ever was deceiv'd but with a probability of truth, for who will suffer a grose lie to be fasten'd on him? Thus we sufficiently understand that the Scenes which represent Cities and Countries to us, are not really such, but onely painted on boards and Canvass: But shall that excuse the ill Painture or designment of them; Nay rather ought they not to be labour'd with so much the more diligence and exactness to help the imagination? since the mind of man does naturally tend to, and seek after Truth; and therefore the nearer any thing comes to the imitation of it, the more it pleases.

三、蒲柏及其诗学理论

1. 蒲柏其人

蒲柏(Alexander Pope, 1688-1744)出生于伦敦布商家庭，家中都是天主教徒，因而受到政治上的歧视。出于宗教原因，他没有上过学，从小在家中自学，学习了拉丁文、希腊文、法文和意大利文的大量作品。他幼年时期患有结核性脊椎炎，造成驼背，终生为病痛、残疾所苦，身高没有超过1.37米。但是他自幼聪颖，从12岁起就开始发表诗作，16岁时模仿维吉尔作《牧歌》，赞颂乡间朴素宁静的环境，引起时人的注意。23岁时发表《批评论》而声名鹊起，名声大噪，进入主流文学圈。之后，他结识了著名作家斯威夫特、艾迪生等人，逐渐成为文学界的中心人物之一。他一生从事诗歌的创作、批评和翻译工作，善于以议论和哲理入诗，表现出理性精神和杰出的讽刺才能；其诗歌语言亲切平易、自然生动，简洁明晰，讽喻奇妙。其批评见解独到，切中肯綮，说理透彻，是18世纪英国最有建树的诗学理论家和批评家。他的许多精妙议论已经成为现代英语中的成语，例如："一人做错十人责"(Ten Censure wrong for one who Writes amiss)；"智者千虑必有一失"(Even the worthy Homer sometimes nods)；"一知半解，危在眼前"(A little learning is a dangerous thing）；"今人只当古人愚，难挡来人笑我痴"（We think our fathers fools，so wise we grow；Our wiser sons，no doubt，will think us so.）蒲柏是英国历史上第一位完全靠自己的文学才能谋生的人。

　　蒲柏是第一位受到欧洲大陆关注的英国诗人。其诗歌创作的才能几无敌手，对双韵体诗的成熟与完善贡献尤其大。这种诗体由乔叟最先启用，在斯宾塞、马洛等人手上有了进一步发展，再由德莱顿弘扬，而在蒲柏的手上走向完善，其形式变得更为整齐优美，节奏更跌宕变化。"他善于运用英雄双韵体写诗，格律严谨，达到炉火纯青的地步。在用这种诗体写作的诗人中，他的成就最为突出，没有一个人超过他。"①

2. 蒲柏的诗学理论

　　蒲柏的诗学理论集中体现在他 1711 年匿名发表的《批评论》（An Essay on Criticism）中。该文根据贺拉斯、维达和布瓦洛的文艺思想，陈述了古典主义文艺的审美原则。蒲柏的诗论是用诗句写成的原理、箴言、格言、忠告，教导诗人如何作诗、批评家如何评诗。文章不仅充满了真知灼见，而且文字优美，比喻瑰奇，生动活泼，非常具有可读性，但是不循学术论文的思路，因此其逻辑性、思辨性和论证性不强。其主要观点如下：

　　（1）对作家来说，师法自然十分重要。自然是作家判断力的来源；有了判断力之后，才可能有正确的标准；有了正确的标准，才可能进行有意义、有价值的写作。

　　（2）智巧与判断力虽然可以互相促进，却经常互相抵触，犹如夫妻，虽为配偶，却互相克制。但是只追求智巧，是走偏了道路，犹如本来要追求女主人，却追了个女仆。假如专心经营智巧，句句闪光，可是与整体文意不合，那结果只是一堆闪闪发光的废料。

　　（3）词语就像树叶，树叶多的地方，果实就少，词语过于出彩的地方，意义就受了损害。风格应该随着内容改变，华美的风格并不适合所有的文章。优秀的表达，该像不变的阳光，照亮一切，却不改变它们自身的色调。这是对创作者而言，也是对批评者而言。批评者要去文中发现作者的表达是否达到了这个境界。对于时髦的新词语：既不要率先使用，也不要最后接纳。不同的内容、不同的情感，要用不同的音调和节奏、不同的句式和词汇来表达。

　　（4）对于时髦的新词语，既不要率先使用，也不要最后接纳；对待佳句，不能指望偶得，而要靠用心经营和日常积累，正如舞步最自然者是那些早已学会了跳舞的人。

　　（5）不善写诗不要紧，不会评诗才要命；作诗不佳者为数不多，评诗不当者大有人在；每出一个做诗不佳者，就出一群评诗不当者。诗人和批评家都需要天赋异禀；创作出色的人，才有资格当批评家。

　　（6）批评家作用巨大：诗人对自己的作品，好坏自己不清楚，所以需要批评家来帮忙指出，正如一个人的缺点，靠自己是看不出来的，需要他人指点。

　　（7）当批评家要谨慎从事，知道自己的能力所在、知识所限，不要强装专家，胡乱点评，惹人笑话。如同诗人创作有其擅长之处，也有其短板一样，批评家往往也局限于特定艺术的特定部分。

---

　　①　王逢鑫. 英国新古典主义时期诗人的佼佼者——亚历山大·蒲柏. 国外文学, 1993(4)：117.

(8)批评家要博览群书，通晓历史与宗教，对荷马的书要"精心研究，乐学不倦，日学夜思"，形成良好的判断力和始终如一的立场，不要像有些拙劣的批评家那样反复无常，在理智与胡说之间摇摆："早上还在赞美的东西，到了晚上就批判起来"，就像一个浪荡子对待情妇，开始把人捧上天，得手后却冷淡慢待。

(9)批评家应该怀着与作者相同的才气去读每一本才子之书，要从大处着眼，让自然感动、激愤、温暖我们的头脑，而不是鸡蛋里头挑骨头，失去欣赏智巧的乐趣。

(10)批评家该把"善的天性"与"良好的理性"结合起来，他要懂得"凡人皆犯错，圣贤能容人"。他不可只顾批评而忘了对作者给予人性的宽容。

(11)批评家要善于看到艺术作品的整体美、协调美、距离美，"有的绘画单独看起来怪异，奇形怪状，但是如果与其他图形匹配起来，在恰当的位置上，就好看了。距离赋予形式以雅韵"；"美人之美，不在一眼一唇，而在整体协调匹配之美，文章亦如是"。看一部作品时，要考虑作者的目的，如果手段正当，表达真切，那就该鼓舞欢呼，而不去计较微小的过失。

(12)批评家应该谦虚谨慎，虚怀若谷。批评家判断失误时，往往是因为骄傲自大，越是天才不足之人，越倾向于骄傲自大。

(13)批评家不要标新立异，刻意唱反调以求与众不同。大众偶尔说对的地方，他却偏偏要意见相左，另有说辞。

(14)好的批评家能煽起诗人的火焰，并且教会世人以理性来敬佩他，评论扮演缪斯女神丫鬟的角色，装饰她的妩媚，让她更可爱。而坏的批评家从来不做出自己的判断，只是把街谈巷议的东西拿来显摆，他们的推理和结论都依赖先例；也有的不看文，只看人，只是吹捧名人，同样一首诗，若是小人物所做，就横加指责，百般挑剔，若是大人物所做，则谀辞不绝，赞不绝口。

(15)批评家需要有品位，有学识，有判断力，且将这三者结合起来，但是，即使结合了起来，也还只是半个批评家，还要说话明白、追求真理、态度友善才行。

(16)一个优秀的批评家应该没有偏见，不走极端。他应该既乐于鼓励，又敢于批评；既不阿谀奉承，也不讽刺打击；既有冷静、客观与理性的头脑，又不乏慈爱、慷慨与同情的内心。

(17)如果对自己的判断没有把握，就不要开口；即使有把握的时候开口，也要话留三分，略显自信不足。一旦出错，要乐于承认错误，天天反思，不断进步。

(18)批评家要说真话，但是只说真话还不够，生硬的真话可能比假话更有害，话要说得有技巧，要润物细无声，诲人而人不觉其诲，教人新知，犹如导人忆旧。

(19)给人忠告时要尽量"小气"，说话要有所保留，不要急于好为人师。也要记住，也不可为了礼貌而随口奉承。不要担心惹人不高兴，因为智者不会闻过则怒，最能容忍批评者，最值得赞美。

(20)批评家应该能给诗人以正确的引导，他通过自己的批评让学识不足的创作者了解自己的缺陷而弥补，让学识渊博者反思。一个批评家要不介怀被人批评，也不孜孜追求名声；乐意赞美他人，也敢于予以批评，拒绝溜须拍马，但也不随意伤人。遇到特别差劲、乱写一气的作家，就不要评了。你评得再多，也赶不上他们写得快。

(21)批评家当以古代雅典和罗马的优秀批评家们为范。他们乐意诲人,也乐意受教,宽容公允,不偏不倚,不自以为是,不固执己见,有学问,也有教养,虽有教养,也不失真诚;他们敢于大胆批评,却语气谦和;虽要求严厉,却通情达理;对朋友,能无所拘束地指出缺点,对敌人,也能真心地赞赏其长处。他们情趣精雅,又率性放达;熟读诗书,满腹经纶,却又体察人情,世事洞明,谈吐温和,毫不骄吟,讲道理,善夸人。比如贺拉斯,他并不依靠什么特别的方法,却把道理讲得透彻,就像朋友在闲谈之间把思想观念轻松地表达了出来。他的才气和眼力都堪称一流,创作热情似火,批评却平和冷静。他的作品给人以启迪,他的批评给人以教益。再如昆体良,他定下了最公正的评价规则和最清楚的评价方法,让人习之能用,举重若轻。

3. 《批评论》(An Essay on Criticism) 原文选读

'Tis hard to say if greater want of skill
Appear in writing or in judging ill,
But of the two less dangerous is the offense
To tire our patience than mislead our sense
Some few in that but numbers err in this,
Ten censure wrong for one who writes amiss,
A fool might once himself alone expose,
Now one in verse makes many more in prose.

…

You then, whose judgment the right course would steer,
Know well each ancient's proper character,
His fable subject scope in every page,
Religion, country, genius of his age
Without all these at once before your eyes,
Cavil you may, but never criticise.
Be Homers' works your study and delight,
Read them by day and meditate by night,
Thence form your judgment thence your maxims bring
And trace the muses upward to their spring.

…

A perfect judge will read each work of wit
With the same spirit that its author writ
Survey the whole nor seek slight faults to find
Where nature moves and rapture warms the mind,
Nor lose for that malignant dull delight

The generous pleasure to be charmed with wit
But in such lays as neither ebb nor flow,
Correctly cold and regularly low
That, shunning faults, one quiet tenor keep;
We cannot blame indeed—but we may sleep.
…

Whoever thinks a faultless piece to see,
Thinks what ne'er was, nor is, nor e'er shall be.
In every work regard the writer's end,
Since none can compass more than they intend;
And if the means be just, the conduct true,
Applause, in spite of trivial faults, is due.
As men of breeding, sometimes men of wit,

Some to conceit alone their taste confine,
And glittering thoughts struck out at every line;
Pleased with a work where nothing's just or fit;
One glaring chaos and wild heap of wit.
Poets, like painters, thus, unskilled to trace
The naked nature and the living grace,
With gold and jewels cover every part,
And hide with ornaments their want of art.
True wit is nature to advantage dressed;
What oft was thought, but ne'er so well expressed;
Something, whose truth convinced at sight we find
That gives us back the image of our mind.
As shades more sweetly recommend the light,
So modest plainness sets off sprightly wit
For works may have more wit than does them good,
As bodies perish through excess of blood.
…

Be silent always, when you doubt your sense;
And speak, though sure, with seeming diffidence:
Some positive persisting fops we know,
Who, if once wrong will needs be always so;
But you, with pleasure, own your errors past,

And make each day a critique on the last.

...

But where's the man who counsel can bestow,

Still pleased to teach, and yet not proud to know?

Unbiased, or by favor, or in spite,

Not dully prepossessed, nor blindly right;

Though learned, well-bred, and though well bred, sincere,

Modestly bold, and humanly severe,

Who to a friend his faults can freely show,

And gladly praise the merit of a foe?

Blessed with a taste exact, yet unconfined;

A knowledge both of books and human kind;

Generous converse, a soul exempt from pride;

And love to praise, with reason on his side?

Such once were critics such the happy few,

Athens and Rome in better ages knew.

第三讲

启蒙运动及英国长篇小说理论

一、启蒙运动概述

18世纪的欧洲正由封建社会向资本主义社会过渡，新旧力量在政治、经济、思想、文化等领域碰撞剧烈。就当时的整个欧洲来说，封建的社会和政治制度仍处于支配地位，而在英国，封建势力与资产阶级的矛盾日益尖锐。推翻封建制度，建立和发展资本主义社会的历史任务就被提上了欧洲各国的议事日程。顺应这一历史要求，被称为"启蒙运动"的思想文化革新运动就在先进知识分子的倡导和推动下，在全欧洲范围应运而生，蓬勃展开。

启蒙运动是一场反封建、反教会的思想文化解放运动，一场推进民主和科学的社会改革运动。"启蒙"就是打破人们头脑中固有的传统观念，用新知和理性武装人们的头脑，烛照人类的心灵，把人们从愚昧、落后、无知、迷信和偏见中解放出来，教导人们用自由、平等、博爱、天赋人权等观念来对抗和反对封建专制和贵族特权。启蒙运动包含三种基本精神：理性主义精神，即以认识真理的自然能力来启迪人类，使之运用理性来反抗传统和权威，从中世纪神学非理性的迷梦中醒悟过来；自由主义精神，即以自由为理想、为价值，并为之奋斗的精神；批判主义精神，即勇于怀疑一切、勇于批判一切的精神，重点是对宗教和封建专制制度的怀疑和批判。启蒙运动所倡导的自由、平等、人权等观念塑造了18世纪以后在西方被普遍认可的政治观、价值观和文化观。

一般认为，启蒙运动发轫于17世纪的英国，而后发展到法国、德国、荷兰、意大利、比利时、奥地利、美国等国。英国哲学家托马斯·霍布斯（Thomas Hobbes，1588-1679）率先提出社会契约论和国家起源说，指出人在自然状态下会最大限度追求对一切事物的自然权利，由此引起争夺，从而导致"所有人对所有人的战争"，结果是对谁都不利。为了保护自己的利益，个人把自然权利转让一部分出来，通过契约形式组成政府和国家。由于政府的权力不过是契约授予的结果，因此如果政府侵犯了个人权利，就意味着破坏了契约，那么个人就可以拒绝服从政府。约翰·洛克（John Locke，1632-1704）进一步发展和丰富了社会契约论。他主张每个人都拥有自然权利，并有责任保护自己的权利，而同时尊重他人的同等权利。他认为自然状态下所有人都是平等而独立的，没有人有权利侵犯其他人的生命、自由或财产，但是在自然状态下，个人的权利可能被侵害，因此人们订立契约，让渡部分权力来成立政府，获得保护。由于政府只是受人民委托的代理人，只有它保障人民拥有生命、自由和财产的自然权利时，其统治才有正当性与合法性。当这个代理人滥用权力时，就是背叛了人民，人民就有权利解散它，再建立一个新政府，按照这个逻辑，革命不但是人民的一种权利，也是一种义务。洛克还系统阐述了分权理论，提出国家权力应分为立法权、行政权和对外权，立法权高于其他权，而立法权由民选议会行使，这样就能约束政府的权力，以免它为害人民。英国启蒙思想家提出的社会契约论、政治分权理论、天赋权利学说和经济自由主义等一系列重要的启蒙思想，为后来启蒙运动在法国形成中心并传播至欧美诸国，起到了不可估量的作用。

　　启蒙运动虽然首先在英国开始，但是却在法国获得了最充分的发展。法国启蒙运动声势最大，成就最高，影响最深，这使法国成为欧洲启蒙运动的中心。孟德斯鸠、伏尔泰、狄德罗和卢梭以各自的学说和主张推动并引领了法国的启蒙运动。孟德斯鸠（1689-1755）提出国家存在的目的在于保护政治自由，法律所许可的事情，公民便有权去做。国家权力应受到制约，要防止滥用权力，以权力约束权力。他把国家权力进一步分为立法权、行政权和司法权，三种权力之间要建立制约关系。他主张人民掌握立法权，君主掌握行政权，法官掌握司法权，而法官必须由选举产生。伏尔泰（1694—1778）倡导自然权利说，认为人们生来享有"自然权利"，在本质上人人平等，在法律面前人人平等，在运用理智方面人人平等。伏尔泰也反对专制主义和封建特权，主张开明君主制，认为由开明君主按哲学家的意见来治理的国家是最理想的政权形式。他还提倡自然神论，批判天主教会，抨击其黑暗统治，并把教皇比作"两足禽兽"，把教士称作"文明恶棍"，说天主教是可耻的骗人罗网。他认为宗教具有抑制人类情欲和恶习的功能，是社会生活中必不可少的，因此即使没有上帝，人类也需要造一个出来，但他反对宗教偏执和宗教狂热，提倡对不同的宗教信仰采取宽容的态度。伏尔泰是法国启蒙运动的泰斗和灵魂，被启蒙思想家们公认为导师。卢梭（1712—1778）提出"一切在民"的人民主权学说，主张国家是人民通过社会契约所组成的，国家主权来自于人民，不能分割或转让，人民有任命、罢免和监督行政首领之权，有决定国家统治形式之权，有推翻专制制度的起义之权。如果遭受压迫，人民可以用暴力推翻并消灭暴君。他还提出了"自然平等权利说"，认为人生而自由、平等，主张废除等级制。狄德罗（1713—1784）主张君主的权威来自政治契约，君主的职责是保卫公民不受他人欺凌。他提倡政治自由、贸易自由以及学术研究自由，反对宗教愚昧，认为用来支撑宗教的是奇异、可疑、靠不住的东西。

二、18 世纪英国长篇小说概观

　　英国的启蒙运动是在两大群体的共同努力下进行的。第一个群体是科学家和哲学家，如培根、霍布斯和洛克，他们在自己的科学著述和哲学著作中直接表达了他们关于自然、社会、政治、法律、宗教的观点。但是，他们的启蒙对象其实不是芸芸大众，而是具有相当文化素养的知识分子和中产阶级精英。第二个群体是文学家，尤其是小说家们。在汲取了先驱者们的启蒙思想后，他们以文学为手段，间接表达他们关于理性、人性、人权、知识、美德、宗教、自由与平等的见解，以妙趣横生的故事和鲜活生动的人物向普通大众传播启蒙思想。

小说家们出版了大量有着浓厚启蒙意识的小说。笛福出版了《鲁滨逊漂流记》、《摩尔·佛兰德斯》、《辛格顿船长》等一系列小说，描写社会中下层出身的青年航海、谋生或其他冒险经历。斯威夫特出版了《格利弗游记》，对英国社会现存的政治、法律、科学、文艺等各方面存在的问题和弊端进行了幽默而又尖锐的讽刺。理查逊出版了《帕梅拉》、《克拉丽莎》等家庭生活小说，探讨婚姻、家庭、道德问题，把婚姻自主与中产阶级温和的道德说教结合起来。菲尔丁出版了《大伟人江奈生·魏尔德传》和《汤姆·琼斯》。前者讽刺英国政治和政府、法律与法庭的腐败与肮脏，后者批判贵族和教士的伪善和狭隘，歌颂自然人性和自然道德。

18世纪英国小说具有以下特点：

(1)现实主义小说成为主流。小说家们将创作视线转向了现世的生活，追求表现个人世俗的经验，以个人主义取代了以往的英雄主义和理想主义。

(2)个人成为小说表现的主要对象。女性角色的地位逐渐提高，对女性人物的描写更加细腻。

(3)小说的情节更趋复杂，篇幅也越来越长，对人物心理活动的描写逐渐增多。"18世纪的重要作品大多体现了追求表现个人主义的创作倾向"[1]，表达了"特定个人在特定时间、地点的特有经验"。[2]

(4)注重描写新生资产阶级的价值观念(如金钱至上、个人奋斗、自由平等)与贵族的价值观念之间的冲突。

(5)注重发挥时间在小说中的主导作用。小说家不再追求叙述永恒的、超时空的神圣故事来反映所谓绝对的、永不改变的价值观念，而开始按照时间的进程来描述人物和事件的发展。具体的、物理的和有限的时间成为支配小说框架与情节的重要力量。

(6)充分强调具体空间在作品中的重要地位。人物所处的地理环境和故事的背景更加清晰和明确，空间形象的地位显著提高，具体空间在小说中的作用与地位日趋明显。例如，笛福将鲁滨逊长期居住的荒岛描绘得淋漓尽致，使读者产生身临其境的感觉。在理查逊的笔下，帕梅拉在林肯郡和贝德福德郡犹如监狱一般的住宅令读者深信不疑。同样，菲尔丁在描述汤姆·琼斯前往伦敦的旅程时采用了大量的真实地名。

三、18世纪英国长篇小说家及其小说观

18世纪，英国小说实践呈现出一派兴旺发达景象，成绩斐然，有人甚至把18世纪称作英国长篇小说的"黄金时代"。随着小说创作的繁荣，小说理论也开始萌芽，并逐渐成为小说家和批评家们关注的重要内容。不少小说家如丹尼尔·笛福、塞缪尔·理查逊和亨利·菲尔丁都会在书信、作品或者作品的序和跋中对小说的性质、功能、美学追求、审美特征、道德标准、创作方式、真实与虚构的关系、小说与读者的关系等进行探讨。这些探

---

① 李维屏. 英国小说艺术史. 上海：上海外语教育出版社，2003：54.
② Watt, Ian. *The Rise of the Novel*. Berkeley：University of California Press，1957. 31.

讨，虽然是零星的、自发的、不系统的，没有取得诗学那样独立的品格和地位，但是，他们对英国小说的创作起到了较大的引导作用，为英国小说理论和小说批评的形成和成熟打下了基础。以下就三位较有影响的小说家的小说观念做一些提炼和梳理。

1. 笛福及其小说观

丹尼尔·笛福（Daniel Defoe，1660-1731）出生于商人之家，据说其父是个蜡烛商。他自己早年开始经商，换过多种行当，经营过内衣、烟酒、羊毛织品、制砖业，一辈子在商场打拼，起起伏伏，多次破产，从不言败。为了谋生，也为了信念，他当过兵，跟天主教国王的军队打过仗，为信仰新教的国王上过战场，为好几届政府做过情报员。晚年境况好转，却被当新闻记者的不孝儿子侵夺家产，生活艰难。他是个社会活跃分子，勤于笔耕，一生写了多达250种政论册子，表达对社会改良的意见，政治、宗教、法律、经济无所不涉及，时有抨击时弊的尖锐言论，曾因讥讽国教压迫不同教派人士的政论《消灭不同教派的捷径》（1702）被判罚款和坐牢6个月、枷示3次的惩罚。笛福在59岁时开始写小说。1719年，第一部小说《鲁滨逊漂流记》出版，大获成功，以后陆续出版数十部小说和游记，最著名的包括《辛格尔顿船长》（1720）、《摩尔·弗兰德斯》（1722）、《杰克上校》（1722）、《罗克珊娜》（1724）。政治上，笛福反对专制，主张民权，认为人的基本权利是任何人，无论是国王、内阁与国会，都不能侵犯的。作为新教教徒，他主张宗教信仰自由，对其他宗教信仰予以宽容；他还主张人民应受到较开明的教育，并给妇女受教育的机会。他的这些思想都鲜明地表现在他的文学作品中。在其代表作《鲁滨逊漂流记》中，他塑造了乐观进取、敢于冒险、勇于开拓、善于经营，具有理性主义色彩的英雄人物鲁滨逊的形象，传达了时代对新人的呼唤。这本书如此成功，以至于笛福死后人们在他的墓碑刻上了"丹尼尔·笛福：《鲁滨逊漂流记》的作者"的字样。

笛福是英国文学史上第一位重要的小说家，他关于小说的观念大多体现在其创作中，也散见于其小说作品的序言中，主要集中在两个基本方面：小说创作的真实性问题和小说的道德教益作用。

笛福认为小说的真实性至关重要，经常声称作品内容"绝无虚构之处"。他的小说真实感非常强，这包括人物的真实和环境的真实，几乎在每一部小说的序言中，他都要反复强调故事中人物是实有其人，主人公是一个"至今还活着"的人，事迹是真实可考的。他的人物大多是普通人，船员、小商人、家庭妇女，有着普通人一样的姓名，他们的生活经历虽然不乏传奇，但是日常生活方式却是同时代的人可以体会到的；人物活动的空间都是同时代的人们所熟悉的街道、村镇、监狱、商铺，即使写远在海外的一个孤岛，也对岛屿的方位、形貌、构造、气候、季节变化、动植物等与个人求生紧密相关的细节予以充分的介绍和描写，以创造出真实的存在感。

笛福对小说真实性的追求还体现在其叙事角度和小说的结构方式上。他的小说都采用第一人称的视角，以人物回顾自己一生经历的自传方式展开叙事，按照主人公"我"在实际年代顺序中的感觉和行动来安排故事的情节，没有刻意的悬念、激烈的冲突和完美的结局。小说往往从头到尾一气呵成，没有标明章节，人物所有的经历被一股脑儿倾倒出来，没有加工和编排，没有选择和提炼，就是一个未经任何训练的叙述者在不停地叙说，从而营造出原生态生活面目的真实感。

为了营造小说的真实感，笛福也在小说的语言运用上下足了功夫。他的叙事语言随描写的生活内容和人物对象而变化，以使所表现的社会生活和人物身份相匹配。更为重要的是，他的人物语言与人物身份、地位、职业、受教育程度的相关度很高：写水手，语言充满了航海术语和粗犷气息；写小偷，语言中多了许多隐语黑话；写家庭妇女，语言变得机巧、温和，啰啰唆唆，唠唠叨叨。不同的内容，不同的人物，匹配不同的语言风格，在笛福自己的小说创作中得到了完美的体现。

贺拉斯以降，欧洲文学有一个传统，就是要求艺术同时具备教育和娱乐两大功用，以教育为目的，以娱乐为手段。笛福继承这个传统。他在每一部作品的序言中都表明了他对文学道德教诲作用的重视，声称他一贯的创作目的是"要使有罪的人幡然悔悟，或者告诫天真无辜的人免入歧途"。笛福的小说基本上是"忏悔录"式的，充满了人物对自己过往生活中不当行为的追忆和批判，而且经常是上纲上线的批判，唯恐分量不足而加大剂量的批判。即使像《鲁滨逊漂流记》这种探险型、流浪汉型的小说，主人公并无大的过犯，也要不时对自己的行为，比如不听父母的劝告，贪图发财、对上帝的信仰不够虔诚、礼拜不够频繁等并非"恶行"的行为大加挞伐。通过主人公严厉的自我批判和真诚的自我反思，向读者揭示正确的行为规范和道德原则，促使他们去追求更符合宗教戒律和社会道德规范、更具有"美德"的生活。

但是，在真实与道德教诲之间，存在一种矛盾。要真实地反映生活，就不能回避生活中的堕落、邪恶、龌龊的人物和现象，而这些东西写出来，有可能诲淫诲盗，导致跟道德教诲的初衷相反的结果。既要讲述真实可信、生动有趣的故事，又要避免呈现丑恶、诱人作恶的倾向，笛福的理念是"叙述一段已经悔过的堕落的生活，自然需要将它讲述得使人能够承受，亦即给悔过的叙述以一种美感"，"尽一切可能避免描写卑劣的念头和出格的行为"。他的小说在选择主人公方面，倾向于写那些被迫走向堕落，但是良知尚存，而能幡然悔过的小人物。比如摩尔·弗兰德斯和罗克珊娜，一个是小偷兼重婚犯，另一个是妓女兼杀人犯，但是她们都不是自己主动堕落的，而是环境所迫的，只是为了生存，同时为虚荣心或者人性其他的弱点所左右，始行不义，渐陷渐深，终至欲罢不能，让读者对他们生出居高临下的优越感和悲天悯人的同情心，从而避免以坏人为范。写事，则在叙事与展现这两种戏剧的基本手段之间审慎权衡，择机使用。对于人物的堕落行径，着重描写促人堕落的外部环境以及人物为了保持纯洁和良善所做的挣扎，对行动本身只叙述，不展示，也就是只提起此事，不进入细节描写，只讲述事件的前因后果，不展现具体的进行方式；而且对于丑恶的现象，即使只是提到，也是用一种痛悔、责备、批判的口气，进一步减少丑恶事件对读者可能产生的引诱力。这样在不损害小说真实性的情况下，将道德意识渗透到叙事形式之中，让作品在不知不觉中感化读者的心灵。

2. 理查逊及其小说观

塞缪尔·理查逊（Samuel Richardson，1689-1761），出生于英格兰比郡的一个家具制造商家庭，16 岁时到伦敦出版商约翰·魏尔德处当学徒，一生从事印刷出版业，经营有方。他两度结婚，生了十几个孩子，但大多夭折，晚年患了神经性疾病，生活颇为不幸。年轻时他受的正规教育不多，但喜爱读书，擅长讲故事，也擅长书信写作，常替姑娘们写情书，替穷人写家信。后来发挥这个特长，写起书信体小说来，很受欢迎，开一代小说之先河，并且在欧洲大陆产生了影响。法国启蒙运动作家卢梭的书信体小说《新爱洛绮丝》(1761)和德国作家歌德的书信体小说《少年维特之烦恼》(1774)都是模仿他的小说而作。他写有三部小说，均十分出色，分别是《帕梅拉，又名美德有报》(*Pamela, or Virtue Rewarded*, 1740-1741)、《克拉丽莎，又名一位青年妇女的故事》(*Clarissa or, the History of a Young Lady*, 1747-1748)和《查尔斯·葛兰底森爵士》(*The History of Sir Charles Grandison*, 1753)。作为一个虔诚的清教徒，理查逊坚信诚实、忠贞、勤俭、信仰上帝等美德是社会的支柱，他通过有趣的故事和可敬的人物如帕梅拉和克拉丽莎等，宣扬这些美德，树立清教徒式的道德规范。理查逊笔下的女性具有典型的启蒙主义人物特征：有胆识，有智慧，有理性；不迷信、不盲从，不畏强权，追求自由平等和个人尊严。例如克拉丽莎，虽是个弱女子，但是追求理想，勇于反抗包办婚姻，追求新的生活，迭经坎坷和羞辱，但抗争不屈，捍卫自己的贞操，维护自己的人格尊严，可谓一个典型的新女性。理查逊着重描写人物的感情，擅长心理描写，开创了此后英国家庭小说的一种模式。正因为他是英国最早关注人物内心，尤其是女性内心的小说家，所以他被称为"英国小说之父"。①

理查逊的小说理论主要涉及作者的主观创造性、理想的正义以及书信体小说的形式问题。

作者的主观创造性

与当时许多小说家不断声明故事内容的真实性相反，理查逊公开声明自己笔下的人物是虚构的。按照他的观点，"人物"不再是现实生活中真实人物的镜子，而是作家手中的泥团，任由作者捏搓或摆布，作者于是从被动的临摹者升级为主动的创造者。1754年，理查逊在致帕莱德香女士的信函中写道："我坐下来塑造人物。我若打算将一个人物塑造成品德高尚的人，他便品德高尚。我若打算将另一个人物塑造成庄重严肃的人，他便庄重严肃。我若打算再让一个人物像某女士，她便成了某女士。"②这段话虽然是针对他的最后一部小说《查尔斯·格兰迪逊爵士》而讲的，但它反映了理查逊在全部小说创作中所持有的虚构意识。在与朋友斯特拉的通信中，他坦陈"《克拉丽莎》这部作品从头到尾都是从虚构中诞生的，《查尔斯·格兰迪逊爵士》也是如此"。③理查逊的虚构意识蕴含着他对艺术形式的自觉意识和重视。这种虚构意识以及视小说为艺术的思想不仅体现于理查逊的人物观，而且还贯穿于他对小说创作的其他方面的论述，比如他运用多视角的描写，使人物的个性及其发展显得合理和自然。在小说的结构和主题的整体性方面，理查逊在不少场合声称自己的作品不仅讲究情节的连贯性、完整性以及故事叙述的紧凑性和一致性，而且还讲究结构与主题的合二为一。可见，理查逊完全是从艺术家的立场来看待小说创作的——小

---

① John Macy. 你应该知道的文学的故事. 阎敏，译. 北京：九州出版社，2005：210.

② Armistead, J. M. *The First English Novelists*. Knoxville：The University of Tennessee Press, 1985. 67.

③ Armistead, J. M. *The First English Novelists*. Knoxville：The University of Tennessee Press, 1985. 106.

说家应该像音乐家那样来虚构自己的作品。

当然，作者的主观创造性并不是不受制约的，理查逊将作者对作品的主动权基本限定在确立创作意图、设置人物、设计情节和叙述样式的范围内，而将至关重要的叙述权交给了作品中的人物。他不像菲尔丁那样，直接进入作品，对人物进行议论，主观地引导读者进行阅读，也不像笛福那样，在事先了解故事始末的情况下对故事进行夹叙夹议式的复述。他说："要说我就是我，那是不准确的。我不在任何地方，我就在人物之中。"①这意味着作者不能任意按照自己的创作意图主宰故事的情节、人物的个性以及不同人物的关系等，他要受制于人物，隐身于人物之中，见人物之所见，感人物之所感，思人物之所思，作者不再以叙事者的身份在作品中评头品足，也无权讲述故事的来龙去脉。但由于作者等同于人物，虽无处可见，却又无处不在。

理想的正义

理查逊的小说在一定程度上继承了"理想的正义"这一传统观念。该观念认为，每一个人物在剧终都应当善有善报，恶有恶报。理查逊在他的小说中贯彻了这种创作意图，而且还就这种意图作过说明。在《查尔斯·格兰迪森爵士》的前言中，他就该书以及《帕美拉》和《克拉丽莎》这三部作品的宗旨分别作了阐述。他指出，《帕美拉》表现了纯真而质朴的美德以及因此而获得的回报——万能的上帝在现实生活中常赐予美德的报酬：名誉、地位和金钱。在《查尔斯·格兰迪森爵士》中，主人公品德高尚，精力旺盛，和蔼可亲，言行一致，奉行准则，而他得到的回报是一个可人的妻子和一段令人羡慕的美满婚姻。在《克拉丽莎》中，女主人公克拉丽莎虽然被浪荡子戕害而香消玉殒，似乎并未在尘世间获得其美德应有的回报，但她获得了精神和道德上的超越，心灵变得更加纯净和高尚，最后带着圣洁的微笑走向了永恒，而作品中所有造成克拉丽莎悲剧的人物则得到了不同程度的惩处，他们或死于恐惧，或苟活于耻辱之中，命运对每个人仍然是公正的。不过，理查逊并没有机械地理解和贯彻好人好报、恶人恶报这一"理想的正义"的概念，而是加进了自己独特的理解，如他在回应《克拉丽莎》的情节安排有悖于"理想的正义"原则的批评时所说："即便是最优秀的人们……也有过错；这些过错足以说明为什么上苍会把不幸和痛苦降临在他们的头上。然而，这并不意味着许多罪孽深重的人有权利得到幸福。最好的人也可能受到惩罚，但是最坏的人却绝不应该获得幸福。"②

书信体小说

理查逊认为，书信体小说能更加直接和真实地反映人物的各种复杂情感，小说的真实感更强。语气更私密、更个人化，读起来更亲切，有更强的参与感。但是书信体小说缺乏叙事者，导致情节交代不清，人物性格易流于苍白，对此理查逊提出采用三种不同形式的

---

① Armistead, J. M. *The First English Novelists*. Knoxville: The University of Tennessee Press, 1985. 67.

② *Clarissa*, Samuel Richardson, ed. *William King and Adrian Bott*. Oxford: Basil Blackwell, 1929-1931. 314.

书信：描述人物性格的书信、展示人物对话和戏剧场面的书信和叙述过去事件的书信。三种方式综合起来，穿插使用，可以起到独立叙事者的作用。他还提出要写好书信体小说，对书信要精心设计，要真实可信，有助于反映人物的性格，能展示与人物有关的许多细节，又置于书中与人物的情况有十分吻合之处。

3. 菲尔丁及其小说理论

亨利·菲尔丁(Henry Fielding，1707-1754)出生于英国西南部格拉斯顿伯里附近的一个贵族家庭，父亲是军官，母亲是法官的女儿。他在伊顿公学接受过良好的私立学校教育，读了许多古典名著，曾在荷兰的莱顿大学短期学习语言和法律，精通希腊文和拉丁文。他以戏剧写作开始自己的职业生涯，先后写了25部戏剧，还开办了自己的剧团。他在剧中抨击时政和社会不良现象，结果触怒当局。政府一方面颁布"戏剧检查法"，阻拦他的剧本上演，另一方面实行"扰乱治安法"，使伦敦的市民不敢去看菲尔丁剧团的演出，导致菲尔丁的剧院停业，戏剧生涯难以为继。他于是改学法律，几年后取得律师资格，先后担任伦敦威斯敏斯特区法官和伦敦警察厅厅长。菲尔丁两次结婚，育有多名子女，生活一直不富裕，步入中年后疾病缠身，四肢瘫痪。1754年赴葡萄牙里斯本求医，两个月后病重不治辞世。他著有五部小说，分别是《夏美拉》(*Shamela*，1741)、《大伟人江奈生·魏尔德传》(*The Life and Death of Jonathan Wild*, *the Great*，1743)、《约瑟夫·安德鲁斯》(*The History of the Adventures of Joseph Andrews*, *and of His Friend Mr. Abraham Adams*，1743)、《汤姆·琼斯》(*The History of Tom Jones*, *a Foundling*，1749)以及《阿米利亚》(*Amelia*，1751)，其中《汤姆·琼斯》最为有名，是他的代表作。菲尔丁一生为人正直，以文学为武器同虚伪、谎言、暴虐和罪恶进行了有力的斗争。他的语言幽默风趣，使读者在娱乐和享受的过程中受到教育。菲尔丁是英国现实主义小说的奠基人，也是18世纪欧洲最杰出的现实主义小说家之一。

菲尔丁是18世纪小说家中最有小说理论意识的作家，在小说理论方面最有建树，所涉及的小说理论问题也最全面、最复杂。他对小说进行了定义，讨论了小说的性质、内容和创作原则，论述了小说创作的真实性、小说形式的建构、小说家的资格以及小说与读者的相互关系等问题。分述如下：

小说的体裁

(1)小说是散文体的，但它具备了史诗的其他组成要素，比如行动、情节、人物、情感和史诗的语言等。

(2)小说是喜剧性的，但并不怪诞，其情节和行动"轻松而滑稽"，人物粗俗而普通，情感和措辞"滑稽"而"诙谐"。

(3)小说是现实的，是对现实的再现，是对自然的临摹，比戏剧情节更宽广、更包罗万象，人物种类更繁多，也更普通。

虚构与真实的问题

菲尔丁认为，作品的真实并不是指作品具体背景的真实性，而是指作品所陈述事实的可靠性。只有反映人性或人的内心世界的东西才算得上是真正有价值的真实。真实的关键不在于描述已经发生的事情，而在于描述可能发生的事情，即按照或然律或必然律是可能的事情。艺术的真实是对客观真实的一种提炼和创新，上乘的艺术是真实与虚构的完美结合。

小说的创作原则

循序渐进，重点突出，合情合理。在《汤姆·琼斯》第一卷的引言中，菲尔丁说他对小说结构的总体安排遵照循序渐进的原则。这种循序渐进的结构原则保障了作品有较为分明的开头、发展和结局，情节展开有铺垫，有起伏，有轻重缓急，主次分明，重点突出，避免了对琐事细故进行连篇累牍的记录和过多的关注。小说的情节要前后照应，人物的性格需前后连贯，使小说中发生的事件保持在可能性的范围之内。

作家的素质

菲尔丁指出小说家必须具备以下四种必要的能力才能从事小说创作。

(1)天赋，即对世界万物的洞察力和判断力。

(2)渊博的学识。作家必须具备"纯文学和历史的充分的知识"，纵览"一切哲学、诗歌、历史的宝藏"。唯有如此，作家才能像博学的荷马和维吉尔那样，创作出光芒四射的经典之作。

(3)经验。作家还必须具备另一种知识，一种无法从书本和舞台中获得的知识，那就是人生经验。他认为只有在充分了解社会，亲眼见过并亲身接触过有关人物的前提下，小说家描写的人物形象才能恰到好处。缺乏经验的作家，不管他的天赋有多高，学识有多渊博，他的知识都是不完备的。

(4)仁爱之心。菲尔丁主张作家必须有一个宽厚、悲天悯人的胸怀，他十分赞赏贺拉斯关于"作家要让人哭，自己必须先哭"的观点，认为只有仁慈的力量才能感动读者，一个不曾感到痛苦的人无法描绘出痛苦，最感人肺腑的场景是作家含着泪水写出来的。

作者与读者关系

(1)作者服务读者，给读者带来乐趣。他在《约瑟夫·安德鲁斯》的前言中明确宣布，他创作该小说的主要目的是为了给读者带来乐趣。在《汤姆·琼斯》的序章中，他申明应把读者的利益作为写作的指南，为读者消闲解闷。

(2)作者引导读者。其一是引导读者认识自己，受到教益。在《约瑟夫·安德鲁斯》第三序章中他指出：小说就像一面镜子，能够使读者照见他自己。在《汤姆·琼斯》第十章的序章中，他指出体现在一个人物身上的善良能够使任何心存善良的读者滋生景仰之情和爱慕之意，而出现在人物身上的缺陷则能够震撼读者的心灵，使他们受到教育。其二是引导读者参与小说意义的生成过程，具体体现为作者应该在情节中设定某些悬念、伏笔和空白，激活读者的想象力以及提供各种暗示，例如在序章中提供具体情节的走向、作者采用的创作手法、作者的构思和意图以及针对事件和人物做出的间接说明和评论等，帮助读者建立起比较系统、比较确定的猜想。

4. 原文选读(Selections from *Tom Jones*)

Book 1, ch. 1

An author ought to consider himself, not as a gentleman who gives a private or eleemosynary treat, but rather as one who keeps a public ordinary, at which all persons are welcome for their money. In the former case, it is well known that the entertainer provides what fare he pleases; and though this should be very indifferent, and utterly disagreeable to the taste of his company, they must not find any fault; nay, on the contrary, good breeding forces them outwardly to approve and to commend whatever is set before them. Now the contrary of this happens to the master of an ordinary. Men who pay for what they eat will insist on gratifying their palates, however nice and whimsical these may prove; and if everything is not agreeable to their taste, will challenge a right to censure, to abuse, and to "d-n" their dinner without controul.

To prevent, therefore, giving offence to their customers by any such disappointment, it hath been usual with the honest and well-meaning host to provide a bill of fare which all persons may peruse at their first entrance into the house; and having thence acquainted themselves with the entertainment which they may expect, may either stay and regale with what is provided for them, or may depart to some other ordinary better accommodated to their taste.

As we do not disdain to borrow wit or wisdom from any man who is capable of lending us either, we have condescended to take a hint from these honest victuallers, and shall prefix not only a general bill of fare to our whole entertainment, but shall likewise give the reader particular bills to every course which is to be served up in this and the ensuing volumes. The provision, then, which we have here made is no other than Human Nature. Nor do I fear that my sensible reader, though most luxurious in his taste, will start, cavil, or be offended, because I have named but one article. The tortoise—as the alderman of Bristol, well learned in eating, knows by much experience—besides the delicious calipash and calipee, contains many different kinds of food; nor can the learned reader be ignorant, that in human nature, though here collected under one general name, is such prodigious variety, that a cook will have sooner gone through all the several species of animal and vegetable food in the world, than an author will be able to exhaust so extensive a subject.

In like manner, the excellence of the mental entertainment consists less in the subject than in the author's skill in well dressing it up. How pleased, therefore, will the reader be to find that we have, in the following work, adhered closely to one of the highest principles of the best cook which the present age, or perhaps that of Heliogabalus, hath produced. This great man, as is well known to all lovers of polite eating, begins at first by setting plain things before his hungry guests, rising afterwards by degrees as their stomachs may be supposed to decrease, to the very quintessence of sauce and spices. In like manner, we shall represent human nature at first to the keen appetite of our reader, in that more plain and simple manner in which it is found in the country, and shall hereafter hash and ragoo it with all the high French and Italian seasoning of affectation and vice which courts and cities afford. By these means, we doubt not but our reader may be rendered desirous to read on for ever, as the great person just above-mentioned is supposed to have made some persons eat.

Book 4, ch. 1

As truth distinguishes our writings from those idle romances which are filled with monsters, he productions, not of nature, but of distempered brains; and which have been therefore recommended by an eminent critic to the sole use of the pastry-cook; so, on the other hand, we would avoid any resemblance to that kind of history which a celebrated poet seems to think is no less calculated for the emolument of the brewer, as the reading it should be always attended with a tankard of good ale—

While—history with her comrade ale,

Soothes the sad series of her serious tale.

That our work, therefore, might be in no danger of being likened to the labours of these historians, we have taken every occasion of interspersing through the whole sundry similes, descriptions, and other kind of poetical embellishments. These are, indeed, designed to supply the place of the said ale, and to refresh the mind, whenever those slumbers, which in a long work are apt to invade the reader as well as the writer, shall begin to creep upon him. Without interruptions of this kind, the best narrative of plain matter of fact must overpower every reader; for nothing but the ever lasting watchfulness, which Homer has ascribed only to Jove himself, can be proof against a newspaper of many volumes.

We shall leave to the reader to determine with what judgment we have chosen the several occasions for inserting those ornamental parts of our work. Surely it will be allowed that none could be more proper than the present, where we are about to introduce a considerable character on the scene; no less, indeed, than the heroine of this heroic, historical, prosaic poem. Here, therefore, we have thought proper to prepare the mind of the reader for her reception, by filling it with every pleasing image which we can draw from the face of nature. And for this method we plead many precedents. First, this is an art well known to, and much practised by, our tragick poets, who seldom fail to prepare their audience for the reception of their principal characters.

Book 8, Ch. 1

First, then, I think it may very reasonably be required of every writer, that he keeps within the bounds of possibility; and still remembers that what it is not possible for man to perform, it is scarce possible for man to believe he did perform. This conviction perhaps gave birth to many stories of the ancient heathen deities (for most of them are of poetical original). The poet, being desirous to indulge a wanton and extravagant imagination, took refuge in that power, of the extent of which his readers were no judges, or rather which they imagined to be infinite, and consequently they could not be shocked at any prodigies related of it. This hath been strongly urged in defence of Homer's miracles; and it is perhaps a defence; not, as Mr Pope would have it, because Ulysses told a set of foolish lies to the Phaeacians, who were a very dull nation; but because the poet himself wrote to heathens, to whom poetical fables were articles of faith. For my own part, I must confess, so compassionate is my temper, I wish Polypheme had confined himself to his milk diet, and preserved his eye; nor could Ulysses be much more concerned than myself, when his companions were turned into swine by Circe, who showed, I think, afterwards, too much regard for man's flesh to be supposed capable of converting it into bacon. I wish, likewise, with all my heart, that Homer could have known the rule prescribed by Horace, to introduce supernatural agents as seldom as possible. We should not then have seen his gods coming on trivial errands, and often behaving themselves so as not only to forfeit all title to respect, but to become the objects of scorn and derision. A conduct which must have shocked the credulity of a pious and sagacious heathen; and which could never have been defended, unless by agreeing with a supposition to which I have been sometimes almost inclined, that this most glorious poet, as he certainly was, had an intent to burlesque the superstitious faith of his own age and country.

Book 9, Ch1.

To invent good stories, and to tell them well, are possibly very rare talents, and yet I have observed few persons who have scrupled to aim at both: and if we examine the romances and novels with which the world abounds, I think we may fairly conclude, that most of the authors would not have attempted to show their teeth (if the expression may be allowed me) in any other way of writing; nor could indeed have strung together a dozen sentences on any other subject whatever.

Scribimus indocti doctique passim,

may be more truly said of the historian and biographer, than of any other species of writing; for all the arts and sciences (even criticism itself) require some little degree of learning and knowledge. Poetry, indeed, may perhaps be thought an exception; but then it demands numbers, or something like numbers: whereas, to the composition of novels and romances, nothing is necessary but paper, pens, and ink, with the manual capacity of using them. This, I conceive, their productions show to be the opinion of the authors themselves: and this must be the opinion of their readers, if indeed there be any such.

Book 14, Ch 1. An author will write the better for having some knowledge of the subject on which he writes.

To say the truth, I require no more than that a man should have some little knowledge of the subject on which he treats, according to the old maxim of law, Quam quisque nôrit artem in eâ se exerceat. With this alone a writer may sometimes do tolerably well; and, indeed, without this, all the other learning in the world will stand him in little stead.

For instance, let us suppose that Homer and Virgil, Aristotle and Cicero, Thucydides and Livy, could have met all together, and have clubbed their several talents to have composed a treatise on the art of dancing: I believe it will be readily agreed they could not have equalled the excellent treatise which Mr Essex hath given us on that subject, entitled, The Rudiments of Genteel Education. And, indeed, should the excellent Mr Broughton be prevailed on to set fist to paper, and to complete the above-said rudiments, by delivering down the true principles of athletics, I question whether the world will have any cause to lament, that none of the great writers, either antient or modern, have ever treated about that noble and useful art.

To avoid a multiplicity of examples in so plain a case, and to come at once to my point, I am apt to conceive, that one reason why many English writers have totally failed in describing the manners of upper life, may possibly be, that in reality they know nothing of it.

This is a knowledge unhappily not in the power of many authors to arrive at. Books will give us a very imperfect idea of it; nor will the stage a much better: the fine gentleman formed upon reading the former will almost always turn out a pedant, and he who forms himself upon the latter, a coxcomb.

第四讲

浪漫主义运动及英国浪漫主义诗学观

一、浪漫主义运动概述

浪漫主义运动是从 1760—1860 年发生在欧洲并持续了 100 年的一场文学运动。它发端于西欧，以刚刚结束大革命的法国为策源地，以德国哲学家康德的古典唯心主义学说、费希特的彻底主观唯心论、谢林的"同一哲学"以及黑格尔的"绝对精神"等理论为思想基础，以歌德和席勒所主导的德国文学"狂飙运动"为先声，以英国文学，尤其是英国诗歌的空前繁荣为高潮，逐渐扩散到俄罗斯和美国的文学界。它是对前一时期以科学和理性为主导，强调秩序、规则、逻辑的启蒙主义的反动和反拨，具有强烈的反叛性。与新古典主义不一样，浪漫主义并没有特别奉行的准则。如果说有，那就是拒绝任何规则。浪漫主义者们反对特权和唯物质主义（materialism），拒斥科学和理性。他们打破规则，颠覆传统，推崇想象、直觉、情感、自然和神秘，赞美普通人，宣扬个人主义，追求自由与独立。他们对神秘莫测的事物感到激动，而对可以说清楚的事情无动于衷。他们倾听个人内心的诉说，而不关注社会的要求；他们鼓励反叛，对服从不以为然。浪漫主义运动改变了人们对艺术、文学以及其他创造性活动的看法。其影响之深远，甚至连反对它的人们也被它的理念所熏染，常常超过自知的程度以上。

浪漫主义者们崇尚个人主义，不把人作为集体的一个成员来看，而是作为一种美感上令人愉悦的独立对象予以观照。于是孤独成为一种浪漫主义者们独特的美学体验。他们享受孤独，欣赏孤独，颂扬孤独。他们描写孤独的人物，不是要引起怜悯，而是要引起感动、羡慕和向往，华兹华斯的《我像一片孤云独自漫游》（I Wandered Lonely as a Cloud）和《她住在人迹罕至处》（She Dwelt among Untrodden Ways）、雪莱的《一朵枯萎的紫罗兰》（On a Faded Violet）、济慈的《夜莺颂》（Ode to a Nightingale）都是对感受孤独的品味、沉迷和炫示。他们之所以欣赏孤独，是因为孤独是对社会束缚的本能反抗，能防止他人对自我的侵犯。

他们反对一切桎梏。反对桎梏从轻蔑服装和礼貌上的习俗开始，然后打破艺术和恋爱上的习俗和惯例，最后是对传统道德伦理的全面否定和颠覆。一对青年陷入恋爱，如果采取了反抗社会桎梏的姿态，便会受到赞美，私奔于是成为文学表现的恰当主题。他们赞赏强烈的激情，不管是哪一类的，也不问它的社会后果如何，因为激情之下，最容易冲破一切桎梏。破坏性的激情，如憎恶、怨愤、嫉妒、悔恨和绝望、羞愤和狂怒，是可贵的抒写对象。他们追忆既往，向往异域，想象汪洋恣肆，感情充沛流溢。而他们的抒情不仅体现在诗歌里，也体现在各种小说，如感伤小说、历史小说、哥特小说、古典神话和民间歌谣里。

英国的浪漫主义运动成果丰硕，浪漫主义诗歌可以说是独步天下，冠绝欧洲，出现了一大批风格各异、享誉国内外的大诗人，如威廉·华兹华斯、塞缪尔·柯勒律治、威廉·布莱克、拜伦、雪莱、罗伯特·骚塞和约翰·济慈等。小说和戏剧也成绩斐然，玛丽·雪莱、勃朗特三姐妹、简·奥斯丁、沃尔特·司各特、理查德·谢立丹等人的小说和戏剧都成为世界文学不可或缺的经典。在英国浪漫主义诗人中，不少人同时也是文学批评家和理论家，以他们的文学批评著述指出启蒙主义思想和实践中存在的问题，阐发和传播浪漫主义观念，其中最为著名的是华兹华斯、柯勒律治和雪莱。

二、浪漫主义诗人及其诗学理论

（一）威廉·华兹华斯及其诗学理论

1. 威廉·华兹华斯其人

威廉·华兹华斯（William Wordsworth，1770-1850）1770 年 4 月 7 日生于英国西北部坎伯兰地区的一个律师之家。父亲业务繁忙，经常出差，与子女相处甚少，但对小威廉要求甚高，让他背诵弥尔顿、莎士比亚和斯宾塞的诗歌。他少年时期，父母先后去世，由叔父照管成人。他在当地上了小学和中学，后来到剑桥大学圣约翰学院就读，于 1791 年获得学士学位。1795 年，他得到一位友人馈赠的 900 英镑遗产，从此不必为稻粱谋，过上了职业诗人的生活。他一生除在法国和德国短暂居住外，大多数时光在湖区的格拉斯米尔小村（Grasmere）悠闲度过。华兹华斯喜欢游山玩水，探奇览胜，在坎伯兰地区到处漫游，还曾步行游历了法国、德国、瑞士、意大利等地，爬过阿尔卑斯山。他的感情生活丰富，在法国期间与一位法国美女安妮特·瓦隆（Annette Vallon）邂逅相恋，育有一女；后来又娶了青梅竹马的少年同窗玛丽·哈钦森（Mary Hutchinson），生了 5 个子女。

华兹华斯在大学期间就开始创作，1787 年，他因为在《欧洲杂志》（*The European Magazine*）上发表了一首十四行诗而崭露头角，1793 年其第一部诗集《余晖下的漫步》（*An Evening Walk and Descriptive Sketches*）出版，后来陆续出版近十部诗集，其中《抒情歌谣集》（*Lyrical Ballads, with a Few Other Poems*，1798）是他的代表作，确立了他在英国诗坛的地位。他的《孤独的刈麦女》（The Solitary Reaper）、《我像一朵流云独自漫游》（I Wandered Lonely as a Cloud）、《丁登寺旁》（Lines Composed A Few Miles above Tintern Abbey）以及《她在人迹罕至处》（She Dwelt among the Untrodden Ways）等，脍炙人口，最为有名，是英国诗歌中不可多得、可反复吟咏把玩的名篇。他的诗，意境高远，思想深刻，见解精辟，富有激情，议论富含哲理，深邃中透着灵秀，而语言则明白、浅显、朴素、清新。不过他晚年的诗歌沉重有余，轻灵不足，读起来略嫌沉闷。

2. 华兹华斯的诗学理论

华兹华斯的诗学观点主要见于他的《抒情歌谣集》序言及注释里，并在诗集不同版本的序言里有扩充和修订。与锡德尼和德莱顿等人不一样，他在诗学讨论中所用的"诗"这个词，不是既指诗歌也泛指文学，而是专指"诗歌"这个文类。他以"情感流溢"作为基础，建立起诗歌主题、语言、价值以及什么是诗人等一套诗歌理论。其主要观点概述如下：

原初的诗歌来自于人们日常使用的语言

诗歌在产生之初是人们"真正使用的语言"，原始语言中韵律是自然存在的，那时的语言像歌声一般天然是诗化的语言，早期的诗人们以模仿自然的方式作诗，而后来的诗人却机械地模仿前人的作诗手法，结果随着时间的推移、语言的演变，韵律变成了固定的符号，修辞成了语言的装饰，原始的语言遭到了扭曲，诗歌的语言就离人们真正使用的语言越来越远了。

诗歌的语言要尽量少雕饰

只要诗歌的题材选择得当，自然就有相应的激情倾泻出来，而由激情产生的语言，只要适当选择，使之"有血有肉"、"合情合理"，就会高贵而丰富多彩，而无需专门的修辞手段、华丽的辞藻、复杂的结构、多音节的希腊词语和藏头露尾的委婉语。相反，如果题材不当，内容鄙陋而缺少意义，则无从产生健全的情感。这样的诗歌即使文辞讲究，也不能造就任何趣味，不能激起读者的思想或感情共鸣。

诗歌应该使用乡民所使用的语言

田园生活环境是人类情感赖以依存的土壤，单纯的生活状态使人们很少受到社会上虚荣心的影响，于是在情感的表达上单纯而不矫揉造作；田园生活的各种习俗赋予了人们持久的感受力，使人们能更确切地对各种基本情感加以思考，因而也就自然倾向于使用更纯朴、更有力的语言。在田园生活里，人的情感与自然美合二为一，乡民的心灵时刻与最好的外界东西相通，所以语言也成了最好的、适合用来写诗的语言。

诗歌的重点在于诗人

诗的本原和主题在于诗人心灵的属性和活动，即便是以外物作为本原和主题的诗，它也是诗人情感和心理活动加工的产物，是诗人创造性的想象，是他情感和愿望寻求表现的冲动，而不是单纯的模仿自然的行为。

诗歌是强烈情感的自然流溢

所有好诗都具备一个共同的特点：都是诗人在平静中回忆起某种经历以及它所引起的激情，又对这种情感予以理性的沉思，直到当时的激情重现，打破平静，充盈心间，诗人感情激动，不能自已，然后开始形诸文字。在此过程中，诗人的心灵始终处于欢乐、亢奋的状态，驱使他把各种激情描述出来，但是他呈现的已经不是事件发生时所感受的激情，而是经过沉思净化的、从心中流溢的激情。

诗歌在质不在形

使诗歌成其为诗歌的是它的思想、情感、趣味、意象、想象力与和谐感，而不是它的韵律。韵律不过是附加在文章上的东西。真正的好诗，即便没有韵律的装饰，也依然动人。实际上，很多好诗用的就是散文式的语言。一首诗如果缺乏有价值的思想或者动人的情感，即使措辞很优美，有见识的人也不赏识。诗人用韵文写作只是因为韵律具有整齐、一致的特点，又富有音乐性和节奏感，可以增强愉悦的感觉，可以中和过于强烈的情感，使人在快乐或者痛苦时都不至于过度。在内容一样的情况下，有韵律的文字会因为朗朗上口，更令人愉悦，更容易入心。

诗歌的目的和价值

诗歌是一切写作中最具哲理的文体，其目的在于表达真理。但它追求的不是表达个别的、局部的真理，而是普遍的、放之四海而皆准的真理，不以外在的证据作依靠，而是凭借热情直击人心，赋予人以力量和神性。人和自然的形象都可以在诗歌里找到。诗歌是一切知识的精华、起源和终结。

诗人的特殊性及责任

诗人与一般人的区别在于，他具有更敏锐的感受性以及容易动情的特性，能敏捷地表达自己的思想和感情。诗人绝不是单单为诗人而写诗，而是为大众而写诗的，他要以人的身份向大众讲话。他不仅要展现给欣赏者有益心灵的题材，也必须让人觉得愉快。

写诗的六种能力

写诗需要六种能力，分别是观察和描绘的能力、感受性、沉思的能力、想象和幻想的能力、虚构的能力、判断的能力。其中，观察力和感受力是最根本的能力；沉思使诗人熟悉动作、意象、思想和感情的价值；判断力则是指决定如何运用以上的每一种能力，也决定每一种写作的规律和相对的优点。沉思的能力和判断的能力是对感情流溢的制约和规整。想象力和虚构的能力具备统一和分解的力量，可以依据不同的规律、出于不同的目的把素材聚集在一起，以众合为一、化一为多的方式进行创造，使联合起来的几个意象互相影响和改变。

华兹华斯强调诗人在诗歌创作中的主体性，并认为诗歌是诗人内心世界的外化，将诗歌创作的焦点从模仿自然转移到表现情感，实现了从模仿说到表现说的过渡，这标志着文学批评理论从新古典主义文论向浪漫主义的转向。华兹华斯的诗学思想具有承前启后的意义，成为浪漫主义文学的宣言，为后世的文学批评理论与实践留下了宝贵的财富。

3.《抒情歌谣集·序言》(*Preface to Lyrical Ballads*，1802) 原文选读

... For all good poetry is the spontaneous overflow of powerful feelings: but though this be true, poems to which any value can be attached, were never produced on any variety of subjects but by a man, who being possessed of more than usual organic sensibility, had also thought long and deeply. For our continued influxes of feeling are modified and directed by our thoughts, which are indeed the representatives of all our past feelings; and, as by contemplating the relation of these general representatives to each other we discover what is really important to men, so, by the repetition and continuance of this act, our feelings will be connected with important subjects, till at length, if we be originally possessed of much sensibility, such habits of mind will be produced, that, by obeying blindly and mechanically the impulses of those habits, we shall describe objects, and utter sentiments, of such a nature and in such connection with each other, that the understanding of the being to whom we address ourselves, if he be in a healthful state of association, must necessarily be in some degree enlightened, and his affections ameliorated.

...

... What is a Poet? To whom does he address himself? And what language is to be expected from him? He is a man speaking to men: a man, it is true, endued with more lively sensibility, more enthusiasm and tenderness, who has a greater knowledge of human nature, and a more comprehensive soul, than are supposed to be common among mankind; a man pleased with his own passions and volitions, and who rejoices more than other men in the spirit of life that is in him; delighting to contemplate similar volitions and passions as manifested in the goings-on of the Universe, and habitually impelled to create them where he does not find them. To these qualities he has added a disposition to be affected more than other men by absent things as if they were present; an ability of conjuring up in himself passions, which are indeed far from being the same as those produced by real events, yet (especially in those parts of the general sympathy which are pleasing and delightful) do more nearly resemble the passions produced by real events, than any thing which, from the motions of their own minds merely, other men are accustomed to feel in themselves; whence, and from practice, he has acquired a greater readiness and power in expressing what he thinks and feels, and especially those thoughts and feelings which, by his own choice, or from the structure of his own mind, arise in him without immediate external excitement.

...

But I might point out various causes why, when the style is manly, and the subject of some importance, words metrically arranged will long continue to impart such a pleasure to mankind as he who is sensible of the extent of that pleasure will be desirous to impart. The end of Poetry is to produce excitement in co-existence with an overbalance of pleasure. Now, by the supposition, excitement is an unusual and irregular state of the mind; ideas and feelings do not in that state succeed each other in accustomed order. But, if the words by which this excitement is produced are in themselves powerful, or the images and feelings have an undue proportion of pain connected with them, there is some danger that the excitement may be carried beyond its proper bounds. Now the co-presence of something regular, something to which the mind has been accustomed in various moods and in a less excited state, cannot but have great efficacy in tempering and restraining the passion by an intertexture of ordinary feeling, and of feeling not strictly and necessarily connected with the passion. This is unquestionably true, and hence, though the opinion will at first appear paradoxical, from the tendency of metre to divest language in a certain degree of its reality, and thus to throw a sort of half consciousness of unsubstantial existence over the whole composition, there can be little doubt but that more pathetic situations and sentiments, that is, those which have a greater proportion of pain connected with them, may be endured in metrical composition, especially in rhyme, than in prose.

I have said that Poetry is the spontaneous overflow of powerful feelings: it takes its origin from emotion recollected in tranquillity: the emotion is contemplated till by a species of reaction the tranquillity gradually disappears, and an emotion, kindred to that which was before the subject of contemplation, is gradually produced, and does itself actually exist in the mind ... I might perhaps include all which it is necessary to say upon this subject by affirming, what few persons will deny, that, of two descriptions, either of passions, manners, or characters, each of them equally well executed, the one in prose and the other in verse, the verse will be read a hundred times where the prose is read once. We see that Pope by the power of verse alone, has contrived to render the plainest common sense interesting, and even frequently to invest it with the appearance of passion.

(二)塞缪尔·柯勒律治及其诗学理论

1. 柯勒律治其人

塞缪尔·泰勒·柯勒律治(Samuel Taylor Coleridge, 1772-1834)1772 年出生于英格兰德文郡的一个牧师家庭。8 岁丧父,被送往寄宿学校读书。1791 年到剑桥的耶稣学院读书。大学肄业离校后,曾经在英格兰西部的什罗浦郡当过一段时间的代理牧师。这时,一位企业家朋友维基伍德(Josiah Wedgwood II)给了他一份 150 英镑的终身年金,使他不必为谋生奔忙,而能专注于文学写作和研究。1798 年他与华兹华斯游历德国,在此期间对德国哲学和文学批评产生了兴趣。1800 年回到英国,到湖区的开士威克(Keswick)居住,与华兹华斯为邻。1810—1820 年在伦敦和布里斯托两地举行了系列哲学和文学批评讲座。1816 年 4 月,应詹姆士·吉尔曼(James Gillman)医生之邀,住进他在伦敦提供的居所,余生一直在此居住。1834 年,他因心脏病发作去世。

柯勒律治从小对运动不感兴趣,爱独自一人玩耍,酷爱阅读,经常手不释卷,6 岁时就读完了《鲁滨逊漂流记》。上中学期间,他系统阅读了希腊悲剧、莎士比亚和弥尔顿的作品，并尝试自己写诗。1798年，与华兹华斯合作出版《抒情歌谣集》（*Lyrical Ballads*）而一举成名。在这个集子里，华兹华斯的诗歌虽然多，但真正引人注目、获得赞美的是柯勒律治的《老水手之歌》（The Rime of the Ancient Mariner）。该诗以简洁的结构、朴素的语言、激昂的语调、强烈的忏悔情感讲述了一个充满超自然人物和事件的奇异故事，意象鲜明，意味深远，令人读后久久不能忘怀。

柯勒律治从小身体不好，一生受病痛折磨，为了治病又吸食鸦片上瘾，早年爱情受挫，后来婚姻也不幸福，以夫妻分居告终。他性情孤僻，喜怒无常，做事没条理，谈话漫无边际。但是，这些似乎并未妨碍他在文学圈获得接纳和爱戴，当时文学界的成名人物查尔斯·兰姆、罗伯特·骚塞、华兹华斯和威廉·戈德温都与他交情甚笃。他晚年住在伦敦时，当时文学界的年轻人，如卡莱尔、艾默生等对他甚为景仰，把到他的居所去谈天视为一场朝圣。

柯勒律治博览群书，知识渊博，学养深厚。他写诗注重打磨，反复修改，华兹华斯和骚塞都向他讨教诗艺。他不仅是一位出色的诗人，也是位颇有建树的文学批评家。在他关于莎士比亚的讲座里，对《哈姆雷特》的评论见解独到，分析深刻，改变了人们此前对该剧的看法，确立了其经典地位。他的散文体著作《文学家小传》（*Biographia Literaria*）除开文学家传记，还包括一批文学批评和文学理论的论文，系统阐发了他的诗学思想。他是英国诗歌史上最重要的人物之一，其诗作和诗学思想直接地、深刻地影响了同时代的诗人及后世的理论家。"新批评派"理论的创始人瑞恰慈（I. A. Richards）便是深受其影响的文学理论家之一。

2. 柯勒律治的诗学理论

柯勒律治的诗学思想主要体现在他的一系列文学讲稿和晚年著作《文学家小传》（*Biographia Literaria*）里。在这部传记中他论述了康德、费希特、谢林等德国哲学家的哲学和美学思想，评析了华兹华斯等同代人的诗学理论。他以想象力、思考等心灵能力为论证起点，串联诗歌创作的其他要素，来确立诗歌的意义，构建浪漫主义的诗歌批评体系。英国批评家和作家乔治·圣茨伯雷（George Saintsbury，1845-1933）将柯勒律治与亚里士多德和朗吉努斯相提并论。[①] 现将《文学家小传》部分观点简述如下。

想象的分类

关于想象的问题在柯勒律治的诗学批评理论中居于核心地位。他主张把想象分为两类：原初想象（Primary Imagination）和次生想象（Secondary Imagination）。其中，原初想象是"一切人类知觉的活力与原动力，是无限的'存在'中永恒的创造活动在有限的心灵中的重演"。原初想象力是沟通"存在"与"有限的心灵"的纽带。通过发挥原初想象力的作用，"存在"得以在"有限的心灵"中获得反映和再现。次生想象是原初想象的"回声"，它与"自觉的意志"共同存在，其功用和性质与后者相同，但程度和发挥作用的方式不同。为了再创造，它溶化、分解、分散。次生想象力是创造力的代名词，灵活而富有活力，具

---

① 雷纳·韦勒克. 近代文学批评史：第2卷. 杨自伍，译. 上海：上海译文出版社，2009：197.

有对客观对象予以聚合和分散的能力。原初想象和次生想象同根同源，性质相同，都接受"存在"的指引。

幻想与想象的区别

柯勒律治认为幻想"只与固定的和有限的东西打交道，实际上只不过是摆脱了时间和空间秩序约束的一种回忆，与我们称之为'选抉'的那种意志的实践混在一起，并且被它修改"，同时，幻想与平常的记忆相通，"必须从联想规律产生的现成的材料中获取素材"。而想象是能够进行有机的创造活动的，具体体现在其为了"再创造"而"融化"、"分解"、"分散"的能动性上；幻想却仅仅只是能被修改的回忆，是机械而被动的。而华兹华斯的"诗是强烈情感的自然流露"、"它起源于平静中回忆起来的情感"等观点忽略了想象力对诗歌创作的根本性作用。

诗歌整体论

诗歌是一个有机的整体。一首诗必须是一个整体，各部分并行不悖，相互支持，彼此说明，互相影响，互为存在的前提，每部分的格律也必须与其他部分的格律协调，最终作为一个整体的诗歌才能创造出和谐一致的效果。诗歌的各个组成部分自有其乐趣，但是最重要的乐趣来自诗歌的整体。

乡民的语言并非最适合诗歌的语言

柯勒律治不认可华兹华斯关于乡民较少受到虚荣心的影响，因而感情真挚，不矫揉造作，语言自然天成，适合入诗的看法。他认为乡村生活先天性的缺乏不仅不利于形成健康的感情和慎思的头脑，反而较容易让人们被世故和恶俗所染污。在乡村生活中，一个人的灵魂要有所发展，必须具备教育或天生的敏感等有利条件，否则只会变得自私狭隘，追逐肉欲，粗俗无情。例如，在北威尔士的农民中，无论是多秀美奇崛或严峻雄伟的崇山峻岭，对他们来说也就不过是"摆在瞎子眼前的图画、演奏在聋子耳边的音乐"而已。乡民的语言表达所包含的见解更少，而且缺乏与事实之间的联系。由于乡民词汇贫乏，不具备系统的思辨能力，因此即使我们承认语言中最好的部分是在认识事物的过程中形成的，乡民的语言也不可能是最好的，况且乡民所常用的字或字群也不能形成语言最好的部分，所以，乡民的语言不可能成为适合入诗的"最好的语言"。

不存在适合作诗的"真正的语言"

每个人的语言受知识范围、才能、感情的深度和敏感性的影响，个人用语的性质与他心中事先贮藏着的一般真理、概念和意象以及表达它们的字句的数量与质量相关，因此并不存在一个外在的、纯粹的"真正的"语言。如果一定要找一个最好的语言，那么源于心灵活动、经过选择的语言才是最好的语言。

格律与诗歌

诗之本质在于歌，格律对于诗歌来说不可或缺。格律是诗的正当形式，诗如果不具备格律，就是不完全的、有缺欠的；格律虽然不过是增强感觉，刺激注意力，但其作用类似酵母，本身虽无价值，但一旦与诗歌结合发生作用，却能改变它的特性，增加其愉悦与魅力。灵魂中没有音乐的人，绝不能成为真正的诗人。

柯勒律治的文学批评思想融合了诗学、美学、哲学和艺术等领域，其哲学性和体系性备受后世批评家们的推崇。他将诗歌的各种要素、诗人和诗的定义及特征纳入自己的批评体系，建立起完整的浪漫主义诗学批评理论体系。值得注意的是，相比华兹华斯认为诗歌要通过模仿乡野村夫的口语来达到模仿自然的目的，柯勒律治更强调想象力在诗歌创造中的重要性。因此，柯勒律治与华兹华斯关于诗歌起源的争论更像是模仿论与表现说的一场交锋。

（三）珀西·比希·雪莱及其诗学理论

1. 雪莱其人

雪莱（Percy Bysshe Shelley，1792-1822）出生于英格兰苏塞克斯郡的一个贵族家庭，父亲是议员。1804 年进入伊顿公学，1810 年进入牛津大学。由于思想激进，大肆宣传无神论，入学后不到一年便被牛津大学开除。之后，他在英国和欧陆之间几度往返，辗转多地，写诗，也写政论，宣扬自由，抨击时政。他的经济状况时好时坏，而政治、社会环境始终恶劣。他曾两度恋爱，先与妹妹的同学哈丽特·威斯布克（Harriet Westbook）私奔，后来又与精神导师哲学家葛德文之女玛丽私奔，结婚，遭人诋毁、唾骂。其实他很无辜，因为他的第一次私奔只是出于救人的善意所做出的冲动之举，第二次恋爱才是两情相悦、刻骨铭心、舍此无他的挚爱，所以他英年早逝后，年轻而美丽的遗孀玛丽心中无法容纳他人，拒绝再嫁，为他一生守寡。1818 年，雪莱一家移居意大利，1822 年 7 月 8 日雪莱在斯佩西亚湾（Gulf of Spezia）遭遇风暴，覆舟而死，殁年尚不满 30 岁。

雪莱自幼聪慧好学，在伊顿读书期间博览群书，读过古罗马哲学家卢克莱修（Lucretius）、古罗马诗人普里尼（Pliny）、美国人富兰克林、英国人潘恩、法国启蒙主义哲学家卢梭和孔多塞等人的著作，还大量阅读自然科学书籍。他很小就尝试诗歌创作，一生虽然短暂，但是著述颇丰，作品涵盖诗歌、小说、戏剧、文学批评，还翻译过柏拉图、荷马、但丁、歌德等人的著作。他最著名的诗篇包括《西风颂》（Ode to the West Wind）、《被解放的普罗米修斯》（*Prometheus Unbound*）、《致云雀》（To a Skylark）、《一朵枯萎的紫罗兰》（On a Faded Violet）、《尤根尼亚山遣怀》（Lines Written among the Euganean Hills）等，最具代表性的文学批评文章则是《为诗辩护》（A Defence of Poetry）。

雪莱少时常被同学欺负，与父母感情也不和睦。母亲嫌他生得秀美，不像个男子汉，而思想陈腐的父亲则反感他离经叛道的思想和诋毁宗教的言行。上中学时，由于不接受高年级学生有权支配和役使低年级同学的学仆制，他受到了老师和同学的打压和苛待，而他则特立独行，毫不妥协。这些经历养成了他不惧人言、勇于反抗的强悍个性，而这种个性又影响了他的诗作。《解放了的普罗米修斯》、《麦布女王》、《伊斯兰的反叛》均以反抗压迫、争取自由为主题，《西风颂》是直接为曼彻斯特群众集会遭到骑兵屠杀而发出的抗议之声，而《自由颂》则是献给西班牙人民的赞歌，欢呼他们的反抗，声援他们起义。

他的诗作多为高歌猛进的呐喊、大声疾呼的抗议，而且艺术性很强，评论家说："在他个性特色最鲜明的作品中，其精美程度胜过了莎士比亚；没有一个诗人能和他相比，没有一个诗人能超越他。他在 1821 年和 1822 年写下的那些短诗，也许可以大胆地说，是英语文学最美的精品。"①《不列颠百科全书》赞扬他"在一个伟大的诗的时代，写出了最伟大的抒情诗剧、最伟大的悲剧、最伟大的爱情诗、最伟大的牧歌式挽诗以及一整批许多人认为就其形式、风格、意象和象征性而论，都是无与伦比的长诗和短诗。"

2. 雪莱的诗学理论

雪莱的文学理论文章有《论文学的复兴》、《论〈会饮篇〉》、《评赫格的〈爱历克斯·海玛道夫亲王回忆录〉》等，但是《为诗辩护》（1821）最为有名，其创作缘起如下：1820 年，小说家托马斯·洛夫·皮柯克（Thomas Love Peacock）发表了《诗的四个时期》（Four Ages of Poetry）一文，提出远古诗歌淳朴粗野，在诗歌历史上是黑铁时期；及至国家兴起，诗技成熟，歌颂贵族，诗歌进入黄金时期；至罗马帝国，诗歌水平臻于极境，后人难以超越，进入白银时期；之后，有才的诗人耻于模仿，意图独创，但并未能返璞归真，诗歌进入黄铜时期。从中世纪起，诗歌陷入循环状态，在黑暗的中世纪，诗歌处于黑铁时期，文艺复兴迎来黄金时期，新古典主义阶段是诗的白银时期，以"湖畔派"为代表的当代则是黄铜时期。② 此时的诗歌不过是"激情难忍的咆哮，自作多情的啜泣，虚情假意的哀诉"，对世人的生活和社会进步"在任何方面也不配称有丝毫贡献"。③ 为了反驳皮柯克对浪漫主义诗歌的贬损，雪莱激愤之下创作了《为诗辩护》。以下是《为诗辩护》中的部分观点。

诗与诗人

诗是具有韵律的语言的特殊配合，但绝不仅是好看的字眼、铿锵的音节；它是最快乐、最善良的心灵中最快乐、最善良瞬间的记录。一首伟大的诗，是一个源泉，永远泛溢着智慧和快感的活水；而诗人是最快乐、最良善、最聪明和最显赫的人，是最可靠的先驱和伙伴，是法律的制定者、文明社会的创立者、人生百艺的发明者，是真和美的祭司，是沟通超越界与现实界的天使。

诗歌具有认识价值

诗歌是现实生活的反映，帮助人们了解事情的真相、事件的实质，揭示生活中潜在的美和内在的真理。诗歌有如一面镜子，让观者在镜中照见自己，认识自己。

诗歌是情感的外化

诗歌是人内心想象力外化的结果，是外来的印象和内在的调和共同参与的产物，诗歌

---

① 见勃兰兑斯《19 世纪文学主流》。
② 缪灵珠. 19 世纪英国诗人论诗·译后记. 刘若端，编. 北京：人民文学出版社，1984：160.
③ 托马斯·洛夫·皮科克. "诗的四个时代"见缪灵珠美学译文集：第三卷. 章安祺，编. 北京：中国人民大学出版社，1998：66.

不是单纯的模仿，而是对外物所作出的情感反映的产物。

诗歌是灵感的产物

流传世间的最灿烂的诗所传达的东西是灵感逝去后的残留。诗歌的灵感不受主观意志的支配，不像推理那种凭借意志决定而发挥的力量。人不能说"我要作诗"，就能作出诗来，即使是最伟大的诗人也做不到。在创作时，人们的心境宛若一团行将熄灭的炭火，有些不可见的势力，像变化无常的风，煽起它一瞬间的光焰，灵感就产生了。但灵感这东西，唯有感受性最细致，想象力最博大的人们，才可以体味得到。灵感有如花朵的颜色，随着花开花谢而逐渐退落，逐渐变化，我们天赋的感觉能力不能预测，也不能控制它的来去。诗人作诗不能出于刻意的目的，能做的仅仅是等待灵感的到来，而后捕捉到那一瞬即逝的美。诗人像一只栖息在黑暗中的夜莺，用美妙的歌喉唱歌来慰藉自己的寂寞。

诗歌能够救世

诗歌是维护人类的权利、理想和惩治罪恶的"一柄闪着电光的剑"。虽然伦理学可以为社会风俗的诸种弊病提供解药，但是诗歌更起作用，因为诗歌是一种更为神圣的途径，它能唤醒人心，开阔胸襟，使人通达宽容。诗歌像一条锁链，一端系在那些伟大的心灵上，一端联结着所有的生命，保存着美，传播着快感，而快感能加强和净化感情，扩大想象，使感觉更为活泼，使人的精神世界更为丰富。诗歌渲染高尚的情操，能引起读者普遍的激动；诗歌抒写对美德的渴望，能唤醒人们对卑劣欲念的弃绝。

诗歌能够教化

正如锻炼能增强我们的机体一样，诗歌能增强人类的德性，这是因为欣赏诗歌的快乐，往往是一种绝对纯粹的、高层次意义的快乐，它强调感情的升华以及道德上的净化。道德倡导爱他人，即暂时舍弃自己，将别人设想为自己。要做到这样，就需要有化我为人的想象力，而诗歌正好可以激发想象力，使人在想象中进入他人的处境，产生对他人的理解、同情和爱，从而变得高尚，富有爱心。诗歌体现时代的伦理理想，诗歌的繁荣与时代道德和知识状况相辅相成，诗歌的衰落往往也伴随着社会的腐化堕落。但不是诗歌败坏了社会，而是社会败坏了诗歌。

《为诗辩护》虽然用大量篇幅勾勒文学的社会史，所涉及的诗学批评相对稀少，但却积极地反驳了当时"诗歌无用"的论调，极大地肯定了诗歌在文学价值和社会道德上的作用，丰富了英国浪漫主义诗学批评理论。

3.《为诗辩护》(A Defence of Poetry) 原文选读

A poem is the very image of life expressed in its eternal truth. There is this difference between a story and a poem, that a story is a catalogue of detached facts, which have no other connection than time, place, circumstance, cause and effect; the other is the creation of actions according to the unchangeable forms of human nature, as existing in the mind of the Creator, which is itself the image of all other minds. The one is partial, and applies only to a definite period of time, and a certain combination of events which can never again recur; the other is universal, and contains within itself the germ of a relation to whatever motives or actions have place in the possible varieties of human nature.

...

Poetry is indeed something divine. It is at once the centre and circumference of knowledge; it is that which comprehends all science, and that to which all science must be referred. It is at the same time the root and blossom of all other systems of thought; it is that from which all spring, and that which adorns all; and that which, if blighted, denies the fruit and the seed, and withholds from the barren world the nourishment and the succession of the scions of the tree of life. It is the perfect and consummate surface and bloom of all things; it is as the odour and the colour of the rose to the texture of the elements which compose it, as the form and splendour of unfaded beauty to the secrets of anatomy and corruption. What were virtue, love, patriotism, friendship—what were the scenery of this beautiful universe which we inhabit; what were our consolations on this side of the grave-and what were our aspirations beyond it, if poetry did not ascend to bring light and fire from those eternal regions where the owl-winged faculty of calculation dare not ever soar?

...

Poetry is the record of the best and happiest moments of the happiest and best minds. We are aware of evanescent visitations of thought and feeling sometimes associated with place or person, sometimes regarding our own mind alone, and always arising unforeseen and departing unbidden, but elevating and delightful beyond all expression; so that even in the desire and regret they leave, there cannot but be pleasure, participating as it does in the nature of its object. It is as it were the interpenetration of a diviner nature through our own; but its footsteps are like those of a wind over the sea, which the coming calm erases, and whose traces remain only, as on the wrinkled sand which paves it. These and corresponding conditions of being are experienced principally by those of the most delicate sensibility and the most enlarged imagination; and the state of mind produced by them is at war with every base desire.

Poetry turns all things to loveliness; it exalts the beauty of that which is most beautiful, and it adds beauty to that which is most deformed; it marries exultation and horror, grief and pleasure, eternity and change; it subdues to union under its light yoke, all irreconcilable things. It transmutes all that it touches, and every form moving within the radiance of its presence is changed by wondrous sympathy to an incarnation of the spirit which it breathes: its secret alchemy turns to potable gold the poisonous waters which flow from death through life; it strips the veil of familiarity from the world, and lays bare the naked and sleeping beauty, which is the spirit of its forms.

第五讲

美国耶鲁学派及其文学批评思想

一、概述

"耶鲁学派"（Yale School）（戏称"耶鲁四人帮"）是指 20 世纪七八十年代活跃于耶鲁大学的一个文学批评团体，其核心成员包括保尔·德·曼、哈罗德·布鲁姆、西利斯·米勒和杰弗里·哈特曼。

"耶鲁学派"产生于 20 世纪七八十年代的"理论论战"中。20 世纪 20 到 60 年代，在北美和英国占主导地位的是新批评，它重视形式而不看重内容、意义或者语境，认为文学文本是一个独立的美学客体，由形式统一体构成。20 世纪 50 年代起，一些英美文学批评者开始研读当代欧洲哲学，在其中发现思想共鸣。他们吸收后结构主义的观点，运用欧洲哲学和心理分析学说解读文学作品。德·曼和其耶鲁的同事米勒、布鲁姆和哈特曼等也参与其中。他们具有开拓性的著作引起人们强烈的反响和兴趣。传统英美文学批评者感受到威胁和危机，并因此对新一代的批评发动猛烈攻击。由此引发学术界在观点上的冲突和论战，即 20 世纪七八十年代的"理论论战"。耶鲁学派就是在这样的背景之下诞生的。

"耶鲁学派"倡导欧陆思想，标榜解构理论，又被称为"解构主义"流派。由耶鲁学派成员与雅克·德里达联合出版的著作《解构与批评》（1979）一书被看做是该学派的宣言。深受解构主义影响，耶鲁学派成员反对西方形而上学，打破逻各斯中心主义。在文学批评中，他们试图革新英美文学批评传统，揭示语言的修辞性和文本意义的不确定性，瓦解作家和文本权威，批判文学批评中的整体化倾向，致力于倡导批评的自由和提升批评者的地位。对耶鲁学派及其提倡的解构批评，人们观点不一。反对者认为，一味强调文本中存在的相互冲突和对立的因素会陷入怀疑论、相对主义和虚无主义，在强调解读的重要性的同时实际上消解了解读的意义。但是，人们又不得不承认耶鲁学派和他们所倡导的解构方法给美国文学批评带来前所未有的活力和深远的影响。在强调意义的不确定性的同时事实上打开了文本意义的多种可能性，肯定了批评的价值和无限可能性。

耶鲁学派是一个松散的学术团体。尽管其成员都有着大体一致的解构主义倾向，但他们并不总是用同一种声音说话，在具体问题上甚至有分歧，在文学批评的理论和方法上各成员又有各自独到的见解。尽管被冠以"解构主义批评家"的称号，耶鲁学派的成员如哈特曼和布鲁姆反对将他们定位为解构主义者。哈特曼在《解构和批评》一书的前言部分声明，德·曼和米勒是"坚定的解构主义者"，而他自己和布鲁姆则"算不上是解构主义者"，相反，他们甚至反对某些解构主义观点。①

在 20 世纪七八十年代的理论论战中，在英美文学批评正经历历史转变的关键时刻，耶鲁大学这四位卓有成就的批评者成为媒体关注的焦点，为媒体传播新一波具有颠覆性的批评浪潮提供了聚焦点。媒体经常把他们作为一个整体来报道。这进一步强化了"耶鲁学派"这一说法。不妨说，这一学派的产生是在特殊历史时期媒体推动之下"偶然"诞生的。

耶鲁学派在 20 世纪七八十年代盛极一时。在 1983 年其领军者德·曼去世之时已逐渐衰落。尽管如此，耶鲁学派所倡导的方法和原理散布于其他相关领域，影响了许多批评流派和运动，如女性主义、后马克思主义、心理分析、文化、社会和人类学研究等。

二、保尔·德·曼及其文学批评思想

1. 保尔·德·曼其人

保尔·德·曼（Paul de Man, 1919-1983）于 1919 年生于比利时安特卫普的一个佛兰芒家庭。他早年在布鲁塞尔自由大学就读，1948 年移居美国，后在哈佛大学获博士学位。之后，德·曼先后在康奈尔大学、约翰·霍普金斯大学和苏黎世大学等学校任教，从 1970 年开始就职于耶鲁大学，任法语系和比较文学系教授。德·曼著述不多。1971 年出版的论文集《盲视和洞见》以及 1979 年的《阅读的寓言》奠定了德·曼的解构批评理论。过世之后，德·曼的支持者陆续整理出版《浪漫主义的修辞》（1984）、《抵制理论》（1986）、《批评文集》（1989）、《审美意识形态》（1996）等论著。

从 20 世纪 60 年代到 80 年代，德·曼可以说是美国文学批评界的头号人物，是美国解构批评的领军者。在他的影响下，美国学术界一度掀起解构热潮。他富有创新的解读不仅拓宽了人们对文学文本的解读，而且直指语言、哲学和政治问题。他的比利时生活背景使他成为联系美国和欧陆思想的关键人物。雅克·德里达称德·曼转变了"文学理论领域，开通了浇灌这一领域的所有渠道，无论是在大学之内还是之外，美国还是欧洲"②。

德·曼是一个颇具争议的人物。反对者认为他的文章晦涩难懂，不问政治，具有反人类倾向。1987 年，在德·曼去世四年后，他曾在第二次世界大战期间为亲纳粹报刊《晚报》工作的历史被挖掘出来。特别是伊夫琳·巴里什（Evelyn Barish）所撰写的传记《保尔·德·曼的双重生活》对他鲜为人知的私生活进行曝光后，人们开始质疑他主导的解构批评理论的价值。从此德·曼的声誉急转直下。批评的声音几乎淹没了他以前在学术上取得的成就。少数支持者则强调私生活和学术观点之间没有必然关联。尽管对他的非议颇多，德·曼在文学批评历史中的重要作用和地位不容抹杀。

---

① Bloom, Harold, et al. *Deconstruction and Criticism*. New York: Continuum, 1979. ix.

② Derrida, Jacques. *Memoirs for Paul de Man*. New York: Columbia University Press: 1989. VXII.

2. 保尔·德·曼的文学批评思想

语言的修辞性和文本意义的不确定性

德·曼指出修辞是语言的本质，语言的修辞性消解了意义的稳定性和确定性。德·曼认为，修辞并不是文学所特有的，所有语言运用，无论是日常的，还是文学的，都是修辞性的。修辞语言总是指向不是它自己的某一个事物，指向一个没有权威中心的意义链条。它滑溜溜的，不可靠。对修辞的解释因而不可能产生单一稳定的意义。德·曼还指出修辞超越语法和逻辑。因为修辞的作用，一个语法结构清晰的句子可能产生互不相容、相互消解的两种意思。我们无法确定哪种解读处于优势地位。由语法结构所产生的意义的权威被比喻的双重性所模糊。

因为语言固有的修辞性，所有的文学文本都在无止境地自我解构。在文本中含有一个整体化的比喻，同时又存在对这个整体化比喻的解构。在这个解构的过程中，又产生了新的整体化，于是又发生新的解构……这样就产生了解构——整体化——重新解构的无限循环，这就是阅读的寓言，也就是文学文本不可解读的故事。"解构并不像逻辑上的反驳或者辩证模式那样发生于命题之间，而是发生在关于语言修辞性质的元语言陈述和质疑这些陈述的修辞实践之间"。① 也就是说，文本自身的因素质疑或者取消了其自身提出的观点。当我们仔细审查文本并发现其中存在的这种矛盾和张力时，阅读的寓言就出现了。在阅读中，文本显示了自己的矛盾之处，体现了整体化固有的困难或者文本权威性的局限。

修辞给阅读和理解带来障碍，让单一、稳定和本原的文本意义成为不可能。由语言构成的文本因而不是铁板一块，它的意义是敞开的，解读也是多样的，没有确切无疑的解读，也没有哪一种解读是权威和终极的，每一种解读都是误读。德·曼用语言的修辞性打破了文学批评中的整体化倾向。

盲视和洞见

语言的修辞性决定所有的解读都是误读。误读尽管不是关于文本的权威解读，但又是必需的，因为正是在误读中，洞见的产生才成为可能。德·曼认为"批评者批评假定中最大的盲点产生的时刻，也是他们取得最伟大的洞见的时刻"。② 在盲视的代价中，洞见得以产生。盲视和洞见因此并不是对立面。洞见建立在它所驳斥的假定之上，洞见寓于盲视之中。盲视和洞见相结合，显示复杂批评文本的奥妙。阅读的行为对于德·曼来说仿佛是"真理和谬误紧密绞缠没完没了的过程"。③

德·曼将盲视和洞见的理论用于批评文本，对卢卡奇、布朗肖、波利特、普莱等的批

---

① De Man, Paul. *Allegories of Reading*：*Figural Language in Rousseau, Nietzsche, Rilke, and Proust*. New Haven and London：Yale University Press, 1979. 98.

② De Man, Paul. *Blindness and Insight*：*Essays in the Rhetoric of Contemporary Criticism*. Minneapolis：University of Minnesota Press, 1983. 109.

③ Ibid, ix.

评文本进行研究，发现他们理论陈述和实际解读结果之间存在矛盾。比如卢卡奇在《小说理论》中认为小说是一种反讽模式，其中充满非连续性和不确定性，但另一方面，他又用有机的历史观来解读小说。布朗肖在批评中努力消除自我的维度，但是他在论述中又依赖于源于自我的隐喻。在普莱的《人类时间研究》中，可以看到两种相对抗的时间观：时间的绵延性和即时性。前者是盲视，而后者则是洞见。盲视和洞见是矛盾的，但是这些批评者似乎没有意识到这一矛盾，而是从中受益，形成洞见。

三、哈罗德·布鲁姆及其文学批评思想

1. 哈罗德·布鲁姆其人

哈罗德·布鲁姆(Harold Bloom，1930-　)1930 年生于纽约，父母均为犹太人，先后就读于康奈尔大学和耶鲁大学，1955 年起在耶鲁大学英文系任教，1974 年调至耶鲁大学人文中心，为该中心终身教授和纽约大学英语系终身教授，美国艺术文学科学院院士。

布鲁姆著述颇丰，主要涉及浪漫主义诗歌研究、对抗式诗学影响理论、宗教批评和经典批评。早期研究主要关注浪漫主义诗歌。针对新批评对浪漫主义的贬低和排斥，布鲁姆对英国浪漫主义诗歌进行创造性的重新解读，凸显浪漫主义的重要性。该时期其主要作品包括《雪莱的神话创造》(1959)、《虚构导读：阅读英国浪漫主义诗歌》(1961)、《布莱克的启示：诗歌讨论研究》(1963)、《叶芝》(1970)和《塔中鸣钟者：浪漫主义传统研究》(1971)。20 世纪 70 年代，布鲁姆转向诗歌理论和批评理论，出版了四部曲，即《影响的焦虑：诗歌理论》(1973)、《误读之图》(1975)、《卡巴拉和批评》(1975)和《诗歌与压抑：从布莱克到史蒂文斯的修正论》(1976)，构建了"对抗式批评"的诗学影响理论。20 世纪 80 年代末到 90 年代初，布鲁姆集中出版了几部宗教批评著作，解读作为文学的《圣经》，分析宗教的性质，探讨美国宗教的特点和对美国文化的影响。20 世纪 90 年代起，布鲁姆出版了一系列捍卫经典的著作：《西方正典：时代之书和流派》(1994)、《莎士比亚：人类创造》(1998)、《天才：百位典型创新作家的马赛克》(2002)和《智慧何在》(2004)。

布鲁姆不囿于文化正统，逆主流学术思想而动，在文学批评和文学的性质和价值方面有着自己独到和大胆的见解，其诗学影响理论被伊格尔顿誉为"20 世纪 70 年代最大胆、最有创见"的文学理论，他对文学经典的重读和捍卫以及经典的普及和大众化作出了重要贡献。① 尽管被视为耶鲁学派的核心人物，布鲁姆自己却宣称："我不属于任何一个流派，既不是解构主义、读者反映论，也不是心理分析批评，我属于我自己。"②事实上，在布鲁姆身上可以看到解构主义、读者反应论和心理分析影响的痕迹，但同时又可以看到他对这些流派叛逆式的偏离。

① Eagleton, Terry. *Literary Theory: An Introduction*. Minneapolis: University of Minnesota Press, 1983. 186.

② 张海龙. 哈罗德·布鲁姆的文学观. 上海：上海外语教育出版社，2012：81.

2. 布鲁姆的文学批评思想

对抗式诗学影响理论

在《影响的焦虑：诗歌理论》、《误读之图》、《卡巴拉和批评》和《诗歌与压抑：从布莱克到史蒂文斯的修正论》四部曲中，布鲁姆系统阐述了对抗式诗学影响理论。

布鲁姆认为经典产生于作家对自己"迟来"的焦虑，即影响的焦虑。后辈作家一方面需要从其精神之父，即其先辈作家那里获取创作灵感，另一方面又必须推翻先辈确立的传统和模式，才能有所突破和创新。为此他必须与先辈进行搏斗和对抗。强劲作家在对抗中击败先辈，克服"影响的焦虑"，于是伟大的作品得以问世；懦弱作家则在对抗中败北，无法走出前辈诗人的阴影，在因循守旧中创作出毫无新意的作品。布鲁姆认为整个西方文学的发展都基于借鉴与对抗之上。

强劲作家对抗先辈的方法是"具有创造性的误读"。布鲁姆提出了六个"修正比"用以说明误读产生的方式和过程。这六个修正比包括"克里纳门"（Clinamen）、"塔瑟拉"（Tessara）、"克罗西斯"（Kenosis）、"魔化"（Daemonization）、"艾斯克西斯"（Askesis）和"阿波弗雷兹"（Apophrades）。它们表明诗人误读、偏离、完善、超越先辈诗人，在孤独中得以净化的过程。最后，前辈作品以全新的面目"死者回归"。这六个"修正比"是布鲁姆关于误读的核心理论。

纯粹美学思想

布鲁姆坚持和推崇纯粹美学，强调审美自主性。他认为"美学是一种个人关怀，而不是社会关怀"。① 美学关注的是个体心灵的慰藉和成长，它超越社会现实，与道德以及意识形态无关。真正的文学是非功利的，文学创作并不是为了服务社会现实。文学阅读是个体审美体验，是个人在与社会现实隔离的状态下，在孤独中实现心灵的自我对话。同样，文学批评是纯粹的美学批评，应该关注文学的艺术层面如语言艺术、人物形象刻画等。布鲁姆反对和抨击文化批评，把当下流行的新历史主义者、女权主义者、马克思主义者、解构主义者称为"憎恨学派"，认为他们将意识形态凌驾于美学之上，以社会正义之名将文学和文学研究意识形态化，最终导致"文学的终结"。正是基于当时美学的式微，布鲁姆重读经典，用"审美自主性"来捍卫经典作家作品。

评判经典的标准

布鲁姆在其论著中提出了评判一部作品是否经典的标准。他认为"原创性"、"陌生性"、"普遍性"和"美学价值"等是经典作品应该具有的特性。经典文学必须具有原创性。原创性是作者充分发挥想象、用优美的语言所创造出来的，它对读者心灵具有前所未有的触动和震撼效果。原创性首先体现在"陌生性"上。"陌生性"让熟悉的形象或事物变得陌生，让人产生熟悉的陌生感，在熟悉和陌生的张力中造就强烈的美感。陌生化的效果是强

---

① 张海龙. 哈罗德·布鲁姆的文学观. 上海：上海外语教育出版社，2012：83.

劲诗人对抗前辈影响的焦虑，通过大胆的误读和再创造，超越和打败先辈诗人而创造出来的。"陌生性"正是布鲁姆《西方正典》中所选取的 26 位作家作品的共同特性，也是他评判一部作品是否能够成为经典的首要标准。布鲁姆认同加西亚·贝里欧的观点，认为"普遍性是诗学价值的基本特性"。① "普遍性"是指一部作品所具有的超越时空、文化、阶层、语言等障碍持久广泛的影响力。布罗姆将普遍性分为局部普遍性和完全普遍性。很多作家具有局部普遍性，但是不具备完全普遍性。在布鲁姆看来，莎士比亚的作品对不同时代和文化的读者都具有持久的吸引力，具有完全普遍性。

莎士比亚批评

布鲁姆是莎士比亚批评的一个重要里程碑。《西方正典》(1998)、《莎士比亚：人类个性的创造者》(1998)、《如何阅读以及为什么阅读?》(2000)和《天才：创造性心灵的一百位典范》(2002)均以莎士比亚为核心。针对当时文学研究的政治化，布鲁姆力图从纯美学的角度挖掘莎翁作品的美学价值。布鲁姆称莎士比亚为语言运用和人物形象塑造大师。他认为莎士比亚通过戏剧中的人物丰富甚至创造了我们的语言，"我们都是莎士比亚的孩子"，"我们使用他的语言来描述我们的本源和前景"。② 莎士比亚在其作品中塑造了形形色色个性鲜明、栩栩如生、内心丰富、变化多端的人物形象。每一个人物各不相同，不同的读者因为视角的差异对同一人物又有不同的解读。读者对人物的解读甚至暴露了他自己的性情。布鲁姆最为欣赏的两个人物是福斯塔夫和哈姆雷特。人们常常探讨作者对人物创作的影响，布鲁姆却反其道而行之，认为莎士比亚创造的人物影响着他后期作品的创作。布鲁姆甚至大胆断言：莎士比亚创造了人类，而且还会继续不断地阐释人类。

布鲁姆认为对莎士比亚的评价再怎么高也不为过。他将莎士比亚置于经典的中心，认为他是西方乃至世界文学的中心，人间的上帝。莎士比亚是衡量一个后辈甚至是前人作品是否为经典的标尺。布鲁姆将西方文学历史看做是在影响的焦虑下，后辈作家与前辈大师竞争和对抗的历史。

3.《西方正典》(*The Western Canon*：*The Books and School of the Ages*) 节选

… Sir John Falstaff is so original and so overwhelming that with him Shakespeare changes the entire meaning of what it is to have created a man made out of words.

Falstaff involves Shakespeare in only one authentic literary debt, and it is certainly not to Marlowe or to the Vice of medieval morality plays or the braggart soldier of ancient comedy, but rather to Shakespeare's truest, because most inward, precursor, the Chaucer of the *Canterbury Tales*. There is a tenuous but vibrant link between Falstaff and the equally outrageous Alys, Wife of Bath, far worthier to cavort with Sir

---

① Bloom, Harold. *The Western Canon*：*The Books and School of Ages*. New York：The Berkley Publishing Group, 1994. 71.

② Bloom, Harold. *The Anxiety of Influence*：*A Theory of Poetry*. 2d Edition. New York and Oxford：Oxford University Press, 1996. xxviii.

John than is Doll Tearsheet or Mistress Quickly. The Wife of Bath has outworn five husbands, but who could outwear Falstaff? Scholars have noted the curious semiallusions to Chaucer that Falstaff exemplifies: Sir John also, early on, is observed on the road to Canterbury, and both he and Alys play ironically upon the verse in *First Corinthians* where Saint Paul urges believers in Christ to hold fast to their vocation. The Wife of Bath proclaims her vocation for matrimony: "In such a state as god hath cleped us / I wol persever: I nam not precious."

Falstaff emulates her in his defense of being a highwayman: "Why, Hal. 'tis no sin for a man to labor in his vocation." Both grand ironist-vitalists preach an overwhelming immanence, a justification of life by life, in the here and now. Each a fierce individualist and hedonist, they join in denying commonplace morality and in anticipating Blake's great Proverb of Hell: "One Law for the Lion and Ox is oppression." Lions of passion, and doubtless of solipsistic intensity, they offend only the virtuous, as Falstaff says of the rebels against Henry IV. What Sir John and Alys give us is the lesson of savage intelligence mitigated by runaway wit. Falstaff "not only witty in myself, but the cause that wit is in other men" is matched by the Wife, whose subversion of male authority is carried on both verbally and sexually. Talbot Donaldson in *The Swan at the Well: Shakespeare Reading Chaucer* captures the most striking parallel between these endless soliloquists and monologists, a quality they share with Don Quixote, childlike absorption in the order of play: "The Wife tells us that her intent is only to play, and that is perhaps true most of the time of Falstaff. But as with the Wife, we are often unsure where his play begins or leaves off." Yes, we are unsure, but Alys and Sir John are not. Falstaff could say with her, "that I have had my worlde as in my time," but he is so much more realized than even she is that Shakespeare could spare what would have been a redundancy. Chaucer's burgeoning secret of representation, which makes the Wife of Bath the precursor of Falstaff, and the Pardoner a crucial forerunner of Iago and Edmund, relates the order of play to both character and language. We are shown Alys and the Pardoner overhearing themselves and respectively beginning to fall out of the orders of play and of deception through that overhearing. Shakespeare slyly caught the hint and from Falstaff onward vastly expanded the effect of self-overhearing upon his greater characters, and particularly upon their capacity to change.

There I would locate the key to Shakespeare's centrality in the Canon. Just as Dante surpasses all other writers, before or since, in emphasizing an ultimate changelessness in each of us, a fixed position that we must occupy in eternity, so Shakespeare surpasses all others in evidencing a psychology of mutability. That is only part of the Shakespearean splendor; he not only betters all rivals but originates the depiction of self-change on the basis of self-overhearing, with nothing but the hint from Chaucer to provoke him to this most remarkable of all 1iterary innovations. One can surmise that Shakespeare, clearly deeply read in Chaucer, remembered the Wife of Bath when it came to that extraordinary moment in which Falstaff was invented. Hamlet, the leading self-overhearer in all literature, addresses himself scarcely more than Falstaff does. We all of us go around now talking to ourselves endlessly, overhearing what we say, then pondering and acting upon what we have learned. This is not so much the dialogue of the mind with itself, or even a reflection of civil war in the psyche, as it is life's reaction to what literature has necessarily become. Shakespeare, from Falstaff on adds to the function of imaginative writing, which was instruction in how to speak to others, the now dominant if more melancholy lesson of poetry：how to speak to ourselves.

Falstaff in the marvelous course of his stage fortunes has provoked a chorus of moralizing. Some of the finest critics and speculators have been particularly nasty；their epithets have included"parasite,""coward,""braggart,""corrupter,""seducer," as well as the merely palpable "glutton,""drunkard," and "whorer." My favorite judgment is George Bernard Shaw's "a besotted and disgusting old wretch," a reaction I generously attribute to Shaw's secret realization that he could not match Falstaff in wit, and so could not prefer his own mind to Shakespeare's with quite the ease and confidence he so frequently asserted. Shaw, 1ike all of us, could not confront Shakespeare without a realization antithetical to itself, the recognition of both strangeness and familiarity at once.

四、J. 希利斯·米勒及其文学批评思想

1. J. 希利斯·米勒其人

J. 希利斯·米勒(J. Hillis Miller, 1928-   )1928 年生于弗吉尼亚的纽波特纽斯。1948 年在欧柏林学院获学士学位，1949 年和 1952 年先后获得哈佛大学硕士和博士学位。曾在威廉姆斯学院、约翰·霍普金斯大学任教。1972 年离开霍普金斯赴耶鲁任教，与德·曼、布鲁姆和哈特曼等形成耶鲁学派。1986 年赴加州大学厄湾分校任教，1986 任美国现代语言协会主席。

米勒的著作一直处在美国批评话语的前沿，其文学批评可以分为三个阶段。第一阶段，主要关注作者意识，认为一个作家生而具有单一和独特的意识，作家所写的每一个作品包括信件、片段、诗歌、散文和小说等因为其意识的统一而构成一个统一体，解读文学作品就是努力追寻文本所表现的意识模式。这一阶段的批评著作包括《狄更斯的小说世界》(1958)、《神的消失：五位 19 世纪作家》(1963)、《现实的诗人：六位 20 世纪作家》(1965)、《维多利亚小说的形式：萨克雷、狄更斯、特罗洛普、乔治·艾略特、梅瑞狄斯和哈代》(1968)、《托马斯哈代：距离和欲望》(1970)。在第二阶段，米勒从"意识批评"转向解构批评。这一阶段的作品包括《小说和重复：七部英国小说》(1982)、《语言的时

刻：从华兹华斯到史蒂文斯》(1985)、《阅读伦理学：康德、德·曼、艾略特、特罗洛普、詹姆斯和本雅明》(1987)、《皮格马利翁的不同版本》(1990)、《霍桑和历史》(1990)、三部曲《现在和过去的理论》、《修辞、寓言和施为》(1990)和《维多利亚主题》(1990)。米勒第三阶段的著作主题多样，包括《插图》(1992)、《地形学》(1995)、《阅读叙事》(1998)、《黑洞》(1999)、《其他》(2001)、《文学中的言语行为》(2001)、《论文学》(2002)、《作为行为的文学：亨利·詹姆斯作品中的言语行为》(2005)和《J. 希利斯·米勒读者》(2005)。

2. 米勒的文学批评思想

不同解读的平等关系

米勒用食客和寄主来说明不同解读之间相互转换的关系。首先，米勒认为"食客"和"寄主"二词并非泾渭分明。二者互为存在条件。没有食客就无所谓寄主，反之亦然。通过分析"食客"和"寄主"这两个词的词源，米勒指出"不仅仅每一对词如'寄主'和'食客'、'主人'和'客人'之间存在这种不可思议的对立关系，而且每一个词自身都包含这种对立关系"①。语言的修辞性决定文学批评永远不可能达到文本的原初意义，所以没有终极的解读。解读不是一个到达点，而是一个不断的运动，构成一个没有终点的解读链条。诗歌有不同的解读，所有的解读都是平等的。米勒把诗歌比作食物，不同的解读就像同坐一桌的食客，他们与诗歌构成了一种三角关系。显然单一解读和解构解读不是对立面，他们通过第三者也就是诗歌相互牵连。或者说它们构成了一个无头无尾的链条，任何解读都是这个无限链条中的一个环节。"一方面，显然和单一解读总是包含'解构解读'，后者如食客一样作为前者的一部分隐匿于其中。另一方面，'解构'解读不可能将自己从它所辩驳的形而上的解读中解脱出来。"②每一个解读既是食客同时又是寄主。

米勒还用赠送礼物的人和礼物接受者之间的关系来说明不同解读之间的关系。在人际交往中，接受礼物的人下一次将回赠礼物给对方，成为赠送礼物的人。这样赠送礼物的人和礼物接受者总是在互换角色。二者进入一个接受和赠送的无限循环中。这个礼物就好比诗歌，"它驱使礼物接受者再赠送一个礼物，其接受者又赠送礼物，如此不断，永远达不到平衡，正如一个诗歌总要被不断解读，没有一个人能'正确理解诗歌'"。③

米勒认为文学文本或文学批评都不是有机统一体。其中包含自我颠覆的力量，充斥着相互冲突和破坏的因素。任何文学文本不可能只有一种显然的明确解读或者一种解构解读。解构解读包含显然解读，反之亦然。解构不是虚无，它让我们体会到语言、思维、传统、影响和意义的力量和复杂性，认识到含混和矛盾，而非统一，才是人类知识的特征。

小说和重复

在《小说和重复》一书中，米勒指出，对一部小说的解读在一定程度上要通过分析其

---

① Miller, J. Hillis. "The Critic as Host." *Critical Inquiry* 3. 3(1977)：439-447，443.

② Ibid，444-445.

③ Miller, J. Hillis. "The Critic as Host". *Critical Inquiry* 3. 3(1977)：446.

中的重复现象来完成。重复在小说中出现的形式多种多样。有语言元素的重复，如词、修辞手法等的重复；有事件、情节和人物的重复；有不同小说之间在主题、人物和事件上等的重复。重复并不是如人们所认为的那样强化了某一明确的主题，而是在相互矛盾和冲突中反映了文本意义的多元性和复杂性。米勒指出小说中有两种重复："柏拉图式"的重复和"尼采式"的重复。前者的重复基于"纯粹的原型模式"。它假定万物都是基于原型的摹本，世界建立在相似的基础上，文学是对语言之外现实的模仿，因而可以基于重复对文本作出明确和单一的解读，而文学批评的目的是找到文本原初和核心意义。后者的重复假定世界的差异性，"每一个事物都是独一无二的……这个世界不是摹本……而是'幻影'或'幻象'"。① 这种重复无根无据，让人捉摸不定。两种形式的重复互不相容、相互排斥却又交缠在一起。两种重复相互依赖，没有柏拉图式的重复就没有尼采式的重复，反之亦然。第二种形式的重复不是第一种重复的"对立面"，而是它的"对应物"，小说中的这两种重复形式既相互冲突，又交缠在一起，文本因而包含着无法消除的异质性。在其中，不协调的元素并存，抗拒任何"显然"和"单一"的解读。

五、杰弗里·H. 哈特曼及其文学批评思想

1. 杰弗里·H. 哈特曼其人

杰弗里·H. 哈特曼（Geoffrey H. Hartman，1929- ）1929 年生于德国法兰克福的一个犹太人家庭。家人为了让他逃脱法西斯迫害，于 1939 年将其送往英格兰。哈特曼于 1946 年移居美国与家人重聚，后获美国国籍。哈特曼先后就读于纽约市皇后学院、法国第戎大学和耶鲁大学，之后开始在大学教书。从 1967 年起，任教耶鲁大学，为耶鲁大学英语和比较文学教授。从 20 世纪 80 年代末起，哈特曼主持耶鲁大学大屠杀幸存者证词视频档案库的创建。

哈特曼是当代美国文化和文学批评界的核心人物。通常被看做是耶鲁学派解构批评家中的一员。事实上，哈特曼的研究范围颇广，从严格意义上来说不能划归为任何一个流派。其研究领域涉及诗歌、心理分析、创伤研究、文化研究、犹太研究和媒体革命。主要著作包括《没有中介的视像》（1954）、《华兹华斯的诗歌：1787—1814》（1964）、《超越形式主义》（1970）、《阅读的命运和其他论文》（1975）、《荒野中的批评》（1980）、《拯救文本：文学/德里达/哲学》（1981）、《寻常的华兹华斯》（1987）、《最长的阴影》（1996）、《文化的重大问题》（1997）、《精神的创伤：对抗非本真》（2002）。

2. 哈特曼的文学批评思想

自然与意识

《没有中介的视像》和《华兹华斯的诗歌：1787—1814》对华兹华斯诗歌的阐释奠定了

---

① Miller, J. Hillis. "The Critic as Host." *Critical Inquiry* 3.3(1977)：7-8.

哈特曼作为浪漫主义研究领军人的地位。在第一本书中，哈特曼认为在华兹华斯的自然诗歌中，自然和意识浑然一体，没有任何中介，诗人让自然的本来面貌得到纯粹再现。在《华兹华斯的诗歌》中，哈特曼更加全面地分析了华兹华斯的诗歌，从中看到诗人经历了自我—自然—自我意识—想象的成长历程。自我最初与自然混沌一体，然后与自然分裂形成自我意识，最后自我意识成熟，发展成想象。在这个最后阶段，"精神与外在世界相符，外在世界与精神相符，两者的合力成就了被称为创造的事物"。① 这样，人和自然就经历了从原初无意识的统一，到相互对立，最后又融为一体的辩证发展过程。华兹华斯期望重新将想象和自然融合在一起，让它们形成关爱和尊重的互惠关系。

文学和批评的同一性

哈特曼质疑文学批评的附属地位。从《华兹华斯的诗歌：1787—1814》起，他致力于让批评超越新批评的"形式主义"，将欧陆思想引进美国文学批评，拓宽批评的目标，提升批评者的地位。哈特曼认为批评实践不仅仅只是对文学作品的解释，而且也是一种富有创造性的行为。这些想法贯穿于他的著作如《超越形式主义》、《解读的命运》、《荒野中的批评》和《拯救文本》等著作中。

哈特曼对英美批评传统颇为不满，认为新批评局限了批评者，使他们屈从于文本，沦为卑微的文本解释者，毫无自由和创造力可言。马修·阿诺德严格区分了批评和创造性行为，将可怜的批评者发配到非创造性的荒漠。受解构主义影响，哈特曼质疑文学之于批评的优越性，打破了阿诺德所谓"创造性"写作和"批评"写作之间的严格区分。他认为没有本原和补充、文本和评论的区分。批评并不是比文学文本低一等的附属物，二者具有同等地位。"应当把批评看做是在文学之内，而不是在文学之外。"②批评和文学是相互渗透的话语。批评可以当做诗歌和小说来阅读，同样可以在读者心中引起共鸣。最伟大的著作，包括文学和批评都具有无限解读的可能性，值得仔细研究。批评不是荒漠，而是批评家的应许之地。在《荒野的批评》中，哈特曼践行自己的观点，对批评本身进行研究。

创伤和记忆

哈特曼犹太人的身份以及儿时的经历让他对大屠杀的记忆问题尤为关注。20世纪80年代起，他开始大屠杀证词视频档案库的建立工作，并探讨如何再现大屠杀这样的历史事件。他质疑官方历史和媒体对于历史事件再现的客观性，认为幸存者对大屠杀的记忆和口头描述可能会因为记忆的模糊或者认知的局限存在对真实的扭曲和虚构，幸存者口述体现的是主观的真实。灾难发生时，经历者同时经历外在的灾难和内心灾难，后者虽然没有发生，却如真实灾难一样存在。任何对于创伤的描述都可能变成修辞性语言，成为神秘的幻觉效应。相比其他方式，如官方历史和媒体材料，小说更能真实地再现历史真相。"文学

① Hartman, Geoffrey. *Wordsworth Poetry*, 1787-1814. New Haven and London：Yale University Press, 1964. 218-219.

② Hartman, Geoffrey. *Wordsworth Poetry*, 1787-1814. New Haven and London：Yale University Press, 1964. 1.

的言辞表达仍是使创伤得以感知、使沉默得以听见的基础。"①哈特曼倡导用心理学的视角，在文学的帮助下解读证词，再现历史事件和真实的人性，唤醒人们对极端事件的敏感和意识。

① Hartman，Geoffrey. "Trauma Within the Limits of Literature". *European Journal of English Studies* 7. 3(2003): 257-274.

第六讲

马拉美作品中的"人事"与戏剧创作

有一种理论在考察 20 世纪 20 年代中国象征主义诗人对法国象征主义的接受情况时，提出"李金发以及象征派三位诗人（王独木、穆天清、冯乃超）关注的对象是人事象征主义的代表"。① 这其实从侧面构成对于中国是如何接受马拉美的另一种解释方式，马拉美被排除在人事象征主义之外。

该理论所谓的人事象征主义意指波德莱尔和魏尔伦，不过却将"人事"归结为"感伤的情绪"，"比如李金发，他之所以找到波德莱尔，乃是因为颓废情绪的暗合……而象征派的其他三位诗人，都是没落的地主阶级出生……在唯美的空气里，也悄然滋生了颓废的小资产阶级情绪"。② 作者的评论虽然流于以阶级斗争为纲之嫌，但是也直白简单地点出了中国象征主义诗人的忧郁情结，这种解读抛开的是象征主义的世界观这一根本基础，聚焦于人类情绪和心理活动的曲线图。

其实，单以忧郁的情结而论，我们的思绪倒可能更多会涌向浪漫主义的汪洋，忧伤的大潮和巨浪在此更为汹涌和澎湃，出没风波里的诗人如一叶扁舟穿行在变幻不定的感怀航道之上。阿尔弗雷德·德·维尼（Alfred de Vigny）在 1838 年 10 月的《狼之死》（La Mort du Loup）中长叹：

> 唉！虽然人的称号如此宏伟，我却感到，
> 羞愧，我们是如此愚蠢！
> 我们如何离开生命和它所有的罪恶，
> 是你们知道答案，崇高的野兽。
> 看看我们在大地上的足迹和留痕，
> 唯有寂静是伟大的；其余一切都是孱弱。
> ——啊！我懂得了你，野生的旅行者，
> 你的最后一眼一直看到了我的心间。

浪漫主义的感伤在血液里流淌和奔涌，负面情绪在象征主义的世界观中则如同海浪中

---

① 曾渊. 词义深渊、个人气质与期待视野. 黄冈师范学院学报，2006(5)：34.
② 曾渊. 词义深渊、个人气质与期待视野. 黄冈师范学院学报，2006(5)：34.

的礁石，时隐时现，似乎并无多大重要性，却又总是让我们无法忽视它的存在和位置。魏尔伦在 1875 年 10 月的《虚假的美妙光线》里写道："虚假的美妙光线整日照耀，我可怜的灵魂，/它们现在闪耀在夕阳的金铜色上。"

波德莱尔和魏尔伦敏感、烦恼，情感丰富，焦虑不安。从这一点来说，"波德莱尔和魏尔伦是介绍的热点，而马拉美和兰波似乎引不起翻译者与文学介绍者的兴趣"①得到了合理的解释。

同样被排除在"人事"之外的还有兰波。他不仅仅是痴迷、狂想和神飞天外，他和魏尔伦的同性爱恋大约可以构成文学史上最曲折、最被诅咒的感情之一，我们可以想象到他的愁绪与精神上的动荡。相比较而言，马拉美倒的确属于精神状态最为"正常"的，没有受到太多的极端情感折磨。

我们再将马拉美和兰波相比，就可以发现兰波还是比马拉美更为引起中国译介者的兴趣。李金发、王独木、戴望舒等人都在一定程度上受到了"通灵者"音色理论的启迪。只有对于马拉美，中国诗人们显得百毒不侵，最多满足于顺带一提。

"人事象征主义"的说法其实可以延伸而涵盖到兰波。他们的共同点在于尽管以各种语言手段追求隐现宇宙和世界的神秘，个人生活的印迹始终构成创作的动力和源泉。波德莱尔和魏尔伦自不必论，兰波的《地域一季》和《彩图集》就映照了年轻诗人的精神癫狂和感官错乱。

不过，在文学里，人的地位不仅限于作者的生活轨迹。下面，我们将以马拉美的戏剧观为例一观端倪。

一、马拉美的戏剧创作

马拉美与雨果相反，不属于多产作家。他对文学理念和创作原则的严酷苛求使得他的作品简短而数量甚少。但是作为诗人，他仍然在尝试戏剧创作，并且在自己不多的诗作中留下了三部戏剧作品，分别是《海洛狄亚德》、《牧神》和《依纪杜尔》，而且需要指出的是这三部作品均位列马拉美的代表作，前两部也许更为中国文评界所知晓。

《海洛狄亚德》是马拉美最为重要的作品之一。该诗作的题材来自同名的拉丁悲剧作品。马拉美在 1865 年 3 月给友人的信中也宣称，"我在认真地写作悲剧《海洛狄亚德》……"

希罗底是传说中的犹太公主，生活在公元后两百年的时间范围内，她的故事和仇杀、通奸、乱伦、阴谋联系在一起。公元前 29 年，此时希罗底尚未出生，她的祖父就下令处死了她的祖母。希罗底还不到十岁时，她的父亲和一个叔父又因为宫廷政变的疑云而被祖父监禁、处决。

希罗底的第一个丈夫是她的一个叔父，在历史上没有留下确定的名字，不过他们有了一个女儿，著名的沙乐美(Salomé)。她的第二任丈夫同样是她的另一个叔父。他为了迎娶犹太公主而休掉了自己的妻子，另一位公主。

---

① 金丝燕. 文学接受与文学过滤. 北京：中国人民大学出版社，1994：111.

预言耶稣诞生的先知让·巴普蒂斯(Jean-Baptiste)对这桩婚姻极尽批评，结果被逮捕入狱。希罗底想杀掉他，但她的丈夫海洛德·安迪帕(Hérode Antipas)试图保护巴普蒂斯，在他眼里巴普蒂斯是"正直圣洁的人"。

据《新约全书》记载，在为沙乐美举办的生日庆祝会上，沙乐美的舞姿征服了国王和所有来宾。国王说："你想要什么……我给你你所想要的，哪怕是我的一半王国。"沙乐美于是为她的母亲要求将先知的头颅用一个托盘呈上来。非常忧伤的国王还是应允了她的要求，让卫兵去监牢里将圣徒斩首，送给沙乐美。她又将头颅转呈给母亲希罗底。

犹太公主将基督教圣徒让·巴普蒂斯斩首的剧本在诗人笔下的构思不同寻常。这个被多次改编的著名戏剧题材的冲突本应该是先知巴普蒂斯与海洛狄亚德的对峙：先知以犹太教义的名义对公主的乱伦和通奸行为进行谴责，招致公主的仇恨，其高潮则是有着崇高威望的圣徒被斩首。

但是，马拉美这部剧作的特色不是亚里士多德所云的悲剧两个要素"怜悯"和"恐怖"，而是一种诡异的诗意之美。马拉美的《海洛狄亚德》所呈现的戏剧冲突如果有，也是犹太公主本人内心的一种冲突，巴普蒂斯在这场冲突里更多的是被摆到了一边。海洛狄亚德自我的激烈矛盾冲突并不具有清晰的分析和理性的逻辑，会让我们联想到现代戏剧的开创者尼采。只不过，如果说在尼采那里，生命的激情和无穷的能量让他去世前的心灵成为基督与恺撒角力的战场，海洛狄亚德的内心则是在冰冷和严酷中，诱惑与执著、坚守所对弈的极地，"忧伤的花儿独自生长，没有其他的感触／除了无聊观看水中的倒影"。

《牧神》与《海洛狄亚德》一起被看做是姊妹篇，前者的欲望与激情和后者的坚守与圣洁互相辉映。由于作者的不断修改，《牧神》前后有几个版本。这部诗歌最先题为《牧神的即兴吟唱》，之后又是《牧神的独白》，后来又有《牧神的午后》。马拉美创作《牧神》是由于诗人特奥多尔·德·邦维尔(Théodore de Banville)的推荐，为了将其搬上法兰西剧院的舞台。因此，在《牧神的独白》里包含有颇为详尽的舞台提示，例如在序幕里——"牧神／端坐，两个水仙分别从他的双臂挣脱逃逸／他站起：……"之后即开始台词，又间插舞台提示。《牧神》与19世纪的传统戏剧相去甚远，整个诗作只有一位主人公，舞台叙事完全是牧神在午后休憩时的独自狂想。如马拉美1865年6月在给友人的信中所言，"这部诗歌包含有一个非常崇高和绝美的理念……我希望这是绝对舞台式的诗歌，与戏剧无法相容，但是又是为戏剧而作"。

《牧神》与传统戏剧的差别在于传统戏剧——从亚里士多德到雨果——总体而言都是对现实的模仿，通过人物在舞台上的动作制造生活的艺术幻觉。因此亚里士多德的《诗学》将"模仿"作为"首要的原理"。"模仿的方式是借人物的动作来表达，而不是采用叙述法……"①《牧神》之所以"与戏剧无法相容"，重要的一点在于该剧本基本排除了表演动作，牧神除了起身或是坐下、来回大步走动、双手抱头、伸展身体等动作之外，类似于荷马史诗的方式，全部通过独自的吟唱来进行叙事。然而，《牧神》的叙事又同史诗不同，诗人所选择的是一种亦真亦幻的叙事，从这一点来说，有些类似东方道家庄周梦蝶的叙事：

---

① 亚里士多德. 诗学. 罗念生，杨周翰，译. 北京：北京人民文学出版社，1997：19.

"我之前拥有水仙！/这是否是一个幻梦？/……/但是如果这两位被你(指牧神本人，牧神的自言自语)劫掠的美丽女子/只是你狂想的幻物？"

相对于庄子梦蝶所包含的"均物我，外形骸"的哲理，马拉美的《牧神》所反映的却首先是戏剧本身的存在性问题。主人公本身就无法确定所发生的故事是否真实，戏剧人物的叙事被自我颠覆，陷于一种不确定的状态。我们可以在此明显感受到戏剧存在所受到的威胁。结果，《牧神》的上演在1865年夏因遭到拒绝而搁浅。

《依纪杜尔》在中国文评界的知名度应当说次于《海洛狄亚德》和《牧神》，但是对于马拉美而言，这部作品又占有非常独特的地位。如大师的弟子，同样是大诗人的保罗·克洛代尔所言：

《依纪杜尔》的剧情梦魇而荒诞，主人公依纪杜尔在午夜走下楼梯，进到墓穴，饮下虚无，通过自杀而实现城堡的纯净。

在《依纪杜尔》里，主人公在面对先辈的阴影、存在的理念时，感受着否定与肯定的两难；依纪杜尔所注定肩负的使命，最终孤注一掷的死亡，所有这些都与莎士比亚的《王子复仇记》相呼应。《依纪杜尔》往往让评论家们联想到哈姆雷特。马拉美在名为《哈姆雷特》的文章里也不讳言自己对莎士比亚笔下为"生存还是毁灭"的形而上问题而萦绕于心的丹麦王子的"一种接近于焦虑的迷恋"。

二、戏剧与"人群"

马拉美执著于高处不胜寒的无上诗歌理念，在访谈中宣称："如果一个智力平常的读者，又缺乏足够的文学素养，偶然打开如此(指依马拉美的理念所创作)的作品，还想从中得到享受，这是一个误解。"马拉美的作品其实不止是对"智力平常"的观众，即使是文评界专业人士，恐怕也不是都能够领略诗人的创作意图。因此，马拉美有时幻想剧作不需要搬上舞台演出，如他所说，与舞台表演相对的，还有"理想主义演出的欢乐，只需借助于一本书。""文学作品……的舞台尤其应该是我们自己的想象力。"①话虽如此，在对戏剧的论述方面，马拉美还是对于戏剧和观众的关系给予了高度重视。

自法国大革命爆发以来，戏剧舞台跳出古典戏剧的宫廷和贵族氛围，渐渐接近大众。1791年的一条法律允许任何人都可以创作戏剧，只需向就近的行政当局申请即可。王家剧团不再是唯一对所有剧目拥有演出权的团体，在剧作者死后五年，他的剧目可以在任何地方被上演。1790年和1791年的法令剥夺了法兰西剧院对古典剧目的垄断特权。而在第二帝国时期，法国经济高度发达，以冶金业和铁路发展为标志的工业革命迈出了决定性的步伐，大资产阶级和金融业成为拿破仑三世的重要同盟者，剧院或是剧场在19世纪中后

---

① 被 Paul Larochelle 所引用，*Trois hommes de théâtre*, Editions du Centre, 1961. 183-184.

期成为资产阶级社交文化活动的重要场所之一。这一点与同时代的中国比较起来颇为进步，清朝的戏院或者说戏园还是属于不登大雅之堂的场所。嘉庆帝就曾经禁止旗人去戏院看戏、听戏。咸丰和慈禧虽然颇为喜爱戏剧，以看戏当做娱乐，不少王公贵族、八旗子弟也随着成为票友。不过，京剧的繁荣并未改变戏剧作为低级娱乐的地位。

马拉美对于观众的分析分为两种。一种是"先生与女士们"，即观赏戏剧的资产阶级社交界。对于此类观众，马拉美持贬斥的态度，认为他们在戏院只是作沙龙似的单调应酬，借助于舞台自我迷恋和顾影自怜，浅薄地相互寒暄，或是在左顾右盼间炫耀自己的珠宝。此类观众对演出本身的内容并不关注，他们所观看的情节剧虽然反映的是他们自己的日常生活，但观众往往抱着"这与我无关"的置身事外的态度，不会有"入戏"的感觉。在戏剧与观众之间不存在交融的现象。

19世纪，随着戏剧与大众的接近，剧院经营者在文化、艺术和娱乐、休闲两组支点之间游走。"哑剧、杂耍、舞蹈或甚至是杂技"都涌入了戏院。当时的戏剧观众与今天有很大的不同，他们在剧院中非常活跃，骚动不安。在19世纪还出现了被戏剧组织者雇佣来喝彩捧场的观众。马拉美观察到，剧院成为全民狂欢的场所。"舞台显然是公众欢乐的策源地……开向神秘的盛大入口，在尘世的人群领略着神秘的维度。"剧院里人群的狂欢如同巴赫金对狂欢节意义的分析一样，体现在几个层面：普遍性、颠覆性、反权威性和理想性。在表演中，权威被颠覆，统治者成为小丑，观众全体性地投入到对舞台的狂想之中，"我们可以想象到，在粗俗众生对盛大、辉煌……的呼唤下，统治者（他们，以往是戴着王冠的可笑人物，不自知地默许观众嘲弄舞台上佩戴缎带的人物，也就是现在我们随处可见的将军）的窘迫！"

全民狂欢虽然具有颠覆性，威胁着剧院的无上地位。但是从狂欢节本身的起源来看，它又是与宗教或巫术仪式相混合的游戏形式。同时，剧场也由于戏剧本身所特有的舞台演出效果（尤其是在马拉美所欣赏的戏剧类型而言，例如《马克白》，当然不是喜剧和闹剧）而带有庄重和神圣性。在《哈姆雷特》里，马拉美吟唱道："远离一切，自然界，在秋季，酝酿着她的戏剧，崇高而纯粹……"

剧场同时带有世俗和超然的双重色彩，诗人对戏剧也带有复杂的双重情感。对于作者而言，舞台既是一种威胁，又意味着诱惑。一方面，他对剧场抱有蔑视和嘲弄的心态，"这已经很不错了，算是完美的——你还能希冀什么，我的朋友？"另一方面，他又不可抑制地对剧院的氛围心向神往。虽然从马拉美的诗歌来看，其创作本质是"自我封闭和自足的"，[①] 因此不期待受众也就是读者的接受。但是马拉美并非拒绝和其文学作品可能存在的消费者的交流。在马拉美的散文诗《集市宣言》里，一位绅士与女伴乘坐马车经过市集，一向沉寂于自我封闭的绅士在美丽女伴的怂恿下不由自主地走出马车，钻了自己一向厌恶的市井世界。女伴在围观的人群中跳上一张桌子即兴起舞，并要求绅士敲起一张旧鼓来招徕观众。马拉美在文章中同时还夹入了描述女伴表演的著名的《黑发火焰飘飞》的诗歌。这篇文章明显的寓意是作品（桌子明显意味着舞台）和大众（观众）的交流。如果说以第一人称出现的绅士就是作者马拉美本人，女伴应该意味着作品。

---

① 张亘. 马拉美作品中的否定观. 巴黎：法国格鲁伯出版社，2008：25.

马拉美这种对待剧场的心态似乎可以传递出作者对剧作与观众之间关系的考量。在许多情况下,他为剧场能够让作品和受众直接交流而心动,无论如何,作者独自创作的作品需要在人群的注视下感受到存在的意义,"向多数传递一个动力,会返还给个体一个感觉,让你意识到自己是该动力的发出者,个体因此而存在:没有人能在这之前先行肯定自己的存在"。这类似于一种复数的镜像理论。

于是,更多的情况下,马拉美倾向于将观众视作一个整体,全体观众的概念在马拉美的著作里往往用"人群"(foule)这个词来指代,正如研究马拉美的权威学者理查尔指出:"不再有分散的个体、对应的目光,或是张扬的个性;人群如同一张完整的桌布般铺开,围绕着舞台,仿如一群混沌的生命集合体。"①人群是一个集合体,既抽象又具体。作为抽象的观众,剧作者不认为人群是进行独立思考、解读剧情的分析者;人群更多的是一种在场的见证,是让戏剧上演的推动力。而作为具体的旁观者,"啊,成百上千的人头",人群如同狂欢气氛下所聚集的大众,他们骚动不安,并不明了自己的期待,需要的是在舞台上神迹的出现,一种冲击。戏剧的力量能够让人群驯服,能够维持舞台和观众之间的平衡,抵御人群对舞台的包围,驾驭人群在全民狂欢氛围下所释放出的颠覆性与对舞台的威胁,从而实现剧作与人群的共存意义。

马拉美认为,在剧作和人群之间存在着一种共通性,戏剧应当能够提取凝练出人群所内含的神秘力量。在《依纪杜尔》的手稿中,马拉美写道:"过程——主角提取——他所由之创造的(母性的)颂歌,还原到剧院——颂歌所隐含的神秘处所。"晦涩的表达方式表述了个体(戏剧)与人群(马拉美此处的"剧院"实际上是暗指观众)的关系。戏剧所做的是将在观众中所潜在的力量移到舞台上,"我坚决地相信,在每个人那里都存在某种难以理解的东西,被封闭和隐藏的能指"。

这种对人群的构思使得马拉美的戏剧近似于宗教仪式,与其说是布道,更像是领圣体时心灵的共融和一致。戏剧的张力成为激起人群神秘共鸣的必要条件,能够吸引和聚焦人群的目光,能够让狂欢下的人群沉静,能够在释放神秘的同时,又保持神秘。

于是,对于马拉美而言,戏剧与观众之间的关系应该存在于戏剧与大众之间。大众的定义应当是忽视社会阶层的差别,忽视不同观众群体的固有特性。这是一种形而上的构思。戏剧既是至上的艺术,观众本是被动的受众或主动的观赏者,却被马拉美提升为同样至上的观众,剧院成为观众和戏剧两个抽象实体交互传递神秘的庙宇,戏剧的力量来自观众,而戏剧又反过来让观众体验到其自身所潜在的神秘。

从心理分析的角度而言,马拉美对戏剧和观众之间关系的构思也许同样可以从他个人与公众之间的互动找到部分原因。

1894年,诗人应邀前往英国讲学。他满心欢喜,对不列颠之行充满期待,在给他的友人评论家埃德蒙·格斯(Edmond Gosse)的信里写道:

> 告诉我,只需要在明信片背后加几个字,伦敦的哪个会议厅最为引人注目,还有会议厅经营者的名字,如果你有这方面信息的话。我知道,魏尔兰现在不在巴黎,他

---

① Richard, J. P. *L'Univers imaginaire de Mallarmé*. Paris : Editions du Seuil, 1961. 357.

冬天时在某个地方"做访问学者"，我找不到他。我自己打算二月底去牛津，是泰勒协会的邀请。我希望能顺道在伦敦做一个讲座，也许我能够期望这个讲座能在公众中造成反响。

从信中，我们读到的是诗人的愉悦心情，他终于走出闭门创作的个人陋室，有机会和公众交流，向他们传递自己对文学的见解，也许还有对世界的理解。为什么不呢？公众毕竟还是有可能对文学感兴趣的，即使自己的文学不是大众文学，而是最为纯粹的诗歌。虽然他的态度还有些许谨慎，不过，"也许"毕竟还是正面的，他已经主动策划自己的讲座了，想到了场地和宣传。

那么，诗人的讲座结果如何呢？马拉美没能在伦敦讲演，也许他还是没能够找到合适的会议厅，这里面有经费的问题，也有经营者和主办者对其讲座内容的兴趣问题。

结果，诗人在牛津和剑桥作了讲座。1894 年 3 月 22 日，约克·鲍威尔（York Powell）写信给魏尔兰："在牛津的两天里，马拉美住在我家。他非常友善，我很高兴能接待他。他告诉我他会和你讲述在牛津所发生的一切：不过，我猜你还没有见到他。"①

马拉美跟魏尔兰讲述的是他在英伦的失意境遇。他失望的原因不是来自在不列颠遇到的朋友或是旅途的劳累，而是因为自己和公众的相遇没有获得理想的回应。在他从伦敦给女儿写的信中，他写道："对于我来说，这显得怪异，我跑了这么远的路，费了许多气力，得到的却是这样的结果：给六十来个人解闷，他们有的认真，有的是为了找个机会听人家讲法语。"

马拉美以上所提的是在牛津的讲座，在另一所名校剑桥的讲座又如何呢？是这样的："到剑桥时，我情绪低落阴郁，因为我感觉到，即使魏布莱非常友善，这（讲座）不会有什么名堂……二十个座位，五先令的价钱……面子保住了，仅此而已……和我讲座同时举行的是一个路过的剧团表演……"

诗人的遭遇其实也不算什么，倒会让我们忍俊不禁地想起今天我们高校教授们的往来讲学。专家博导或是学术权威在各个城市来往穿梭，然后，发出邀请或是负责接待的高校或是研究机构召集教师和学生齐聚一堂，聆听高论。当我们看到有关讲座的报道时，往往是听众反响热烈，受益良多，交流丰富……

马拉美在英国的讲学和今天我们的讲座甚为相似，在剑桥的讲座如同今天一样，也贴出了通知：

> 斯蒂芬·马拉美先生将会就"法国诗歌"作一个讲座，地点是潘布鲁克学院，时间是 3 月 2 日周五晚九点，门票（女士和先生均为五先令）可在……购买。

不过，那时的讲座还向听众收取门票。

应该说，马拉美虽然对在牛津和剑桥与听众的互动感到失望，但这属于学术讲座的正常范畴。纯学术性的东西本就难以和公众沟通，即使是在今天高校给研究生和教师举行的

---

① 原文为英语信件，来自巴黎：雅克·杜塞（Jacques Doucet）图书馆。

讲座，又有多少听众是真正为讲座内容所吸引的呢？大家心知肚明的是许多讲座的举行来自于举办方的组织，听众中的大部分人恐怕不是非常情愿。从这一点来说，马拉美的讲座通过售票举行，能够吸引"六十多人"，这已经很不错了，即使许多人也许并不是对诗学感兴趣，只是想听听纯正的法语原声。

诗人的态度并不偏激，和公众的交流虽然没有收到预期的效果，他也并不心存愤懑。诗人不是心胸狭隘、以自我为中心的写手。牛津和剑桥还是给他留下了良好的印象。在一封信的开头，他提到了两所名校庄严静谧的高雅氛围，感到自己有幸能在三到四天的时间里领略其迷人的魅力和大气的简洁。

于是，在诗人和公众之间，一方面是交流的困难，甚至说得上是不可能，另一方面则是诗人对公众的渴求，对公众漠视态度的容忍和理解。诗人能够通过心胸的开阔去调和两个极端之间的矛盾。在这种情况下，诗人诗学观的神圣姿态和虚无内核能够帮助他解决问题，赋予公众以一种既不伤及诗人自尊，又不歪曲事实、粉饰太平的解决方案。

"公众和公众意见是 18 世纪法国知识界讨论的重要观念，卢梭在其《论科学与艺术》中就展开了关于公众意识形态的研究。"①马拉美在戏剧方面的公众构想既不同于传统的公众意识形态，也有别于后来公众意识形态的演变。

从 17 世纪以来，就传统的公众意识形态而言，正如研究者所指出的，"如果 1737 年以来的官方学院展览的观众是由传统关于'公众'这个词用法中所包含的有教养而文雅的鉴赏家组成的话，学院对于批评也就不会产生任何异议"。② 也就是说，对于剧作家们来说，公众应该是有文学素养和受到良好教育的公众，这样，他们才有资格对自己的作品做出评价。以这种标准衡量，欣赏杂耍、闹剧的粗俗观众都不能归于"公众"的圈子。

后来，在 1747 年，拉·封特匿名发表的《反思》一文开始将"公众"的观念扩大化。随后，普通人士开始有权正当地参与到戏剧批评之中去，能够发出自己的声音，不再惧怕被作为无聊的聒噪声隔绝在戏院外。后来狄德罗在撰写批评文论的时候就理直气壮地声称："我收集老人的意见和孩子的想法，收集文人的判断、老于世故者的观点以及人民的看法；如果什么时候发生了我伤害艺术家的事，那通常也是他们的意见使然。"③

马拉美对戏剧观众鱼龙混杂的现象有着切身的认识，他对脑力劳动者和体力劳动者（人民）的思想和生活对立作过细致形象的描述。在《冲突》里，我们读到，诗人居住在乡间的宁静小屋里，安详独居的生活突然被涌入当地修建铁路的工人打破："这帮乱糟糟的人群来来往往，肩上扛着锹或是铲。他们却能够激发脑海里观念的情感，让人不由得直接想到，'这就是文学'！"

粗俗鄙陋的建筑工人，破衣褴褛的体力劳动者，他们给予诗人的第一感是闯入文学创作世界的侵略者。不过，寥寥数语之间，诗人却能够将他们生拉硬扯到文学的世界。这是罔顾客体主观意识的创作行为，不过，这也是诗人创作意识的自由行使，重要的是它体现

---

① 葛佳平. 拉·丰特与 18 世纪法国沙龙批评中的公众观念之争. 文艺研究, 2010(1)：119.

② Puttfarken, Thomas. "Whose Public?" *The Burlington Magazine* 129 (1987)：397-399.

③ Diderot, Denis. "*The Salon of 1765.*" *Diderot on Art* Volume I：The Salon of 1765 and Notes on Painting. Ed. John Goodman. New Haven：Yale University Press, 1995. 3.

了创作者创作意识的无上神圣和全能性。我们随后又会读到诗人对人民文学性的阐释：

> 随后，我，坚决的敌对者，进入到一个类似地下墓穴或是储藏窖的房间，面对着成排的成对工具，锹和铲，让人联想到性——它们的金属，凝聚了劳动者的纯粹力量，赋予没有播种的土地以生机。我感受到宗教的神圣感……激动得要双膝跪下。

从逻辑上而言，这段论述所表达的诗人的内心活动近似于疯狂。这显然是一个言行奇特的人才能有的举止。在不知从何而来的意念指引下，诗人恨不能顶礼膜拜的冲动不免会遭人取笑。

因此，从诗人语言的叙述里，我们难以找出理性的逻辑线路，只能转而从诗人诗歌形而上追求的跳跃性思维里去寻找其缘起缘灭的脉络。

马拉美对待观众的话语，如果说有这样的话语——因为马拉美的话语不在于面对观众的发声，而在于他在舞台上的自我陶醉，所发挥的对观众的主观想象——是一种具有神圣超越价值的话语。在这种话语里，诗人强化自己的主观意识形态，对抗扩大化的公众极有可能有的漠视心理和他们的自身存在价值。观众的世俗价值被诗人"审美化"地转化为神圣价值。诗人正是由此来确立自己群众话语的权威性。

马拉美的戏剧世界是一个无神的世界，基督教的上帝不是他信赖指靠的对象。

> 唯一的宗旨！水晶灯就是如此重新辉煌，也就是说是它自身，迅疾的展示，在所有方向……戏剧作品将其故事的外在性陆续展现，同时，却没有任何时刻能够具有实在性；总的来说，什么也没有发生。

戏剧舞台上的一神论如果还是在统领演员和剧本的运作，那也是戏剧的本体论，类似于文学的本体论，马拉美一直孜孜以求的无上原则。

虚无的取向是贯穿诗人戏剧场地的口号。虚无的光束同样可以从舞台上透射到剧场里的观众身上，让他们在光芒的照耀里失去具体的形状，变化为反射光线的虚无轮廓。

同时，神圣的姿态又赋予观众另一种维度。观众的神性从接受美学的角度而言是否有其现实意义呢？接受美学的创始人汉斯·罗伯特·姚斯在接受美学的宣言书《文学史作为向文学理论的挑战》一文中提出，读者的期待视野与作品之间的距离决定着文学作品的艺术特性，而在这一论断中的读者是"一个预先假定的读者"，一个理想的读者。姚斯的本意是想强调经典文学对读者的期待视野所起到的冲击作用。我们却可由此想到马拉美戏剧观里的"人群"概念。"人群"所确立的是预先假定的读者，是理想读者的地位。在此，读者在接受文学作品之前的期待值，也就是读者的先见被神秘地内在化到了读者这个形而上群体的自身，如海德格尔所说："解释并非把一种'含义'抛到赤裸裸的现成事物头上，并不是给它贴上一种价值……在本质上是通过先行具有、先行视见和先行掌握来实现的。"①

诗人接受美学的意义在于赋予了戏剧舞台世界和观众空间之间以新的联系。以 1886

---

① ［德］玛丁·海德格尔. 存在与时间. 陈嘉映，等，译. 北京：三联书店，2006：175-176.

年上演的《哈姆雷特》为例，该剧的忠实观众之中，就有着算得上莎剧迷的马拉美。观看过该剧的马拉美转而又认真地重新思考该剧的创作艺术和手法。诗人的思考可以算得上是"调和文本阅读和舞台表演手法之间对立的第一次文论尝试"[1]。

三、张力与冲突

马拉美与他那个时代的流行看法相左，他盛赞德国作曲家理查德·瓦格纳（Richard Wagner），事实上，他也许是当时唯一高度欣赏和推介这位日耳曼巨匠的法国批评家。马拉美指出，瓦格纳的音乐给舞台表演带来一种极大的张力，"观众感受到的是震惊，夹杂着亲密感"。

对张力的着意追求因此是马拉美所有戏剧作品里的共同点。《海洛狄亚德》、《牧神的午后》和《依纪杜尔》都是在进行叙事，在一定程度上遵循了线性的进程。就故事情节而言，《牧神》是林妖在午后对自己究竟是否曾经掠取两位水仙美少女的犹疑，故事的高潮点却让我们难以界定，剧情的起伏如同牧神的疑虑一般游离不定，但又波澜不惊。在《海洛狄亚德》里，我们也不能认为第三幕先知的被斩首将剧情带至顶点；从叙事的张力而言，保姆的独唱以及公主与保姆的二元对立反倒更能让达摩克利斯之剑始终悬挂在阴冷的舞台之上。而在《依纪杜尔》里，即使主人公最后骰子的掷出和绝对的实现可以被视为情节谱线演进的最强音，但是全剧的发展线路始终缺少波折和回旋，仿佛是一组音符一直在高频度区奏响。马拉美戏剧里的张力不借助于情节的曲折来维系，虽然他的戏剧与他的诗歌很重要的一个不同点就是在戏剧里是对故事的叙述，在诗歌里是对图像或是画面的塑造。

马拉美本人毕竟不是音乐家，而是诗人，他的戏剧当然无法用音乐来制造张力。但我们不会忘记，马拉美是"沉默的音乐人"，文评界公认，他的诗学追求中的一个重要倾向就是最终不可避免地会导向沉默。马拉美认为张力同样可以在沉默中孕育和达到极致，因此他颇为欣赏芭蕾与哑剧，并曾经仔细评点芭蕾与哑剧动作中所孕育和表现的张力。除去动作，沉默的另一种表现是，在马拉美的三部戏剧作品里，人物对白作用的被淡化。在《牧神》和《依纪杜尔》中，对白并不存在，基本是主人公的内心独白或是旁白。而在《海洛狄亚德》里，第一幕完全是保姆的独白，第三幕则是被斩首的圣徒的独白，只有第二幕是保姆和海洛狄亚德的对白。而即使在这一幕里，评论家也指出："保姆的声音，代表着久远古老的法则，她面对海洛狄亚德，就如同沙漠里魔鬼面对基督，在扮演着三重诱惑。"[2] 这三重诱惑分别是母性、宗教性和爱恋，而公主所代表的则是未被异化、永恒、纯粹的绝对女性。因此，保姆和公主的对白也可以被视做海洛狄亚德的内心冲突。这种内心冲突被外化为两个舞台声音来表现，诱惑和对诱惑的抵制。于是，在马拉美的戏剧里，内在的声音被唤醒，来自深层的意志在沉默中徘徊，但又始终没有走出沉默。

---

① Fisher, Dominique D. "L'*Hamlet* de Mallarmé: Le personnage emblématique et la déchirure de l'espace." *The French Review* 62. 5 April(1989), printed in USA: 774.

② Marchal, Bertrand. *Lecture de Mallarmé.* Paris: Librairie José Corti, 1985. 51.

对白的淡化当然会引致戏剧声音单一的危险。为了避免独白单调乏味而让"人群"厌倦，导致"人群"的解体和整体性的丧失，马拉美的策略是寄托于舞台冲突的悬而未决性。如同我们前面所提到的，马拉美对《哈姆雷特》的迷恋仿佛让他的舞台创作烙上了"生存还是毁灭"的两极冲突的烙印。马拉美保持舞台张力的手法是强调冲突，让冲突成为故事发展的主线，贯穿始终。在《牧神》里，水仙的存在与虚幻相交织，牧神在欲望的爆发和疑虑的低沉之间摇摆。纵观《海洛狄亚德》，犹太公主貌似执著与坚定的祈使句其实总是伴随着惊惧与焦虑——"海洛狄亚德：够了！替我拿着这面镜子。/……保姆，我是否美丽？/保姆：如同星辰一般，的确/可是，这垂下的辫子……"而在《依纪杜尔》里，贯穿主人公一连串诡异行动的主旨是"偶然"和"绝对"的恒久交锋，马拉美幻想着能够通过在午夜零点这个出离于时间之外的象征性时刻的象征性行动来消灭偶然，达到绝对。但是，如同在《依纪杜尔》里所言，"面对它（偶然）的存在，肯定与否定都无能为力。它包含荒谬——荒谬在场，但是以潜在的状态闪现，并被阻止真正地存在：这使得无限能够实现"。偶然实际包含着绝对，在舞台上，两者注定要通过各种化身萦绕在主人公的身畔，镜像、家具、窗帘、楼梯、坟墓、骨灰、书籍、一滴虚无等交织成复杂的能指和所指网络，被张力撑起而成形。在大师的戏剧里，两股力量相辅相成，彼此制约，不可分割，在辨证的冲突中成为一个不可分离的统一体。作者小心翼翼地避免某一股力量的绝对优势将统一体打破。

对冲突的观察让我们将注意力转到了马拉美戏剧的结局，因为结局是戏剧冲突的最后解决方式。从常规而言，结局往往是张力的释放点，是让故事曲线重新归于平复之处。

《海洛狄亚德》的结局出现在与前两幕截然不同的第三幕。如果说前两幕是以独白和内心的挣扎为支撑，第三幕则建立在先知被斩首的画面之上，是对残酷恐怖的美学执导。在前两幕和最后一幕之间存在着明显的断裂。对于观众，它们之间的逻辑关系只能是依靠古老传说的背景知识而成立。于是，前两幕，犹太公主与保姆在台词中所传递的冲突在尚未解决的情况下忽然被屏蔽，取而代之的是"我的头颅突然跃起/孤独的眺望者/屠刀的飞舞"。

在《牧神》这部独幕剧里没有情节和画面的脱节，全剧一直沉浸在亦真亦幻的氛围之中。最后，牧神决定让灵与肉的冲突在梦境中持续，这一和开头——"这对水仙，我希望她们永远存在"——遥相呼应的结局使得整部戏剧虚幻与真实之间的界限更难以确定和不可捉摸。"不再迟疑，忘记这亵渎之罪而睡去/……/永别了，水仙们；我将与你们的影像在梦中相遇。"

《依纪杜尔》的结局从解决冲突的角度来观察，也许是三部剧里最为传统的。偶然与绝对的对立在最后似乎终于被平息。不过，这种平息是以最为极端的举动来获得的。依纪杜尔的自杀与其说是消灭偶然的精心策略，倒更像是无可选择的绝望一击，"这是一种疯狂"。马拉美本人后来也意识到《依纪杜尔》的结局不可成立，在三十年后终于承认"骰子一掷永远不能消除偶然"。

马拉美忽略戏剧的情感陶冶、审美教化功能，大师所创作的戏剧在叙事中激烈地展现冲突、对峙，这一点与他的诗歌作品有异曲同工之妙。马拉美的诗作同样是张力的剧场，暗示、曲折的隐射并非源于诗情画意的传说，而是浮现出挣扎与爆发的鲜明图像，例如在

《天鹅》一诗里,"今天,圣洁、活力四射、美丽的她/是否会,在沉醉的振翅中,击碎/被遗忘的坚硬冰湖……"只不过,占据马拉美诗歌的常常不是真正的人物,而是家具、自然景观、书籍、地点、器皿等。

在戏剧的冲突与张力里,演绎着艺术与观众交融的可能性,马拉美也主张戏剧应当让观众相信。但诗人反对传统的戏剧,"唯一我们可以称之为陈旧的,剧本来自浅薄的素材:突兀地强求(观众)相信人物和故事——仅仅是相信,不过如此"。马拉美的"相信"与剧情真实性的可信度无关,它更多是一种信仰,是被震撼和感染后的信仰。在舞台表演面前,"人群希望,在艺术的暗示下,成为自己信仰的主导者"。这种信仰并非所谓具体的教义或是对某个神祇的膜拜。信仰是对戏剧的认同感,对戏剧所释放的力量的认同和归依。所以马拉美会指出,文学是"一个宏大的欺骗"。戏剧成为一种蛊惑力,舞台应当幻化出神秘的召唤和伟大的幽暗,"难道观众的信仰不是应该来自激起舞台奇迹的所有艺术(指瓦格纳将音乐与舞台表演结合)的综合运用吗?"

四、马拉美戏剧观的现代性

要考察马拉美的戏剧观,我们无法脱离诗人所处的时代。在马拉美所处的时代(1842—1898),浪漫主义戏剧已经完成了它对古典主义戏剧的攻击,雨果、维尼等人的戏剧创作和戏剧理论度过了其巅峰时期。1843 年,雨果的三部曲悲剧《城堡里的伯爵》的失败标志着浪漫主义的结束。雨果从戏剧领域隐退。在 19 世纪后半期的法国,"占据统治地位的是一种遵守固定套路的资产阶级情景戏剧,执著于其意识形态价值,在美学上却无所作为。这种戏剧摇摆于两个方向,或是喜剧制作(Scribe,Augier),或是情节生动、哀婉动人、劝善惩恶的通俗剧(Dennery,Montépin)"。小仲马 1852 年的《茶花女》正是如此的例子,马拉美对此类戏剧的评价是,"戏剧确立的是骚动显眼的人物,忽略形而上学的神秘,如同演员忽略了水晶吊灯的光芒;他们没有向任何外在的存在祈祷,而仅仅是依靠来自激情的初级、阴暗的呼喊"。

从戏剧未来的走向观照,我们看到当时的两种希望,一种是自 1880 年左右,左拉所提倡的自然主义戏剧,亨利·贝克(Henri Becque,1837—1899)没有想在自然主义戏剧的潮流里扮演核心地位,但是他 1882 年在法兰西剧院上演的《乌鸦》无疑是自然主义戏剧最著名的代表作。另一种是理想主义戏剧——从维里耶·德里勒-亚当(Villier de l'Isle-Adam)到马特林克(Maeterlinck)和克洛代尔的戏剧创作。理想主义戏剧是对理想大旗的高举和对神秘通灵状态的张扬,幻想能够摆脱舞台表演的局限和约束,实现一种与内在诗歌创作所契合的戏剧,这当然和马拉美晦涩纯粹的文学理想有着亲缘关系;克洛代尔也是马拉美的忠实门生,是大师寓所的常客,和马拉美保持了长期的通信联系。皮埃尔·克洛代尔(Pierre Claudel)在谈到自己的父亲时说道:"我的父亲(保罗·克洛代尔)在谈到马拉美时,总是将他视作指引自己文学道路的人。"①

马拉美既然反对资产阶级戏剧对生活的机械重复模仿,他和理想主义戏剧之间所存在

---

① Cattaui, George. *Entretiens sur Paul Claudel. Paris*:*Mouton*,1968. 54.

的联系自然是多为文评人士所关注的。值得我们特别一提的倒是大师对待自然主义戏剧的态度。在一次访谈中，马拉美是如此评论自然主义的："迄今为止，文学的幼稚在于以为，例如，选择一些珍贵的宝石，将它们的名字精心地放到纸上，这就是在制作珍贵的宝石。哦，不！诗歌在于创造①……"大师的诗学与佐拉的《自然主义戏剧》无疑是根本对立的；象征思潮的形而上与自然主义的注重社会调查本来就水火不容。

尽管不认同自然主义的创作宗旨，诗人对左拉、龚古尔、都德等小说家的戏剧所持的往往是赞许和欣赏的态度，有时甚至是顶礼膜拜。贝克的《乌鸦》和《巴黎女子》就获得了大师的高度赞许："我以业余爱好者的愉悦观察到，真理与情感的谱系是如此精准，几乎到了抽象的地步，或者用常用的字眼来说，就是文学性的；这种谱系在舞台上获得了生命。"

要阐释马拉美对自然主义戏剧和理想主义戏剧的态度，就要从文本-表演的关系中去寻找原因。我们饶有兴致地发现，诗人在赞许剧作者的匠心独具时，往往会强调其对剧本和表演之间微妙关系的绝佳把握。谈到自然主义作者都德的戏剧改编时，诗人以敏锐的笔触点出："……在书写与表演之间建立了美妙的模糊性，既非完全前者又非后者……仿佛我们并非完全置身于舞台光芒之前。"在品味马特林克的代表作《佩雷阿与美莉桑德》(*Pelléas et Mélissande*)时，大师沉醉地描述道："《佩雷阿与美莉桑德》在舞台上张扬书页的绝佳气息。"

对文本与其舞台转化形式关系的感知意识是马拉美诗学的一个变种。诗人一直拷问文学的本质和元存在。他渴望大写的"书"，一本作为所有文学终极的"书"②。于是，"书"的形象成为作品超越自我物质存在局限的心灵景观，"无人称化的书，就如同其与作者的截然脱离一般，也不寻求读者的接近。在人类所创造的各种物质附属品中，书如此独立地出现：创造，存在。被隐藏的意义在运动，让书页如唱诗班般列位"。凭借着想象力和直觉的创造力，马拉美深入到抽象文学本质的生动画面存在。作者所创作的作品挣脱了其作为作家附属物的次要地位，跃升为能够自我生成意义、组合能指的生命体。

在剧院的庙堂之上，马拉美坚持延续对文学本体论的追求，执著地寻觅作品的自主性。我们可以必然观察到的是，诗人对于戏剧的未来尚未提出清晰的发展思路。他首先是一位爱好戏剧的诗人，喜爱观赏和评点戏剧的创作和舞台演出。马拉美的戏剧评论并非系统性的论述和解析，而是如其评论集标题《戏剧草图》所云，一种印象式的随笔。在其中，诗人所描绘的实际不是戏剧作品，而是戏剧作品留在诗人心中的印象。马拉美在"草图"中充分展示了自己的想象力和细腻的感触，舞台转变成为文本作品获得生命、展现生机的奇妙场所，文本的存在性压制了戏剧体裁的独立性。

莎士比亚对马拉美的诗学有着不可忽视的影响，诗人将人性层面上的"生存还是毁灭"转化为对文学是否存在的不懈追问。在戏剧方面，马拉美也多次到莎士比亚的世界去拜访。英国作家德·昆西所论述的《马克白》一剧中，马克白和他的夫人谋杀邓肯王后，突然传来的敲门声在马拉美眼中充满张力和神秘感。当诗人赏析马特林克的《玛兰娜公

---

① 斜体均为原著所有。

② 张亘. 马拉美作品中的否定观. 巴黎：法国格鲁伯出版社，2008：175.

主》(*Princesse Maleine*，1890)时，与李尔王、哈姆雷特和奥菲利亚等人物的比较所得出的结论是前者"缺乏任何简单的人性元素"，而后者们则"充满生命力，有血有肉，强烈感人"。

莎士比亚对人性深层次和多方面的挖掘冲击和感染了马拉美。戏剧创作中的人性元素成为马拉美孜孜以求的标尺。马拉美的诗学所指向的是虚无、沉默和人的消失，人的精神维度，例如情感、性格、心灵等，应该从诗歌中被去除。但是，在戏剧里，海洛狄亚德、牧神和依纪杜尔面对命运之谜时的巨大焦虑却会让我们联想到莎士比亚笔下的人物。我们应该认识到，对《海洛狄亚德》的诠释不仅仅限于"马拉美的虚拟诗歌世界"①，也可能触及"人类的生存困境以及意境纯洁而冰冷虚无的世界"。②

在戏剧区间里，人性的投射通过与马拉美诗学的磁场相应和，呈现出一种被神秘主义观感所笼罩的人性。以马拉美的戏剧而言，对人本身的关注所传递的理念集中在于人，或者说自我，是不可知的。海洛狄亚德在镜中惊恐地自我审视；树神在绮梦与现实的变幻间揣度欲望的无常；依纪杜尔以"失去自我③的疯狂"在墓穴和城堡中延续和完成先辈的使命，找寻家族与自我的身份。从诗歌转入戏剧之时，马拉美从文学的本体论跨进了人的本体论。

虽然关注人的命运，但马拉美拒绝在舞台上客观地表现身体的经验，对于绝对的追求要求剧作者将眼光从实在的世界提升，跨越存在与虚无的边界地带。《海洛狄亚德》的眼光因此超过了乱伦、通奸、阴谋和仇恨等心理情节层面，真正跳出了传统剧纠缠于人类情感的桎梏，以深刻又充满人性的象征作用形成了充满张力的冲突。

综观马拉美对戏剧的评述，无论是自然主义抑或是理想主义，马拉美对戏剧的观察和随想在一定程度上是一个文本论者在借助剧院庙堂搭台唱戏，他不会对自然主义抑或是理想主义流派完全认同，而是在其中掠取与自己诗学理念契合的亮点。但是，我们不能由此认为大师的戏剧观只是限于借尸还魂似的形式主义观察。马拉美提出了戏剧的现代性问题。他认识到戏剧需要变革，明白理想主义戏剧和自然主义戏剧都不足以提出真正的解决道路，需要寻找到新的发展方向。我们普遍知晓的是，马拉美颠覆了作者在文本中的无上地位，尼采推翻了上帝对人的超自然主宰；但我们也应该意识到，在尼采"把人的原始本能看做艺术的动力，是一种非理性的因素，并将其上升到艺术本体的高度来认识"④之前，马拉美在戏剧创作实践中已经开始将作者的视野转入了人的非理性领域。马拉美戏剧创作的生命力在于他真诚地吸收了 20 世纪之前，也许是有史以来最为经典的戏剧思想——莎士比亚的作品，同时又以自己的诗学为出发点，结合形而上美学的思考，划出了一道以时代为背景，又超出时代维度的流星轨迹。这可以说是他戏剧观现代性的一个体现。

---

① 户诗社. 马拉美——追求极致的诗人. 外国语文，2008(4)：2.

② 户诗社. 马拉美——追求极致的诗人. 外国语文，2008(4)：2.

③ 原文为 ELBEHNON，可以被解读为 Elle be no one，马拉美本人就是英语教师，《依纪杜尔》和《哈姆雷特》的联系也早为学界所引证。如果说依纪杜尔在文本中一直用男他"Il"来指代，标题中的女她"Elle"与无人称化"be no one"则暗示了依纪杜尔身份的抽象化和不确定化。

④ 冉东平. 颠覆传统观念开启现代戏剧——浅谈尼采的《悲剧的诞生》. 名作欣赏，2009(12)：102.

第七讲

法国存在主义思潮的文学创作

对于存在主义这个哲学定义的来源，我们首先需要做一个梳理。在此我们首先参考英美哲学界对于这一主题研究的扛鼎之作——科铂所著的《存在主义》，他在书中写道："没有哪一部'存在主义'哲学家的名著里提到过'存在主义'这个词。关于这个词的起源有不同说法，最可能的说法是法国哲学家加布里埃尔·马塞尔（Gabriel Marcel）在'二战'临近结束时创造了这个词，并用它来指当时刚刚出现的让-保罗·萨特及其密友西蒙娜·德·波伏娃提出的思想。根据波伏娃的说法，萨特和他开始并不接受这个称谓。"

存在主义作为一种哲学思潮，面临着和其他哲学术语相似的境遇，那就是定义时所面对的时代、空间跨度之大往往令人困惑，好像是在做时空旅行似地穿梭于不同的年代和国度。首先在时代上，甚至连古罗马帝国时代的圣奥古斯丁、中世纪的圣托马斯·阿奎那这样的中世纪神学奠基人物或是集大成者也被挖掘出来作为存在主义的先驱；在他们之后，则有克尔凯郭尔、尼采、雅思贝尔斯、梅洛-庞蒂、卡夫卡等人，都能够与存在主义扯上关系。究其原因，部分是因为"存在主义"一词的含混性，"它一方面表达了一种关于人的特别概念，另一方面表达了坚持不将世界置于括号中这样一种立场"。① 也就是说，首先是对人本身的思考，另一点则是将人与他所处的世界联系起来考察。这等于说是用哲学史上的一个宏大转向来定位存在主义，之前的人是先验的意识存在，是剥离了整个世界的自身的存在，像笛卡尔"我思故我在"那样推论的。

无论存在主义的覆盖范围可以被推到何种广袤的程度，法国在其中的代表性是毋庸置疑的，这一点在大众的视野和专业学者的视域中都是如此。萨特和加缪对于存在主义的贡献都极为巨大，他们尤其是将存在主义这一艰深的哲学理念践行到了文学创作之中，从而将之推向了大众，使存在主义这一学术术语成为社会流行话语。不过，也因为对理论深度的涉及，加缪相对于萨特来说，有时会受到流于浅显的指责。

让-保罗·萨特于 1905 年生于巴黎，1924—1928 年在著名的巴黎高师学习，他的《存在与虚无》虽然曾经遭到海德格尔的蔑视，但可以说是存在主义的代表作。不过，我们在此的重点毕竟是文学，所以，我们还是需要通过萨特的文学创作来解读他的哲学思想。

首先，我们看一下《恶心》这部名作，该书出版于 1938 年，是在小说创作领域的一次革新。小说的故事是这样的：安东瓦·霍纲丹一个人生活在哈夫港。一段时间以来，他怪

---

① 科铂. 存在主义. 上海：复旦大学出版社，2012：8.

异地感到不适：他眼前的物体突然不正常地膨胀，获得一种令人不安的存在感。一个冬天，在公园内，"在硕大的黑色树干之间，在伸向天空的黑色、多结的树枝之间"，他再次感受到"恶心"："一棵树在我的脚下用黑色的脚趾甲擦着地。我太想放松自己，忘却，睡去。但是我做不到，我感到窒息。"于是，他终于明白自己为什么焦虑："存在无所不在地侵入我，从双眼，从鼻孔，从口腔……"晚上，他在日记中长久地记录了这一切。

让主人公感到痛苦的存在究竟为何物呢？单单从文本的角度分析文字，我们只能说这似乎是灵魂面对物质所感受到的压迫感。在《恶心》里物质的存在所对应的法语词是"existence"，还不是《存在与虚无》里的"être"。物质的存在是"一些可怕怪异的形体，疲软、无序——赤裸，是令人畏惧的、淫邪的赤裸"。这种突然暴露在"我"五官之前的存在似乎是事物的真实存在，因为"这些天之前，我从未预知到'存在'意味着什么。我像其他人一样，像那些穿着春装在海边散步的人一样。我像他们一样说'海水是绿的。那个白点，在天空上的，是只海鸥'。但我没有感受到这些存在，不觉得海鸥是'存在的海鸥'，通常情况下存在是隐藏的"。

那么，"我"对存在的这种突然发现是不是对生命意义的发现呢？通读文本，显然并非如此。这种物质的存在同时也侵袭了我自身，"我们是一堆困窘的存在，自我难受，我们没有任何理由待在那儿，不论是这些存在还是那些存在，每个存在，都是困惑的、模糊的令人不安，相对于他者自我感觉多余"。

《恶心》里的存在因此是偶然和纷乱的存在，如果借用马拉美所喜欢用的偶然和绝对两种对立，这种偶然的存在是需要被摒除或者超越的，否则人的意识会始终处于恶心的状态，这显然不是长久之计。以上我们所说的是《恶心》的文本分析能够向我们揭示的文字意义和内涵。但实际上，树根的存在是现象的存在，恶心只是一种直接感官反应式的揭示。

萨特不止是作家，他也是哲学家，而且他可能首先是一个哲学家，他的文学创作一开始是旨在普及自己的哲学思想的，他也成功地做到了这一点。萨特致力于通过多彩文字表述和圈定的存在概念有着与人类历史接近的时间渊源。自从人类文明诞生以来，对于存在意义的思考连绵不绝，从未中断。有一个关于保安的笑话，题为《保安也不是随便可以当的》，讲的是某人到一个小区去见一个同事，在门口，保安拦住了他，问了他三个哲学上的终极问题："你是谁？""你从哪里来？""你要到哪里去？"于是他陷入了沉思中……

如果说这一笑话涉及哲学的终极思考，也就是对存在的思考，在最早的哲学传承中，对存在的追问则并非如此。自柏拉图以降，对存在的思考往往是神学的思考。如罗素在《西方哲学史》中所说："我相信，数学是我们信仰永恒的与严格的真理的主要根源，也是信仰有一个超感的可知的世界的主要根源。几何学讨论严格的圆，但是没有一个可感觉的对象是严格的圆形的；无论我们多么小心谨慎地使用我们的圆规，总会有某些不完备和不规则的。这就提示了一种观点，即一切严格的推理只能应用于与可感觉的对象相对立的理想对象；很自然地可以再进一步论证说，思想要比感官更高贵，而思想的对象要比感官知觉的对象更真实。神秘主义关于时间与永恒的关系的学说，也是被纯粹数学所巩固起来的；因为数学的对象，例如数，如其是真实的话，必然是永恒的，而不在时间之内。这种永恒的对象就可以被想象成为上帝的思想。因此，柏拉图的学说是：上帝是一位几何学家；而詹姆士·琴斯爵士也相信上帝嗜好算学。与启示的宗教相对立的理性主义的宗教，自从毕达哥拉斯之后，尤其是从柏拉图之后，一直是完全被数学和数学方法所支配着的。"

从这段文字可以看出，存在起初是上帝的存在，当然，这和人的存在也还是脱不了干系，只是，此时，人的存在是第二性或是附属性的，是从上帝的存在衍生出来的。哲学家努力的目的是证明上帝的在世，他们发挥各自的想象力和心智，构造全能神统辖世界的方式。即使是牛顿这样伟大的科学家，他的思想也是以对神的全能信赖为基石的。

相比较而言，萨特的存在主义注重的是以人为中心，就像关于保安的笑话，是对于人的具体处境的一个思考。萨特因此宣称，"存在主义是一种人道主义"。法国著名哲学家让·华尔在《存在主义简史》中称《存在与虚无》是法国哲学的一座高峰。《存在与虚无》毕竟是哲学著作，我们还是回到《恶心》里纷繁蠕动的偶然存在来观察现象和事物。"栗树的根部深入土地，就在我的长凳下方。我不再记得这是根部。字词已经挥发，和它们一起消失的还有事物的意义，它们的方式、用途以及人们在它们表面所画出的肤浅印记。我坐在那儿，背略微弯曲，低着头，独自面对这一黑色多结的形状，它完全的暴露，让我害怕。然后，我突然顿悟。"

萨特在某种程度上接受了现象学的影响，胡塞尔的现象学方法将意识与现实之间的关系从各种沉重的预设之中解脱出来，我们从以上《恶心》中的文字能够看到意识是如何直接与现实发生关系的。海德格尔虽然对《存在与虚无》的著作似乎不屑置评，不过萨特是努力在通过自己的哲学连接胡塞尔与海德格尔的思想的。于是，在《恶心》里，我们要回到"实事本身"，回到"存在着的东西"上面。

按道理说，"栗树的根部"比较偏向于布伦塔诺所说的物理现象，栗树的根部是外在的存在。不过，心理现象的影子也应该存在，就像主人公对它的意识会让它显现出另一种面目一样。所以胡塞尔会认为心理现象和物理现象的划分容易造成混淆，于是，栗树的根部是物理现象和心理现象的结合，也许在萨特的文笔下反而更加像心理现象，成为内在意识的外在显现。

萨特所观察到的栗树根部已经不是客观存在的根部，而是因为主体意识而获得另一种存在的现象，是主体所授予的存在。这种存在不是我们通常以为的所发现的生命或是世界的真正意义，不是类似于高僧顿悟时所领悟到的真谛之类的东西。《恶心》里"我"所发现的存在不是事物的所谓本相，只是"存在的现象"，"现象的存在"在人的意识的作用下突然被揭示的结果。

萨特的另一部著作《苍蝇》是对希腊神话爱莱克特（Electre）故事的改编。这是一部三幕戏剧，于1943年6月上演。阿尔克斯的居民生活在无穷无尽的内疚之中，故事情节的发生和纪念亡灵的节庆同步，亡灵们不断折磨生者，让他们为自己的过错付出代价。在悲剧的最后一幕，奥莱斯特离去时承受着所有阿尔克斯居民的罪恶，就像福音书中为人类原罪而献身的耶稣，戏剧的结局是萨特的思考，人是否可能为他人的过错买单。

悲剧的最后一幕表现了两种方向，这两种方向是面对罪恶时可能采取的行动：第一种是悔恨和对"羊群"的回归，这是爱莱克斯的立场；相反的行为方式则是对自己行为的接受，在生活中勇敢地带着罪恶生存。奥莱科斯选择的是第二条道路。因此他摆脱了自己的重负，摆脱了自己的命运，不再带着悔恨的十字架生活。

最终，奥莱科斯选择的还是为他的人民献身。他决定逃离，被复仇女神追逐，也让城市逃脱了复仇女神的掌控。他留下的是独自面对自己处境的民众，将由民众来通过他们的行为自我重建。奥莱科斯没有成为新的偶像，在萨特看来，让人们负责的唯一方式是让他们失去幻念。

萨特的《苍蝇》是继法国戏剧家吉罗杜之后对爱莱克特神话的又一重要改编。剧作中的台词清晰有力，提出了人如何获得自由的问题。杜小真在《存在和自由的重负》中说：“我的自由在我的存在中永远处在问题之中，不是外加品质或本质的属性，而是构成我的存在的材料。我应当拥有对自由的领会。”萨特本人提出过他的关于自由的著名公式：“我命定是为着永远超出我的本质、超出我的动作的动力和动机而存在。我命定是自由的，这意味着，除了自由本身之外，人们不可能在我的自由中找到别的限制，或者可以说，我们没有停止我们自由的自由。”

奥莱斯特的行动是重要的，采取行动需要勇气，需要对人自身处境的认识。这种行动不是胡乱的行动，是有意识采取的行动。自由是行动的必要条件，没有自由，人不可能采取行动。自由才能让奥莱斯特从他的过去中摆脱出来，不像他的妹妹爱莱克特那样动摇，那样因为罪恶而内心受到无谓的煎熬。人必须是自由的，奥莱斯特在所选择的行动中表现的不是他自身，而是一个对自我的在场。萨特首先认为，“自由是没有本质的，它不隶属于任何逻辑必然性。这是在谈及自由时，我们应该重复海德格尔在概括地谈到此时所说的话：‘在自由中，存在先于本质并支配本质。’自由变成活动……我们通过由自由，用动机、动力以及活动所包含的目的组成的活动来取得自由”。

奥莱斯特对爱莱克特说：“现在不是黑夜，是白昼的开始。我们是自由的，爱莱克特。我感觉我让你诞生，我刚刚和你一起诞生。我爱你，你是我的。昨天我还是独自一人，今天你就属于我了。血将我们双重地联系，我们属于同一血统，我们让血流淌。”奥莱斯特的复仇行为无法用正义与非正义的标准去衡量，它更多的是人为了自由所必须采取的行动。看来，对于萨特而言，就像生命在于运动一样，自由在于行动，人必须不断采取行动才能实现自己的自由。自由等同于人的存在，没有存在，人就是虚空的了。

萨特的《禁闭》展现的是萨特式的地狱。在这个世界里，地狱就是活在他人的目光下。这部戏剧涉及的是自我和他者的关系，这也是萨特哲学里的重要概念。和其他许多著作一样，《禁闭》也是在占领期间创作的，萨特于1943年年末写作了剧本。剧本后来于1944年5月27日在巴黎的老葛隆剧院上演，《禁闭》是荒诞处境的象征，作者本来想将其当做滑稽剧来表演，不过布景没有实现作者的想法。《禁闭》中一共有三个人物，贾尔森的角色是懦夫，他以为自己是英雄。艾斯台尔是杀婴犯，她也一手造成了自己情人的死亡。伊莱斯是一个憎恶男人的女人，自己也认为自己是个恶女子，“也就是说我需要别人的痛苦才能继续存在”。他们三个人全部死亡，全部被关在同一个房间内。一开始，他们编造的是谎言，相互隐瞒。但是很快，他们以往的卑劣行径在台词中一一暴露，开始相互折磨，用话语互相中伤。突然，房门大开，艾斯台尔想伙同贾尔森一起逃离伊莱斯，或者将伊莱斯扔到外面也行。可是，出乎意料，贾尔森没有采取行动。此时，我们所关注的不是自由和行动的问题了。

贾尔森：我之所以留下是因为她。

（艾斯台尔放开伊莱斯，吃惊地看着贾尔森。）

伊莱斯：因为我？（一阵时间后）好，既然这样，关上门。门打开后热得不行了。（贾尔森走向门口，关上门。）因为我？

贾尔森：是的。你明白懦夫是什么吗？你？

伊莱斯：是的，我明白。

贾尔森：你知道什么是恶、耻辱、恐惧。有些日子你一直看到自己的内心——这让你丧失勇气。……

在这部戏剧里，萨特强调了他人能够带给自我的影响和控制力。贾尔森虽然死去，仍然念念不忘他的同志将他视作懦夫的声音。对于他而言，伊莱斯虽然不喜欢他，但伊莱斯如何看他却非常重要："我不能将你留在这儿，让你得意洋洋，带着所有你脑袋里的想法。"

萨特非常关心他人的问题。萨特认为，实在论者从来不会操心他人的问题，因为他们认为"给出一切"就意味着"给出他人"。他人和其他实在物一样，甚至比其他实在物更实在，是和我一样的，具有同样本质和实在性的实体，没有什么第一性和第二性的问题。但萨特指出，实在论者要通过世界对思想实体的作用进行分析和认识。

萨特提出了他为的问题，这是用杜小真的说法，曾被海德格尔忽视的问题。他为也就是贾尔森念念不忘的侵扰力量，是他为的存在使得他无法放弃密室，夺路而逃；是他为的存在使得他感觉到他人的目光就是地狱。"我要说服你：你是我的同类。"

这里的他为涉及人自己的意识与他人的意识的关系问题。人自己的意识是否会受到他人意识的影响，这在现实生活中是显而易见的。那么如何看待他人的意识，在现实生活中会有多种处理方法，或者是走自己的路，让别人说去吧，或是需要谨慎对待他人的言行，考虑他人的看法，给他人留下一个好印象。无论如何，不受他人意识的影响只是理想状态，是如佛家所说四大皆空时方能达成的万事不萦绕于心的无上世界，事实上是很难做到的。

萨特很注意将人放到现实的处境中去考量，因此他也考虑了人和他人的关系问题。他考量了身体的作用，身体是如何让人体验自身，身体又是如何介入人和他人的体验。意识与意识之间的冲突和对立是我们在现实生活中屡见不鲜的问题，萨特也将其进行了哲学处理。贾尔森、艾斯台尔和伊莱斯之间的意识对立使得我们发现了另一种没有火锅油煎酷刑的平静地狱。

"我们的身体，其特性即本质上是被他人认识的，我认识的东西就是他人的身体，而我关于我的身体所知道的主要东西来自他人认识它的方式。"在萨特看来，个人的身体似乎自己无法正确认识，或者说本来就不存在所谓正确认识的错误认识的问题，萨特选择的是认识身体的方式之一。

杜小真用萨特举过的关于羞耻的例子来表明人对自己身体的感知是通过他人的。这也是《禁闭》中贾尔森的体验方式之一，贾尔森是懦夫，却又老是对别人说自己是懦夫耿耿于怀。"羞耻按其原始结构是在某人面前的羞耻……（他人）是我和我本身所见不可缺少的中介：我对我感到羞耻，因为我对他人显现……单独一个人是不会粗俗的。这样，他人不止是向我揭示了我之所是，他还在一种可以支持一些新的指定的新的存在类型上面构成了我……但是，这个对他人显现的新存在不居于他人之中……羞耻是在他人面前对自我的羞耻：这两个结构是不可分的。但是同时，我需要他人以便把握我的存在的一切结构，自我推向他为。"

羞耻的例子和身体的联系并不是很紧密，这更多的是心理上的感觉，如果一定要牵涉身体，要么具体来说是裸体产生的羞耻感，但是羞耻的感觉和裸体仍然是两个环节，裸体之后产生了羞耻感这一神经官能上的感受。

我们的这一想法在萨特看来是实在论的，因为我们将感觉和身体区分开，也可以说是将心灵和身体两分，如果有类似于灵魂的东西。从生理学上或者现代生物学来说，感觉和身体是密不可分的，感觉和身体是一个整体。萨特也是这样构思他哲学上的自为的，身体和心灵是一个整体。

萨特将他人神秘化，认为他人是我无法了解和认识的，凭我自己的经验，也许我可以猜想他人的行为，但是这是无法验证的，于是，他人是超出我的经验理解范围的。萨特是反对唯我论的，除我之外还有他人，"他人，就是不是我和我不是的人，这个'不'是指作为分离他人和我本身的特定成分的虚无，或说在他人和我本身之间有一个进行分离的虚无。这个虚无不是起源于我本身的，也不是起源于他人或他人与我自身的相互关系。而是相反，它作为关系的最初的不在场，一开始就是他人和我之间一切关系的基础"。

人与他人的问题不是萨特的独到发现，而是萨特对前人的继承与发展。康德所思考的人的主体是普遍性的，他没有考虑个人特性的层面。作为现象学的奠基者和对萨特影响巨大的人物，胡塞尔将他人看做构成世界整体必不可少的方式。在胡塞尔那里，"他人不仅作为那种具体的和经验的显现，而且作为统一体和丰富性的恒常条件面对世界这个在场。他人和世界一样，都是作为我看见的对象本身的构成意义存在，作为他的客观性的真正保证而在那里。而且，我们的心理—物理世界的我与世界同时存在，构成世界的一部分并和世界一起归属于现象学还原方法之下"。因此，萨特觉得胡塞尔只是"局限于我的经验自我和他人的经验自我同时出现在世界上的，我的我并没有优先权……一般意义下的'他人'对构成这些'自我'中的任何一个都是必要的"。

萨特本人认为他人和我是并列的存在，他人不是因为我的主观意识而改变的。桌子、椅子、电脑等无生命的物件和他人的存在不同，这些物件没有生命，无法自为。同样，动物虽然有生命，没有主观意识，一样是无法自为的。如此之多的并列存在，其结果是会造成许多不同世界的并列存在，《禁闭》里的三个人就是三个世界。

萨特所陈述的他人存在有些类似一花一世界，一叶一菩提，不过，并非一切都能反映出不同世界的存在，毕竟如以上所说，椅子、桌子还是没有意识，无法反映出自己的世界的。但是，人和人是相互独立的存在，在我的眼中，世界可能是充满欢乐的，换了另一个人，他看世界就会呈现出另一种色彩，也许是带有悲伤的。再如果是第三个人，他看世界必然有他自己的角度，此时世界的色彩又会有所不同，即使是细微的差别。如此众多的世界混合掺杂在一起，会导致相互的影响，这也许会让我们想起《恶心》里的纷乱和偶然的存在，不过这不是一回事。我在观看世界时，世界对我呈现的面貌当他人出现时，不可避免地会受到影响。简单地说，就像我是如此评价一个朋友，可是当另一个人和我一起讨论他时，他会有另一种观点，这种观点会对我的看法造成影响或是冲击。

我和他人发生关系的原因如上而言，是自然而然的。不过，萨特发明了"注视"这一术语来解释我和他人发生关系的方式。"这是我能通过反思的我思从观念上把握和确定的变化……个人是面对意识在场的，因为他是为他的对象。这意味着，我一下意识到我，是由于我脱离了我，而不是由于我是我自己的虚无的基础，因为我有我在我之外的基础。我只是作为纯粹对他人转移才为我地存在的。尽管如此，这里不应该认为对象是他人，也不应认为面对我的意识在场的自我是次级的结构或是他人——对象的意义。"萨特在这里再次将自我分为几个部分，有自我的意识，有自我的抽象存在。反思的我思能够让意识跳出自身去意识到自我，不过在他人的注视下，我被改变，一下成为为他人的存在。正因为如此，贾尔森才觉得自己离去不起任何作用。在伊莱斯的注视下，在伊莱斯的评论下，贾尔森跳出了自我，看到自我被虚无化，自我转为为伊莱斯的注视和话语而在场。

在注视下可能产生的羞耻感，是又一个重要的主题。羞耻感是将我与他人联系在一起的方便手段，羞耻感要面对他人的存在时才会产生。独自一人位于孤岛上的人是不会有什么羞耻感的，赤身裸体或是挫折失败都一样，失败感毕竟不是羞耻感。

在他人的目光下，我的存在变为为他的存在，"保留着某种无规定性、不可预料性。并且这些新特性不仅因为我不能认识他人，而且尤其是因为他人是自由的。或者更准确地说，反过来用这些术语，他人的自由就通过我为他所是的存在的令人不安的无规定性向我揭示出来。这样，这个存在不是我的可能，它并不总在我的自由的内部问题中；相反，它是我的自由的限制，在人们说的底牌的意义下的我的自由的'底'，它对我表现为一种重负，我担负着它而永远不能转过身来对着它以便认识它，甚至不能感受到它的重量"。萨特认为，羞耻感证明的是他人的自由，这个自由从萨特的意思来说大约是指他人与我相比处于评判者的地位，我的羞耻感因他人而生。我本来是想否认这种羞耻感的，没有人会对羞耻感感到自在。从心理学来说，所有人都会倾向于排斥羞耻感，努力说服自己不要顾及他人的存在，努力说服自己按照自己的预定行为路径或是行为方式去做。不过，实际上，这是不可能的。因此我们不可避免地发现自己是在自欺，我们的羞耻感不由自主地产生。此时，他人处于支配者的地位，他人限制了我的自由。

"一切的发生就好像是我拥有由一个彻底的虚无把我与之分开的一维存在，而这个虚无，就是他人的自由……"萨特乐于将虚无定义为各种神秘的存在，似乎虚无的名字可以安排到各种难以定义的概念之上。"只要有一个别人，不管他是谁，在什么地方，他与我的关系如何，甚至非通过他的存在的纯粹涌现而不别样地作用于我，我就有了一个外表，一个本性。我的原始的堕落，就是他人的存在。"萨特世界中的我是生活在他人恐怖之下的我，此时，萨特所言的选择的自由不复存在，他人让我丧失了本性，让我为他人虚拟出另一个外表和本性。在《禁闭》里，有这么一段话：

　　艾斯台尔：别听他的，吻我的嘴，我全部都是属于你的。
　　伊莱斯：怎么，你还在等什么？依她说的做呀，懦夫贾尔森把杀婴犯艾斯台尔搂

到怀里了。懦夫会吻她吗？我倒要瞧瞧。我看着你们，我一个人就顶得
上一群，一群人。

贾尔森：一群人，你听见了吗？……

贾尔森：难道永远没有黑夜了吗？

伊莱斯：永远没有。

贾尔森：你永远看得到我吗？

伊莱斯：永远。

贾尔森：……好吧，这正是时候……我明白我是在地狱中。我跟你说，一切都是
预先安排好的。它们早就预料到我会站在这壁炉前……所有这些目光都
落在我身上，所有这些目光全在吞噬我……（突然转身）哈？你们只有
两个人？我还以为你们人很多呢（笑）。那么，地狱原来就是这个样。
我从来都没有想到……提起地狱，你们会想到硫黄、火刑、烤架……
啊，真是莫大的玩笑。何必用烤架呢？他人，就是地狱。"

这段话成为名言，成为经常被人引用的箴言。他人，就是地狱，实际上，我们生活的世界
就是地狱，按照这种逻辑，因为我们生活的世界不可能没有他人。人作为社会动物，必然
会面临我在他人注视下的存在，此时，我的存在也不复是我的存在，我与我的存在之间被
虚无隔开。"这样，对象——他人是我凭借领会所使用的爆炸工具，因为我在他周围预感
到有人使他闪现的恒常可能性，并且，由于这种闪现，我突然体验到世界从我这里逃走
了，我的存在异化了。因此，我经常关心的是使他人保持其对象性。而我与对象——他人
的关系本质上是由旨在使其保持为对象的诡计所造成的。但是，他人的注视足以使这一切
诡计消失殆尽，足以重新使我体验到他人的变形。"

相比较于萨特关于存在、虚无、身体等承继哲学传统、发扬变化的晦涩理论，他关于
他人就是地狱的表述比较容易理解一些，因为这是和现实生活较为贴近的发挥。即使加上
了一些哲学术语，我们还是能从人际关系的险恶、他人对我们的影响这些常见的层面理解
萨特的话。不过，萨特的他人就是地狱和我们生活的世界还是有差别的。在《禁闭》中，
贾尔森之所以无法摆脱他人就是地狱的定见，是因为他已经死亡。另一方面，也是因为他
是懦夫，他死后还是懦夫，他没能勇敢地挣脱他人的存在，获得自由。以萨特自己的性格
而言，特立独行、不接受任何权威是他的处事方式，对诺贝尔奖的谢绝是他存在方式的一
种，也是我拒绝他人的一种方式。回到开始的表述，人和人之间是平等的存在，他人对我
的影响也会转变为我对他人的影响。

另一位以文学来传递存在主义哲学的大家是阿尔伯特·加缪，加缪的哲学理论色彩比
萨特要弱许多，他更多是一位思想家，而不是哲学家，这和他的学习经历有关。他是阿尔
及利亚工人阶级的儿子，有志于哲学，半工半读，因为疾病未能通过哲学执教资格考试，
这和萨特的高师经历无法相提并论。换句话说，加缪是野路子多一些。如果说理论深度虽
不及萨特，但加缪的文学成就并不在萨特之下。荒谬、反抗等主题是贯穿他文学创作的哲
学或思想主线。

第八讲

法国结构主义文论

结构主义在今天不再像一二十年前那样时髦。法国瑟依出版社1968年出版的著作《什么是结构主义》收集了托多罗夫、施特劳斯等人的结构主义名篇。1968年正是法国六八风潮的年头，是学运风潮云涌风起的年代，是质疑、亢奋、激情和拓展新视野的年头。结构主义应运而生，奔向时代的浪尖。

西方的理论进入中国难免有一个滞后期，尤其是在互联网和全球化尚未实现的20世纪。在法国六十世纪就已经诞生的结构主义当时只能通过类似译介的缓慢方式逐渐进入中国，而且还必须面对中国政治气候特殊性的环境。"文革"时对结构主义的理解无疑是不能提上议事日程的，只有在"文革"之后，从1975到1983年，这才是结构主义初步进入中国的时代。

20世纪60年代法国出版社出版各种著作，努力赋予结构主义一个全景图像。这在一段时间以前还是不可想象的事。结构主义既是意识形态的，也是理论的。结构主义有反人本主义、反历史主义的倾向，从某种程度上，有反资本主义的冲动，这是它的意识形态色彩。总体上而言，结构主义的取向是科学性的，目的在于反击文学批评史早期批评随意性和主观性的倾向。

对随意性和主观性倾向的反对让结构主义追求客观规律。这种客观规律是普遍性的，"其目的是探索文学领域中话语运作的普遍规律"①。对普遍和宏观的追求是以雄心壮志和博学作为支撑的。结构主义是领略和理解世界的另一种方式，不仅仅是针对文学，这个我们由列维·施特劳斯的人类学就可以看出来。结构主义作为另一种思考文学的视角，是将文学作为符号来认识和理解。文学不再像19世纪是由文字和作品构成的，文学由符号构成说明的问题是文学从此被作为语言学理解，至少在结构主义者看来，文学首要是由语言构成的，文学的首要目的不应当再是表达作者的社会学观点或是意识形态立场，这些成为次要的元素。于是，结构主义的诞生和语言学的发展是紧密联系的，索绪尔的语言学诞生之时也预示了结构主义即将到来。

奥斯瓦德·杜克罗是另一位结构主义学者。他出生于1930年，是一位法国的语言学家，是巴黎社会科学研究学院的博士生导师。杜克罗的主要主张是语言的目的不是对世界

---

① 钱翰. 重新定位文学批评史的断裂——论文学史的创立在文学元语言演变中的意义. 文艺理论研究，2012（6）：91.

的表现，而是一种论证的结构。乔姆斯基主义者将索绪尔之后的所有的语言学都称为结构主义，马丁内本人也被放到这一分类里，虽然马丁内本人特意将他的"功能主义"与"结构主义"分开，他本人是摒弃"结构主义"这一字眼的。

一直到 19 世纪末为止，语文学家们比较一致地将语言视为对思维的表达。即使是维特根斯坦的早期著作也还是这么认为的，他的逻辑语言遵守的是这一表述。今天，情况当然是大不相同的。索绪尔的语言学努力将历时性和共时性相互对立起来，使得今天的我们倾向于将语言的系统和语言的历史对立起来。索绪尔成为某种救世主似的人物。他在《语言学概论》里的观点对以后的结构主义者们影响巨大。

结构主义的名称是笼统的，追求普遍性并不意味着结构主义只有一种，是大一统的一体化思维。结构主义的方法是多种多样的，一方面有着各个领域的区分，另一方面也有着方法论的分别。值得我们思考的是方法论和领域之间的相互关联，方法论是否由领域和其研究对象决定，抑或是方法论在某种程度上是独立的，独立于它们的研究对象。

我们也可以思考一个根本性的问题，结构主义是否存在，类似于结构主义的概念是否有些含混，是否有其学科正当性？当然，类似于此的问题我们可以在面临许多历史文学概念时都会提出，以帮助我们思辨和存真去伪。

无论如何，20 世纪 60 年代以来，结构主义可以被看做是对现有知识结构的改变企图，在谈到结构主义时，我们往往会说这是一种哲学思想。在哲学思想的抽象化过程中，结构主义似乎也试图将有血有肉的文学抽象化，从中抽出肉眼不可见的脉络网线，将文学中人的维度和因素去除掉。罗兰·巴特不就是在说作者的死亡么？

结构主义随着其学科的兴盛发达也进入到大众的话语领域。在饭桌旁，在各种社交场合，结构主义在精英分子的言谈中都能成为时髦的字眼。也许是因为这种原因，不少结构主义批评家本来是很乐于使用这个字眼的，结果开始变得排斥结构主义的用词，将它视作记者为了赚取噱头的生造发明。于是，在结构主义这个标签所束缚的弹性范围内，出现了两种实证的结构主义（第二种将第一种称为"经验主义"），此外还有一种理性的结构主义，另外两种结构主义是对主体的颠覆（第二种则将第一种称为"缩略简化的"）。

在结构主义的大家中，我主要想提的首先是托多罗夫。托多罗夫鬓发花白，身形消瘦，但体内的能量在文本的阐释中仿佛是在无穷地释放。托多罗夫于 1939 年生于保加利亚的索菲亚，他是位共产主义制度下的持不同政见者，跑到了西方，加入了法国籍，因为出众的才华成为有影响的文论作者、哲学家和历史学家，也就是说，他的首要身份不是作家，而是一位思想家，用我们流行的话来说。思想家对社会和创作的影响有时往往在作家之上，因为思想能够对实践起指导作用。

托多罗夫是 36 岁时去的巴黎，比较厉害的是他在法国拿到了国家博士的学位，这个学位的含金量可想而知。40 岁时，他也拿到了法国籍。无疑，他是法国所欢迎的人才，是有价值的新移民。托罗洛夫从 1968 年起在法国国家科学研究中心工作，20 世纪 80 年代，他曾是艺术与语言研究中心的主任。这样一个中心在我们今天中国大学的学科分类里，属于跨学科研究的范畴，指导这样一个中心显然需要渊博的学识和打通学科壁垒的超强能力。

托多罗夫强调了结构主义诗学的概念，结构主义诗学所要求的首先一点是对传统文学概念的厘清。在传统的文学观念里，面对文学有两种根本不同的态度：第一种是在文学作品内部看到文学研究的目标；第二种则是将每部作品看成是"它物"的表达和映射。此处，托多罗夫不是对作者生平进行研究，这不是文学性的研究。两种不同的态度并非绝对互不相容，它们也可以在同一个研究文本里交替出现。

托多罗夫将第一种态度称为"描述"。根据第一种态度，文学作品是唯一的最终目标。文学作品不会是像弗洛伊德所认为的那样是某种潜意识结构的表达，也不会是某种哲学思想的传递，文学作品是一种作为其本身存在的话语，必须作为话语本身来认识。于是，我们比较容易想到的会是马拉美在 19 世纪所表达过的看法，即诗歌是由语言而不是观念构成的。文学作品在这种情况下首先是字词的构造，是语言的结构，不是对外在现象的表现和映射。需要指出的是，在中国目前绝大多数文学研究中，文学作品还是被作为对外在现象表现的情况来研读的，这一点，我们只需要翻阅一些外国文学研究期刊就可以得出类似的结论。以中国对法国诺贝尔奖得主勒克莱齐奥的研究为例，南京大学出版社 2014 年出版的《反叛、历险与超越——勒克莱齐奥在中国的理解与阐释》一书"充分了反映勒克莱齐奥在中国译介与历史研究的历史轨迹，展示中国学者对勒克莱齐奥的认识、理解与阐释的探索历程……从三十年来中国学界对勒克莱齐奥研究的近百篇论文中，选择了一些具有代表性的研究成果，结集出版"。[①] 在所遴选的这些作品里，限于篇幅的原因，都是期刊论文，不过，这些期刊论文已经足够反映勒克莱齐奥研究在中国的现状和方向。就像书中所说的，"20 世纪的法国作家，在解决如何写作的问题之前，首先要思考的是写作与存在，写作与真理的关系问题"。[②] 这种说法显然是来自存在主义哲学的影响，将萨特的文学思考和哲学探索结合了起来。对勒克莱齐奥的研究也是如此，"就此而言，勒克莱齐奥对于传统小说的质疑或对新的小说艺术的探索，实质上是对传统小说所传播的世界观或价值观的一种质疑，是对人类的存在和真理观的一种探索。小说，或者根本意义上的写作，往往参与了人类文明的构建"。[③] 因此，对勒克莱齐奥的研究在很大程度上并非是"描述"的研究，此处的"描述"是托多罗夫意义上的描述，不是马拉美所说的描述，虽然法语中的对应词都是"décrire"。

当作品被"描述"的态度来描述时，对作品的研究既然无法外延，于是就聚焦于作品组成部分之间的横向关系，有时也会是作品和其他作品之间的横向关系。有意思的是，在这种情况下，关系往往是横向的，也就是说是单向的。相反，我们可以说当作品涉及作品之外的映像时，就不仅仅是纵向，而是一种全方向的辐射和扩展，感觉作品就像是一个焦点，由此向外辐射，可以用各种经济、社会、政治、意识形态等结构来解释中间这个点。

不过，由此也会让我们思考一个问题。完全地从横向来"描述"一个作品，完全地单

---

① 高方，许钧. 反叛、历险与超越——勒克莱齐奥在中国的理解与阐释. 南京：南京大学出版社，2014：5.

② 高方，许钧. 反叛、历险与超越——勒克莱齐奥在中国的理解与阐释. 南京：南京大学出版社，2014：10.

③ 高方，许钧. 反叛、历险与超越——勒克莱齐奥在中国的理解与阐释. 南京：南京大学出版社，2014：10.

向进行探索，这简直是不可能完成的任务，从一头进，从另一头出，横向的结果可能只是一个单线条，一带而过，带不出任何有太大价值的东西。因此，就像托多罗夫自己指出的，完全限于某一个方向的研究在实际上是不太可能实现的，也没有必要强求去那么做，因为这样没有价值。

托多罗夫为了说明此类"描述"，举出了阅读的经验来作为例子。他说，简单、单纯的阅读类似于理想状态的"描述"，托多罗夫没有具体说明简单单纯的阅读为何，我们可以揣测是指无理解意识的朗读，类似于小学生的高声诵读课文，在老师的带读下，他们囫囵吞枣，机械地跟读。于是，在理想状态下，"描述"成为对原文本的重复，一字、一词、一句依样画葫芦。这种阅读显然从文本分析的角度没有意义，最多是像评论家有时为了向读者说明一篇文章如何赏心悦目，如何的美文如花，干脆就将其抄下来，大段大段地摘抄下来给读者看。

对文章的第二种处理态度就像我们以上说过的，是将文本看成另一种结构的映射。这一点是我们在中学的语文课中经常接触到的理解方法，老师拿起一篇课文，大家阅读之后分析文章所要表达的中心思想。我们现在一般说这种解读方法似乎是跳出文学领域之外，没有触及文学本身的性质，不过，托多罗夫认为这种解读更有可能是对科学规律的尊重。在他看来，这是从作品的个体出发，到达抽象的结构。

托多罗夫所说的结构主义诗学与我们一般对文学本体性的理解有些出入。我们一般认为结构主义诗学是对文本本身的坚守，但托多罗夫则肯定了从文学到另一个外在结构的路线。他同时也承认，这些外在的结构，有心理学、社会学或是人种学的解读，它们都是对文学本身性质的否认，推翻了文学的自主自在性。

对于文学的这两种态度会让我们想到法国诗人马拉美曾经提出的"像文学这样的东西是否存在？"这是对文学的本体思考。"某种类似文学的东西是否存在——不是指各种（古典时代的惯例）修辞表达方面的精雕细琢。"

本体论思考的对象处于原初的位置，如同东方思想中所习惯言谈的天道或是大道，当然会具有无上的特性。

不可否认的是，在马拉美的时代，对文学之无上地位心向神往的大家不在少数。雨果、波德莱尔等人的著作都曾经涉及对元文学概念的表述或是评论，但都不及马拉美的全面、深入和系统。在法国，历来就有着将文化艺术作为神秘生命体进行考量的传统：

> 我们长久以来的法国传统是，先知们在预言和哭泣文化的命运。思想的搁载是为赋新词强说愁的缪斯习惯提及的。我们为高雅文化的破产、为艺术普及的失败、为人道主义的末日、为学校教育的坍塌、为大众文化和娱乐工业的盛行而哀愁。没有任何其他国家像我们这样为语言的败落问题而迷恋。[①]

马拉美也在探索文学的生存危机问题，他的思路起于文学和社会的一体思考，又陷于

---

① Morrison, Donald, & Antoine Compagnon. *Que reste-t-il de la culture française?* suivi de *Le souci de la grandeur*. Paris：Denoël, 2008. 158-159.

文学的本体论纠结之中。无论是福楼拜对第二帝国的控诉，还是今天对学校教育（例如兹维坦·托多罗夫（Tsvetan Todorov）的观点①）或是大众传媒的忧心和指责，都是将文学定位于社会的附属产品，一种物质现象。文学构成一个空间、领域、权力话语，不仅是文学家，同样也是历史学家和社会学家的研究对象。在文学和社会的交织里，文学的命运自然会随着社会时代的变迁而有着盛衰兴亡的节奏，如萨特在评论福楼拜时所言："艺术作品是永恒的，艺术不是永恒的。"②

马拉美对文学命运的拷问与时代的背景不可分离，他所思考的虽然集中于文学创作的语言运用和文体风格，但是从动机论而言，社会对文学的物质压迫在马拉美的思索机制里是一个不可忽视的齿轮，就像我们在开头所说的，始终是两种文学态度的考量。

诗人瓦雷里是马拉美的门生，无独有偶，他也曾经提到过"诗学"的概念。他认为诗学从词源学上是合适的称呼，从词源学上，诗学意味着一切和创作或和作品构造有关的活动，语言在作品构造中既是物质成分又是手段。在他的理解里，诗学绝不是所谓诗歌创作的美学规范汇集。

为了强调诗学概念学科性，我们也可以回忆最为著名的亚里士多德的《诗学》。在希腊先哲的著作里，诗学不是他物，就是某些文学话语的特性。结构主义诗学是两者的结合，结构主义和诗学的结合有着性质的相容性，因为诗学突出的是性质，而结构主义，如皮亚杰所说，是"关于第一个近似点，结构是一个由种种转换规律组成的体系。这个转换体系作为体系（相对于其各成分的性质而言）含有一些规律。正是由于有一整套转换规律的作用，转换体系才能保持自己的守恒或使自己本身得到充实。而且，这种种转换并不是在这个体系的领域之外完成的，也不求助于外界的因素。总而言之，一个结构包括了三个特性：整体性、转换性、和自身调整性"③ 所以说，结构主义突出的也是性质这一点，无论是整体性、转换性还是自身调整性，它和诗学类似的是，它发挥的是一种功能的作用。

更远的地方，皮亚杰又继续说明："转换的概念，首先使我们可以为问题划定一个范围。因为，如果要把形式主义这个术语的一切意义包容在结构这个观念里，结构主义就得把一切不是严格经验主义的而求助于形式或本质的哲学理论，从柏拉图到胡塞尔，主要经过康德，都包括在内，甚至还要包括经验主义的某些变种，如求助于句法学和语义学的形式来解释逻辑的'逻辑实证主义'。然而，按照现时所确定的意义，逻辑本身却并不总是包括作为整体又作为一些转换规律的结构的'种种结构'的：现时的逻辑学在许多方面仍然还是从属于相当顽强的原子论的，逻辑结构主义还只是刚刚有了个开端。"

从以上这些文字我们可以看到，结构主义诗学最后导向的构想很可能不能给予科学的历史活力以任何合理的解释。如果说科学的话语总是导向其自身，将一切意义包含在结构这个观念里，那么这种结构的转换，无论其规律如何林林总总，始终是一个孤立的结构，恐怕难以解释理论的历史复杂演变。结构主义诗学的主要优点是开一代风气之先，在那个

① Todorov, Tzvetan. *La Littérature en péril*. Paris：Flammarion, 2006. 14.

② Sartre, Jean-Paul. *L'Idiot de la famille. Gustave Flaubert*, t. III. Paris：Gallimard, 1972. 650.

③ ［瑞士］皮亚杰. 结构主义. 北京：商务印书馆, 1984：2.

时代开启了新的道路，让我们得到另一种思考问题的方式。就像历代的大哲学家，无论他们的理论如何体系恢弘，我们总是能够找到他们理论的片面之处。这就是提出理论的危险所在，构建一个宏大的体系相当于高手出招，不动时毫无破绽，一动则现出弱点。然而，不动历史则无法前进，所以大哲们要有露出破绽的勇气。结构主义诗学的意义也是如此。

第九讲

莱辛的《拉奥孔》和《汉堡剧评》

一、莱辛的个人生平和主要文学活动

莱辛(Gotthold Ephram Lessing，1729-1781)，是18世纪德国启蒙运动的主要代表人物之一，德国民族文学和现实主义戏剧理论的奠基人，杰出的戏剧家、文论家、美学家、哲学家、戏剧和宗教评论家。他的美学名著《拉奥孔》和戏剧评论集《汉堡剧评》确立了德国近代文学发展的基本格调。歌德充满崇敬地说："同他相比，我们还都是野蛮人。"席勒对他的评价则是："在他那个时代的所有德国人当中，莱辛对于艺术的论述，是最清楚、最尖锐，同时也是最灵活的、最本质的东西，他看得最准确。现在对于艺术的批评无人能跟他相比。"

1729年1月22日，莱辛出生于德国萨克森州的一个小城卡门茨。他的父亲是牧师，是个喜爱读书的人，并懂得多种语言，因此，虽然家境不算富裕，但全家尊重知识，注意修养，自认在精神和道德上高人一等。莱辛从小勤奋好学，父母也对他精心培养。从拉丁文学校毕业后，莱辛被推荐就读于萨克森著名的贵族学校迈森的圣阿芙拉公爵学校，这所学校十分注重古希腊和古罗马的语文、艺术分析和神学方面的教育。莱辛才智出众，成绩优异，他修习多国的语言和文学，精通希腊文、拉丁文、英文和法文，爱好希腊、罗马古典文学和德国文学，涉猎宗教、数学、哲学等学科。1746年，莱辛提前一年毕业，进入莱比锡大学攻读神学。他遵照父母的意愿选择了神学专业，但志趣却始终在文学和哲学上。莱比锡是当时德国的文化中心，生活丰富多彩，莱辛在亲戚的影响下开始和剧团有所接触。为了获得免费的剧场入场券，他同朋友一起为剧团翻译法文剧本，并开始自己撰写剧本，他和剧团演员彼此熟悉，建立了良好的关系。按照当时的社会正统观念，戏剧是不登大雅之堂，甚至伤风败俗的爱好，和"戏子"们交往更是生活堕落的表现。因此，莱辛在莱比锡的事情被父母得知后，1748年年初，父母将他召回卡门茨，禁止他与剧团有任何来往。同年4月允许他回到莱比锡学习，改学医学。莱辛回到莱比锡后，没有听从父母的警告，继续痴迷于戏剧。他完成了剧本《年轻学者》，由莱比锡诺伊贝尔剧团演出。后来，诺伊贝尔剧团破产解散，无力偿还债务，莱辛由于之前替剧团的许多演员担保，所以只有逃离莱比锡，来到了当时属于普鲁士的柏林。

莱辛在柏林一待就是十二年，这段时期对他意义重大，他在柏林结交了很多文学艺术

界的朋友，正式开始了自己的文学生涯，并逐渐走向成熟。人们评论说，莱辛是德国历史上第一个职业作家，其实这里面有着不得已的原因，1748 年 10 月，莱辛中断学业逃到柏林，在父母看来，他是不务正业、有辱家门，因此，他的父母出于愤怒停止了对他的经济资助，莱辛被迫只得"卖文"为生，靠写作、编辑刊物、撰写评论来维持生活。莱辛在柏林主编过《柏林特许报》的文学副刊，并创作了戏剧《萨拉·萨姆逊小姐》(1755)。但是，在 18 世纪的德国，自由撰稿人的收入仍旧十分微薄，难以维持基本的生活，为了能勉强糊口，他不得不花费所有时间和精力不停地写稿，而不可能有时间和余力来从事创作。莱辛感到非常矛盾，自从剧本《萨拉·萨姆逊小姐》获得成功后，莱辛的创作欲望就空前高涨，但为了生计，他只能被动地写书评聊以为生，因此，莱辛想找个固定的职位，有一份固定的收入，更主要的，是有足够的时间和空间，潜心从事文学创作和研究。恰在此时，普鲁士将军陶恩钦有一个空缺的秘书职位，这份工作公务并不太多，大部分时间可以自由支配，并且，那里还有一个藏书6 000册的图书馆，莱辛的读书愿望也可以得到满足。鉴于以上这些原因，1760 年 10 月，莱辛在任何人都不知情的情况下离开了柏林，来到布雷斯劳当了普鲁士将军的秘书。这段经历使他对普鲁士军队有了直接的了解，从而创作出著名的反普鲁士喜剧《明娜·封·巴尔赫姆，或军人之福》(1767)。

但莱辛的志向毕竟是做自由作家，他无法忍受长期给人打下手的工作，于是，1764 年，他又回到了柏林，过起了不安定的生活。他集中精力创作了酝酿已久的美学著作《拉奥孔，或论画与诗的界限》(*Laokoon oder über die Grenzen der Malerei und Poesie*, 1766)。这时，汉堡的"民族剧院"建立，邀请莱辛担任剧院的艺术顾问，评论剧院演出的剧目，这是莱辛理想的工作，他有望大展宏图，实施抱负。不料，剧院一方面由于内部矛盾重重无法解决，另一方面戏剧的观众寥寥无几(当时德国观众喜欢法国芭蕾和杂耍，对正规的戏剧演出不感兴趣)，仅维持了一年，第二年就正式宣布破产。莱辛的理想又一次破灭，这一年中他为剧院写的 104 篇评论最后得以结集出版，成为这段经历的唯一纪念品，这就是著名的戏剧理论著作《汉堡剧评》(*Hamburgische Dramaturgie*, 1769)。

在汉堡的"民族剧院"倒闭后，莱辛的生活再一次陷入了困境，一度只能靠卖藏书来维持生活。他不得不再次放弃当自由作家的愿望，谋求一个有固定收入的职位。1769 年年底，正好不伦瑞克公爵的沃尔芬比特尔图书馆需要一名图书管理员，这对莱辛来说是个难得的机会，莱辛接受了这一职位。1771 年，莱辛认识了汉堡的寡妇夏娃·柯尼希，1776 年正式结婚。不幸的是，1778 年，他的妻子由于难产离开了人世。

莱辛一生剩下的时间几乎都在不伦瑞克度过，他一直没有停止创作文学作品和撰写学术著作，其中，最著名的就是悲剧《爱米丽雅·迦洛蒂》(1772)、《智者纳旦》(1778)，它们与《萨拉·萨姆逊小姐》构成莱辛的三大名剧。1781 年 2 月 15 日，莱辛因脑出血在不伦瑞克逝世，享年 52 岁。

莱辛一生穷困潦倒，郁郁不得志，除了担任过一位普鲁士将军的秘书和一位公爵的宫廷图书馆管理员的职务外，几乎总是处于失业状态，直到 47 岁才结婚，52 岁就离开了人世，死于贫穷与孤独之中。虽然莱辛一生之中不断遭受挫折和打击，连生活的温饱都难以维系，但是，他却从没停止对理想的坚持和追求。莱辛一生的著述浩大而繁多，他的品格高尚，精神纯粹，所以，德国著名诗人海涅称赞他说："莱辛是一个完人。"

从德国文学史的角度看，莱辛是启蒙文论里程碑似的代表人物，他用论战文章批判了古典主义文艺观，给陈旧老朽之物以毁灭性的打击，倡导具有启蒙精神和民主色彩的市民（新兴资产阶级）文学观。在他的名著《拉奥孔》中，他指出诗和画的界限，纠正了屈黎西派提倡的描写体诗的偏向和温克尔曼静穆的古典艺术特点的片面看法，而把人物的动作提到文艺创作的首位，建立了文学中的人本主义思想。此外，他的戏剧评论集《汉堡剧评》和法国启蒙运动领袖狄德罗互相呼应，建立了市民戏剧和现实主义文学理论。在当时四分五裂、经济落后的德国，莱辛的文学美学观直接推动了德国文学思想的成长发酵，从而导致了其后出现的一波又一波的文学浪潮，因此，在这个意义上，车尔尼雪夫斯基把莱辛称为"德国新文学之父"，并且说："凡是德国最近作家中一切最卓越的人，甚至席勒，甚至在活动全盛期的歌德本人，也都是他的学生。"

二、莱辛的重要美学代表作：《拉奥孔，或论画与诗的界限》

关于诗歌和绘画的关系问题的争论，有着长久的历史渊源。公元前 500 年前后，古希腊的西摩尼德斯就曾说过一句有名的话："画是一种无声的诗，诗则是一种有声的画。"古罗马的贺拉斯也曾说："诗歌就像图画。"古典主义一直推崇"诗画同一说"，其中，以温克尔曼的"诗画一致说"为典型代表。文艺复兴时期，达·芬奇也比较了诗画的异同，他更侧重于两者间的区别，达·芬奇认为，绘画优于诗歌，绘画比诗歌模仿得更为真实，可以描摹自然界的一切形态，而诗歌不具备绘画的直接性和具体性，其表达效果受到极大的限制。

17—18 世纪，关于诗画之别的论战又拉开了帷幕。这一次文艺评论家们关注的焦点是两个关于"拉奥孔"的艺术作品，一个是维吉尔《伊尼特》史诗中对拉奥孔题材诗歌式的呈现，另一个是大理石群雕《拉奥孔和他的儿子们》（The Laocoon and His Sons），又名《拉奥孔》，该雕像高约 184 厘米，由阿格桑德罗斯和他的儿子波利佐罗斯、阿典诺多罗斯三人创作于约公元前一世纪，雕像 1506 年出土于罗马，现收藏于罗马梵蒂冈美术馆，整组雕像气势宏大，栩栩如生，雕像表现的是特洛伊城祭司拉奥孔和他两个儿子被两条巨蛇缠身时痛苦挣扎的情景。

关于拉奥孔的艺术创作来源于特洛伊神话的原型：特洛伊国王的儿子帕里斯拐走了斯巴达国王墨涅依斯美丽年轻的王后海伦，帕里斯和海伦一起逃回了特洛伊城。墨涅依斯觉得这是对他极大的侮辱，他请求希腊的盟主阿伽门农，也是他的哥哥帮他复仇。阿伽门农联合希腊各个国家，率领一支有 10 万人马、一千多条战舰的大军，决定用武力消灭特洛伊城。希腊人和特洛伊人的战争爆发了。但是，特洛伊城是一个十分坚固的城市，希腊人攻打了九年也没有攻打下来。第十年，希腊的一位多谋善断的将领奥德修斯想出了一条妙计……有一天，特洛伊人突然发现希腊联军的战舰已经扬帆离开，海滩上留下一只巨大的木马。特洛伊人把木马拖进城里，开始狂欢庆祝胜利。深夜，藏在木马中全副武装的希腊战士跳了出来，杀死睡梦中的守军，打开了城门，隐蔽在附近的大批希腊军队如潮水般地涌入特洛伊城。持续了十年之久的特洛伊战争最终以希腊人的胜利和特洛伊城的毁灭而宣告结束。拉奥孔是特洛伊城的祭司，在特洛伊人中计准备将木马拉入城里时，他曾警告和极力制止特洛伊人，要他们不要被希腊人的"木马计"所骗，切勿将木马拉入特洛伊城。他的警告触怒了偏袒希腊人的海神。海神遂派两条巨大的海蛇上岸，将拉奥孔和他的两个儿子紧紧缠住，拉奥孔和他的儿子们拼命和巨蛇搏斗，但最后还是被海蛇缠死。

维吉尔在《伊尼特》史诗中对当时的情景做了生动细致的描写：

> 不幸我们又遭遇到另一件更严重、更恐怖的事变，使昏乱的心神惊惧；抽签指定任海神司祭的拉奥孔正在祭坛上宰一头庞大的公牛献祭；看啊，从田奈多斯岛，从平静的海上（我提起都要发抖），有两条大蟒蛇冲着波涛，头并头向岸边游来；它们在浪里昂首挺胸，血红冠高耸，露出海面，粗壮的身躯在海里，荡起水纹，蜿蜒盘旋，一圈又一圈，听得见它们激起浪花的声音；它们爬上岸，两眼闪闪，血红似火，闪动的舌头舔着馋物，嘶嘶作响；我们一见到就失色奔逃，但它们一直就奔向拉奥孔。
>
> 首先把他两个孩子的弱小身体缠住，一条蛇缠住一个，而且一口一口地撕吃他们的四肢；当拉奥孔自己拿着兵器跑来营救，它们又缠住他，拦腰缠了两道，又用鳞背把他的颈项缠了两道，它们的头和颈在空中昂然高举。拉奥孔想用双手拉开他们的束缚，但他的头巾已浸透毒液和淤血，这时他向着天发出可怕的哀号，正像一头公牛受了伤，要逃开祭坛，挣脱颈上的利斧，放声狂叫。接着这两条大蟒就爬向神庙高耸，去寻凶残的特尼通尼亚女神的高堡。藏在她脚下，让她的圆盾遮盖着。这时人人战栗，感到空前的恐惧。我们都认为拉奥孔罪有应得，因为他曾把罪恶的矛抛向木马，用矛头刺伤了那神圣身躯的腰，大家都喊着，要把木马移到神庙，以便祈求女神的宽饶。

人们将关于拉奥孔题材的雕像和史诗相比校，发现了两者一个基本的不同之处：在诗歌中拉奥孔激烈的痛苦被尽情地表达了出来，"他向着天发出可怕的哀号，正像一头公牛受了伤，要逃开祭坛，挣脱颈上的利斧，放声狂叫"。而在雕像中，这种痛苦却被大大地冲淡了，拉奥孔没有放声哀号，他的面孔只表现出有节制的痛苦，在海蛇袭击时，他只发出一声叹息，没有狂叫、咒骂或者哀号。

对此，温克尔曼的观点是，"拉奥孔不哀号"，其原因是为了表现一颗伟大而宁静的心灵。温克尔曼在 1755 年发表的《论古代雕刻绘画作品的模仿》一文中认为，"希腊杰作有一种普遍和主要的特点，这便是高贵的单纯和静穆的伟大"，即古典文艺之最高理想"静穆"。从内在属性看，静穆是一种忍耐克制的精神在艺术上的反映。

莱辛对此持完全反对的态度，他抓住温克尔曼美学思想的核心"静穆美"，展开了反驳。莱辛利用荷马史诗的素材，指出荷马史诗中的英雄们在遭遇痛苦和屈辱时，往往呼喊、号叫和咒骂，连钢铁一般的战神在被矛头刺痛时，也大声嚎叫，仿佛有一万个狂怒的战士在喊叫一样，荷马的英雄们虽然有超过常人的行动能力，但在情感上却总是忠实于人的自然本性，因此，他们是具有真实人性的真正的人，读者也被这样的人物和作品所打动。

那么，为什么雕像中的拉奥孔没有哀号？对于其原因，莱辛经过细致分析，做出了其独特而合理的解答。如果我们仔细观察，我们可以发现，雕像中的拉奥孔和诗歌中的拉奥孔还有诸多的不同之处，例如：在诗歌中拉奥孔穿着祭司的衣帽，而在雕刻里父子都是裸体的；在诗歌中长蛇将拉奥孔拦腰缠了两道，又用鳞背在他的颈项缠了两道，而在雕像中，它们只缠在拉奥孔的腿部，这些区别都突显出，画和诗这两种不同艺术表达形式的不同特点。

莱辛在其著作《拉奥孔》的第十六章和第二十一章，从三个方面考察了诗画的区别。首先，从媒介来看，画是以颜色和线条为媒介，颜色和线条的各部分在空间中并列展开，是铺陈在一个平面上的，而诗以语言为媒介，语言例如一段话的各个部分，在时间中先后承续，是沿着时间的顺序发展的。其次，从题材来看，画多以静物为描写对象，而诗则多以动作为描写对象，"画所处理的是物体（在空间中）的并列（静态）"。诗所处理是在时间中先后承覆的动作，例如诗歌中所描写潘达洛斯射箭的情景："潘达洛斯把弓提起，调好弓弦，打开箭筒，挑选出一支没有用过的装好羽毛的箭，把它安在弦上，把弦带箭拉紧，拉到弦贴近胸膛，铁箭头贴近弓背，弓哗啦一声弹回去，弦嗡了一声，箭就飞出去，很疾速地飞向目标。"这些动作按时间序列的先后发生。最后，从观众所用的接受感官来看，画通过眼睛来感受，眼睛可以把很大范围内的并列事物同时摄入眼帘，所以适宜于感受静止的物体，诗通过耳朵来接收，耳朵在时间的一点上只能听到声音之流中的一点，声音一纵即逝，耳朵对听过的声音只能凭回忆追溯印象，所以不宜于听并列事物的铺列，而适宜于听先后承接的事物的发展，即动作的叙述。究其实，这三个方面的分别根本上只是一个分别，即德国美学家们一般所谓的"空间艺术"与"时间艺术"的分别：一个在空间上并列铺展，一个在时间上前后展开；一个以静态为主，一个以动态为主。

莱辛并不仅仅局限于以上的比较，他进一步拓展他的研究，认为：虽然画适宜描绘物体，诗适宜于描写动作，但在某些时候，诗也可以描绘物体，画也可以叙述动作。画叙述动作的方式往往只能通过静态物体来暗示，在动作发展的直线上选取某一点或某一时刻，这一时刻必须是最富有暗示性的，能够让想象有活动的空间，接受者能够由这个时刻联想到之前和之后的动作和事件发展，因此，莱辛提出了一个崭新的概念，即"最富孕育性的顷刻"（Der fruchtbare Augenblick）。

> 一切物体不仅在空间中存在，而且也在时间中存在。物体持续着，在持续期中的每一顷刻中可以现出不同的样子，处在不同的组合里。每一个这样的顷刻的显现和组合是前一顷刻的显现和组合的后果，而且也能成为后一顷刻的显现和组合的原因。因此仿佛成为一个动的中心。因此，画家也能模仿动作，不过只是通过物体来暗示动作。
>
> ……
>
> 绘画在它并列的布局里，只能运用动作中的一顷刻，所以它应该选择孕育最丰富的那一顷刻，从这一顷刻可以最好地理解到后一顷刻和前一顷刻。①

莱辛认为，"最能产生效果的只能是可以让想象自由活动的那一顷刻了。我们愈看下

---

① 莱辛. 拉奥孔. 朱光潜，译. 北京：人民文学出版社，1979：182.

去，就一定在它里面愈能想出更多的东西来"。这一顷刻不能选在动作发展的高潮和顶点，因为到了顶点就是止境，眼睛不能朝更远的地方看，想象也跳不出高潮时强烈的感官印象，就只能在这个印象下设想一些较弱的形象，形象既然到了极限，也就给想象划了界限，它不可能再向前超越一步。因此，拉奥孔雕像为什么选择拉奥孔叹息的那一顷刻？正是因为这是在时间序列中最富孕育性的顷刻，人们可以想象拉奥孔之前的内心矛盾和痛苦，也可以想象到他未来的命运，似乎能听得到他的哀号。如果雕刻家选择了拉奥孔哀号的那一顷刻，感受和想象就到了顶点，"想象就不能往上面升一步，也不能往下面降一步，如果上升或下降，所看到的拉奥孔就会处于一种比较平凡的因而是比较乏味的状态了。想象就只会听到他在呻吟，或是看到他已经死去了"。①

简而言之，"最富孕育性的顷刻"可以理解为顶点前的顷刻。拉奥孔雕刻运用的正是这种手法。语言艺术不用受时间的限制，可以自由表现事件的发展历程，而在空间艺术或造型艺术里，表达的时间瞬间受到空间的限制，只能选择最富孕育性的顷刻，即以事件序列中最富包孕性的顷刻的静态形式来体现出动态趋势，化动为静，既包含过去，又暗示未来，为想象留下充分的自由活动空间。

"最富孕育性的顷刻"是一个十分有价值的美学观点。首先，它显示出莱辛美学观点中的辩证思想，表达了时间和空间的辩证关系，莱辛认为，时间和空间不是绝对的界限，只是相对的界限，他阐明了在空间艺术或造型艺术中如何"寓时于空"，用空间表达时间意义上的内容以及下面我们介绍的在时间艺术中如何"寓空于时"，如何在时间中表达空间范畴的含义。其次，在这个概念里，包含着一个即使在现当代文学中也不断被讨论到的时间观，即"现在"包孕着"未来"而负担着"过去"，在时间的长河中，过去、现在和未来并不是单向的一维的点状序列，而是互相渗透的、互相包含的块状关系，现在中有一部分的过去，也有一部分的未来，它们重叠在一起，同时发挥着作用。

"最富孕育性的顷刻"这一方法的使用其实并不仅限于空间艺术。在文学作品中，我们经常可以读到"最富孕育性的顷刻"。虽然诗可以将一个动作的进展由始至终完整地描写出来，但诗人也可以选择侧重描写其中某一特别的顷刻，这往往是最具有暗示性的顷刻，不写顶点，而让读者想象得之。又例如，很多小说和电影采取"开放式的结局"，没有结束却是结尾，这也是采用了选择最富孕育性的顷刻的方法，为了充分释放读者的想象力，使阐释的空间更加广阔，意义更加丰富。

诗歌或者说语言艺术擅长于描写有时间感的动作或事件发展，诗歌如何呈现一个静态的景象呢？诗歌不能像绘画一样将物体的美直接呈现在欣赏者眼前，但这并不意味着诗歌就不能表达静态的美，它可以借助其他的方式来表现美，那就是从美产生的动态效果去写美。因为美是一个较不明确的概念，不同的人对美的理解也不同，对于一个美丽女子的标准，如五官、胖瘦等，在不同国家和不同年代，看法是相去甚远的，因此，要在所有的读者心中引起美的共鸣，最有效的办法不是直接去描写美，而是从美所产生的效果上来体现美，让读者的想象力得到充分的发挥，从而感受到美的力量。

莱辛认为诗人如果想要描绘物体美，最好是描绘美所产生的效果，不要罗列一连串静

---

① 莱辛. 拉奥孔. 朱光潜，译. 北京：人民文学出版社，1979：19.

态的现象，高明的办法是通过动作去暗示，化静为动。化静为动有三种主要的方法：第一种是借动作暗示静态，例如用穿衣的动作来暗示一个人的衣着。用动作暗示静态是中国诗常用的技巧，例如诗句"山从人面起，云傍马头生"，"山舞银蛇，原驰蜡象，欲与天公试比高"，它们描写的都是动作而实际上所表达的是物体的静态美。

第二种方法是借描写美所产生的效果来暗示物体美，莱辛举的例子是，荷马所描绘的特洛伊国元老们见到海伦时的场面："这些尊贵的老人看见了海伦，就彼此私语道：没有人会责备特洛伊人和希腊人，说他们为了这个女人进行了长久的痛苦的战争，她真像一位不朽的女神啊！"在这段话中，没有直接描写海伦的长相、体态、发肤，但能叫冷心肠的元老们承认为她而起战争，流了许多血和泪，是值得的，有什么能比这段叙述更能引起生动的美的意象呢？中国文学中使用这种手法的例子也很多，例如古诗《陌上桑》中的诗句："……行者见罗敷，下担捋髭须；少年见罗敷，脱帽著帩头。耕者忘其犁，锄者忘其锄；来归相怨怒，但坐观罗敷。"描写观看者看到罗敷时的反应比对美女的静态描写要生动得多，也会给读者留下深刻的印象。

第三种寓静于动的方法是化美为媚（Die Beschreibung als Handlung darzustellen）。"媚就是动态的美。因此，媚由诗人去写，要比由画家去写较适宜"，化美为媚是诗人描绘物体美的一种方式。"因为我们回忆一种动态，比起回忆一种单纯的形状或颜色，一般要容易得多，也生动得多，所以在这一点上，媚比起美来，所产生的效果更强烈。"莱辛分析了阿里奥斯托描写美人阿尔契娜时所采用的化美为媚手法，"阿尔契娜的形象到现在还能令人欣喜和感动，就全在她的媚。她那双眼睛所留下的印象不在黑和热烈，而在它们娴雅地左顾右盼，秋波流转……她的嘴荡人心魄，并不在两唇射出天然的银朱的光，掩盖起两行雪亮的明珠，而在于从这里发出那嫣然一笑，瞬息间在人世间展开天堂；从这里发出心旷神怡的语言，叫莽撞汉的心肠也会变得温柔……我敢说，只消把这些媚态集中在一两节诗里，就会比阿里奥斯托所写的那五节诗还能产生更好的效果……"①

《诗·卫风·硕人》里也有一个典型的流传颇广的以动写静的描写美女的例子："手如柔荑，肤如凝脂，领如蝤蛴，齿如瓠犀，螓首蛾眉，巧笑倩兮！美目盼兮！"它的翻译如下：十指尖尖像白嫩的茅草芽，皮肤白润像脂膏，颈项颀长像天牛的幼虫儿，牙齿排列像葫芦子。螓儿（似蝉而小）一样的方额、蚕蛾触须一样的细眉，巧笑的两靥多好看，水灵的双眼左顾右盼娇媚灵活。前五句历数静态，并不出奇，毫无疑问，后两句是点睛之笔，化静为动，化美为媚，把一个美人的表情姿态很生动地描绘出来，给人留下深刻的印象。"巧笑倩兮，美目盼兮"，这两句诗句也成了后人用来描写美人形象的经典诗句。

总结以上所述，莱辛在其美学代表作《拉奥孔，或论画与诗的界限》中，不仅区别了诗画艺术形式的不同，更重要、更有价值的是，他独创性地阐明了两者之间的交叉部分，即在画中如何寓时于空，在诗中又如何寓空于时，从而提出了具有创造性的"最富孕育性的顷刻"、"化美为媚"等美学见解，反驳了温克尔曼"静穆"的保守压抑的古典主义文艺观，从而给德国的文学艺术注入了新的生命力和创造力。

莱辛在《拉奥孔》中也表达了对艺术作品中"丑"的看法，他认为，"美"是造型（空间）

---

① 莱辛. 拉奥孔. 朱光潜，译. 北京：人民文学出版社，1979：132.

艺术的最高法则，即比例、对称、和谐等，而诗所追求的是情节之真，求"真"乃语言(时间)艺术的最高法则。莱辛认为，丑可以入诗，丑在诗里可以加强喜剧的可笑性和悲剧的可怖性，但作为美的艺术，"绘画(一般)拒绝表现丑"，"凡是为造型艺术所能追求的其他东西，如果和美不相容，就必须让路给美；如果和美相容，也至少必须服从美。"

最后，我们回到最初的问题，来看看"为什么在雕像中拉奥孔不哀号，而在诗中放声嚎哭?"这个问题莱辛到底是怎么回答的。首先，莱辛认为，在雕像中拉奥孔不哀号，这是雕像艺术所选择的"最富孕育性的顷刻"，这个顷刻的选择能使作品激发出欣赏者最大的想象力，化静为动，使雕像的表现力由简单的静态呈现增强到生动的动态的表达，使其内涵得到延伸和拓展。

其次，"拉奥孔不哀号"这种艺术处理，是符合空间艺术对美的标准。绘画和造型艺术是以求美为主的艺术，就如雕像艺术为展示人体美，让祭司违反常理地赤身裸体，在绘画和造型艺术中为了求美可以违反事实。因为"哀号会使面孔扭曲，令人恶心"，所以为了表现最高程度的美，避免面孔之丑，雕像中将哀号和身体痛苦冲淡处理成叹息，这不是为了表现忍受痛苦的"静穆"的心灵，而是由造型艺术的特点所决定的。与之相对比，在维吉尔的史诗中，拉奥孔放声嚎哭，这是为了忠实于人的"自然本性"，英雄身上既有普通人的情感，同时又有比普通人更为高尚的品质，才是有血有肉的英雄，即莱辛所说的"有人气的英雄"。和空间艺术不同，诗歌是求真的艺术，诗应该反映人性的多面性和复杂性，它可以表现丑，而并不损害英雄人物的本色。

从莱辛的诗画评比中，我们可以看出，和达·芬奇完全不同，莱辛更偏向于语言艺术即诗，诗作为求真的艺术形式，莱辛认为，比求美的造型艺术，能够更深入地揭示心灵，更广泛地反映现实，更生动地描述发展，在莱辛看来，诗无疑是更有艺术表现力和更胜一筹的艺术手段。

莱辛关于诗画对比的观点反映出他的艺术理想，他倡导"有人气的英雄"，反对以静穆精神来忍受生活的痛苦。"崇高的静穆"是古典主义的文艺理想，受制于"忍受"、"节制"等伦理教条，其英雄形象乃道德化的。莱辛强调文学要求的"不是静穆而是静穆的反面"，诗应该描绘真实的动作和情感，显示出人的自然本性，"动作包含的动机愈多，愈错综复杂，愈互相冲突，也就愈完善"。莱辛和温克尔曼之争体现出古典主义和启蒙主义的较量。对此，朱光潜先生做了很好的概括："温克尔曼更多地朝后看，倾向静止的世界观，这种世界观容易满足现状，和现实妥协，莱辛更多地朝前看，倾向变动的世界观，这种世界观必然要求变革现实，拿叙述动作的诗来和描绘静态的画相对立，拿表情的真实来和静穆的美相对立，骨子里都是用实践行动去变革现实的人生观和跟现实妥协的静观的人生观的相对立。"[①]

三、现实主义的戏剧理论:《汉堡剧评》

莱辛著名的理论著作《拉奥孔》和《汉堡剧评》都是围绕着建立统一的德国民族新文学

---

① 朱光潜《拉奥孔·译后记》，见《拉奥孔》第220页。

这一总命题而展开的，这与德国当时的政治经济背景密切相关。17—18 世纪，在欧洲的几个主要国家之中，德国是最落后的。德国在经济上保留了长期以来的农奴制，农民过着穷困痛苦的生活。在政治上德国长期处于分裂状态，在日耳曼那块不算太大的土地上，就有300 多个独立的小国，这些小国公侯一方面效仿法国宫廷的排场，过着浮华奢靡的生活，对原来就极端穷困的人民进行残酷的剥削，另一方面，他们之间为了争权夺利，又经常发动战争。政治上的分散和经济上的落后都极不利于德国资产阶级的发展。单就数量来看，市民阶级在德国人口中占据很大的比例，但由于他们经济地位低下，在政治上的表现也就特别软弱。当英国资产阶级在 17 世纪就已进行了革命，法国资产阶级在 18 世纪正在积蓄力量，准备发动大革命时，德国资产阶级却仍然奴颜婢膝地依附于公侯的小朝廷，他们在德国造成一种范围很大且影响深远的"庸俗市民"风气。在文化方面，德国当时还没有自己的民族文学和民族戏剧，因此，创立符合德国民族历史和现实的民族戏剧是文学戏剧家的当务之急。莱辛的文学创作和文艺批评活动都体现出当时德国先进知识分子建立统一的德国民族文化和新文学的要求。

1767 年 4 月，莱辛应邀来到汉堡，出任刚刚创建的汉堡剧院的艺术顾问，专门评论剧院演出的剧目，5 月 1 日，他写出了第一篇评论，以后每两周写一篇，一直到 1768 年 4月 11 日，莱辛根据上演的 52 场戏，共写了 104 篇评论。最初的评论既评剧本也评演出，从第 25 篇起就不再评演出，因为评论演出会引起一些演员的不满，所以更侧重于戏剧的审美批评。虽然《汉堡剧评》是由一篇篇的评论汇集而成的，但莱辛在这些评论中对之前自己在《新文学通讯》中提出的观点进行了深化、发展和总结，建立了一套完整的戏剧理论，1769 年以《汉堡剧评》为名正式出版。这一著作是世界戏剧理论史上的重要文献，莱辛在书中大力提倡市民戏剧，批判古典主义的戏剧理论和创作，继承和发扬了亚里士多德以来的现实主义戏剧理论，并结合具体的艺术实践，探讨了戏剧艺术创作的规律。

莱辛首先提出，德国的民族文学和民族戏剧绝不能步法国古典主义的后尘，发展德国民族戏剧就不能抛弃德国自己的历史传统，而戏剧尤其是莎士比亚戏剧更接近德国传统，代表着新的戏剧发展方向，因此，莱辛提倡以英国莎士比亚戏剧为榜样，创建德国民族自己的戏剧。

在《汉堡剧评》中，莱辛将批判锋芒直指古典主义戏剧理论，并以亚里士多德《诗学》为基础，创立了市民剧理论。莱辛认为，文艺应当首先着眼于平民，而不应当像法国新古典主义那样着眼于王公贵族。他认为戏剧应反映广大市民阶层日常的社会生活，作为启蒙主义思想家，他从民主的人本主义理想出发，强调作家应表现人的独立和尊严，莱辛批判虚伪的宫廷风格和"虔诚"的情感，用人道主义、浪漫主义取代已陷于僵死、衰落的古典主义。他说："我早就认为宫廷不是作家研究天性的地方。但是，如果说富贵荣华和宫廷礼仪把人变成机器，那么，作家的任务，就在于把这种机器再变成人。""倘若我们对国王产生同情，那是因为我们把他们当做人，并非当做国王之故。"莱辛激烈地反对新古典主义的矫揉造作、竭力去迎合封建贵族的艺术趣味，而把市民阶级的人物一律写成被嘲笑的对象。莱辛提出，市民剧包含着悲剧和喜剧的双重因素，是模仿人相互掺杂的悲喜情感而产生的。题材方面，莱辛反对悲剧演英雄、喜剧演下层丑角的古典主义题材套路，认为应该将市民阶层及其日常生活当成主角。莱辛的伟大之处在于，他不仅在理论上为市民剧指明了方向，而且在实践上也为市民剧提供了范例。莱辛的戏剧创作是其戏剧理论最好的体现，他的剧本《萨拉·萨姆逊小姐》第一次把市民阶级作为主人公写进了戏剧，成为德国文学史上第一部真正的市民悲剧。他的《爱米丽亚·迦洛蒂》则是德国最杰出的市民悲剧，它将矛头直接指向德国封建诸侯国的统治者。剧本中的封建小邦公爵古斯塔拉想用卑劣的手段占有少女爱米丽亚，女孩的父亲识破了他的卑鄙意图，为了保住女儿的贞洁，忍痛将匕首刺进了女儿的心脏。这部戏剧真实地再现了德国的现实，揭露了封建宫廷生活的腐败以及市民阶级对封建统治的憎恨和对王权的否定。

　　莱辛重视戏剧审美教育的社会作用，他认为悲剧的主要功能是通过怜悯与恐惧净化观众的情感，达到适中的程度；喜剧的主要功能是通过笑培养"发现可笑的事物的本领"，使人生受益，从而改善人性。戏剧的使命在于描写自然，体现真实的目的性，产生教育作用，改善人性、启迪理性，提高观众的道德水平，完成向"圆善"的转化。在舞台上表现的一切，在道德世界里，都必须保持其合理的过程。人物行为的动机，必须按照严格的真实性产生出来。这样，戏剧是人民社会生活的反映，它作为"法律的补充"，规范着社会道德。莱辛所说的戏剧的道德教育，不是抽象的道德说教，而是通过真实而又相互联系的生动的情节，自然地影响观众的心灵。

　　为了达到戏剧的教育功能，自然性是莱辛坚持的一大原则。莱辛在他的戏剧理论著作《汉堡剧评》中强调，诗人为了教育的目的来模仿自然和人生，他所说的"自然"是指人类的现实社会和人物性格。他认为，只有从现实出发，描绘现实生活，才能产生伟大的作品。戏剧中的人物绝对不应该与周围的现实世界隔绝，而应该从现实环境中产生。人物的性格、环境、行动必须构成不可分割的统一。莱辛强调戏剧中性格之地位，人物性格必须符合内在真实性和普遍性，性格要合乎内在逻辑，亦要与个别性相统一，凸显出典型性格。和亚里士多德将情节摆在戏剧创作的首位不同，莱辛将性格放在戏剧创作的首要地位。他说："对一个作家来说，性格远比事件更为神圣，首先是因为，如果对性格进行仔细的观察，那么事件，只要它们是性格的一种延续，便不可能有多少走样儿。"莱辛将事件看做是某种偶然的东西，"可以由完全不同的性格当中引出相同的事件，性格则是某种本质和特有的东西"，因此，"一切与性格无关的东西，作家都可以置之不顾，对于作家来说，只有性格是神圣的，加强性格，鲜明地表现性格，是作家在表现人物特征的过程中最当着力用笔之处"。① 此外，莱辛主张塑造在特定环境中的人物性格。他将莎士比亚戏剧《哈姆雷特》中的鬼魂同伏尔泰作品中的鬼魂相对比，认为莎士比亚的描写是真实的、独一无二的，"莎士比亚的鬼魂真是从那个环境里产生的。因为它出现在庄严肃穆的时刻，出现在恐怖寂静的夜间，出现在充满着忧郁、神秘气氛的环境中，犹如我们当年和乳母在一起等待和想象鬼魂时一样"②，而伏尔泰笔下的鬼魂纯属一个冷静的作家为了迷惑和恐吓我们却不知从何下手而创造出来的一个东西。

　　莱辛的这些论述和他在《拉奥孔》中提倡的表现"有人气的英雄"的美学观点是一致的。"模仿自然"在莱辛看来即真实生动地表现社会生活和特定环境下人物的性格。这点即使

---

① 莱辛. 汉堡剧评. 张黎，译. 上海：海译文出版社，1981：125，176.

② 莱辛. 汉堡剧评. 张黎，译. 上海：海译文出版社，1981：61.

今天看来，也已经很接近恩格斯给现实主义所下的定义了："现实主义是除了细节的真实之外，还要正确地表现出典型环境中的典型性格。"因此可以说，莱辛是德国现实主义文艺的创始人，他开辟了德国文学贴近生活、反映现实、表现市民阶级思想情感的新时代，对德国民族文学的形成和发展产生了重要的影响。

莱辛的戏剧理论是对亚里士多德的理论的有创新的继承。对亚里士多德提出的悲剧的三大效应——"同情"（Eleos，Mitleid）、"恐惧"（Phobos，Schrecken/Furcht）和"净化"（Katharis，Reinigung），莱辛做了新的解释。他不同意法国古典主义把 Phobos 译为"恐惧"，而认为正确的翻译是"害怕"。莱辛的观点是，不论是"同情"还是"害怕"，都是观众在观看戏剧时产生的感情，而产生这些感情的前提是观众将舞台人物的遭遇和自己的生活联系起来。因此，观众看到剧中主人公的悲惨遭遇，害怕自己也会犯剧中人物的过错，害怕自己也会遭受那样的命运。这样，观众在对自己反思的过程中灵魂就得到了净化。对于莱辛而言，悲剧最重要的作用就在于能让观众的情感转变为道德践行的心理动机："净化不是别的，正在于将激情转换成有德之操行（tugendhafte Fertigkeit）。"

莱辛之所以如此重视悲剧激发观众"同情"的效用，也正是因为"同情"既是一种悲剧的审美情感，同时也是道德践行领域的社会情感。在《悲剧通信》里，莱辛明确表明了"同情"或"怜悯"具有的这一特性："谁让我更有同情心，就是让我变得更好，更有道德。悲剧让我变得更有同情心，也就让我变得更好、更有道德。或者说———它为了能让我更好、更有道德，才把我变得更有同情心。"在《汉堡剧评》里，莱辛将同情这一特性转移到"净化"这一概念上。悲剧的"净化"就是将"我们的同情转化成美德"，"悲剧的目的是：它能够增强我们产生怜悯感的能力，它不应该仅仅教我们对这个或那个不幸的人感到怜悯，而应该增强我们的移情能力，以至于无论不幸在什么时候，以什么形式出现，我们都能为它所动，都能直接感受到它。"①

在剧本的建构方面，莱辛指出，法国古典主义所主张的"三一律"是对亚里士多德诗学的歪曲，因为它把时间、地点和情节的统一放到了同等重要的地位上。莱辛认为，情节的统一是第一位的，时间和地点的统一必须服从情节的统一，可以灵活处理，不必墨守成规。他认为，人物的性格塑造和情节的安排是建构一个剧本的两大决定性因素。人物的思想和行动必须符合人正常的心理，情节发展必须有因果关系。这样，莱辛要求戏剧中人物应为与一般人没有任何区别的普通人，他们具有普通人的优点和缺点，他们的思想和行为具有普遍性。"我们在剧场里应当看到的不是这个人或那个人干了什么，而是每一个具有一定性格的人在一定的环境下会做什么。"这里，莱辛提出的"性格"类似于"典型"范畴，戏剧中所描写的人物必须具有在某一典型环境下所具备的普遍的典型性格。在戏剧的具体表演风格上，莱辛则主张将诗的表现激情与画的美的表现力结合起来，戏剧语言则应当朴素自然，通俗易懂，易于被广大人民群众所接受。

莱辛对德国戏剧的贡献并不仅仅在于其戏剧本身如何生动精彩（当然很少有人会否定这一点），而是在于他对德国戏剧的创新以及他为德国戏剧的民族化所做的探索，莱辛的文艺观，在政治上体现出新兴资产阶级的艺术理想和要求，批判法国新古典主义的理论教

---

① G.E.莱辛《致尼古拉》，选自《文学书简》，1756 年 11 月 13 日，J.P.佩因译。

条，反对温克尔曼的静穆理想，要求变革社会，结合德国的实际，发扬和继承了亚里士多德、狄德罗的美学思想，强调创作出能够真实反映德国现实关系的作品，从而引导艺术家走上现实主义文学的道路。

莱辛处于古典主义向浪漫主义的转折点，将启蒙运动推向高潮。其美学思想预示了即将到来的浪漫主义美学的萌芽和蓬勃发展。18世纪70年代，德国第一次全国性的文学运动——狂飙突进运动爆发了，可以说，如果没有莱辛的现实主义理论先导，很难想象会有后来德国文学的异军突起；如果没有他的坚强斗争，德国也很难出现一次次"健康的精神运动"。正如马克思所评论的：他看到了艺术对德国民族意识的影响，他的思想对歌德、席勒等有很大的启发并在他们那儿得到了发展……自莱辛以后，德国文学的形式主义动摇了，现实主义的文艺观及其有强烈现实感和个性精神的作品成为那个时代文学的主流，在一定程度上，《拉奥孔》孕育了"浮士德"的追求精神。

第十讲

审美艺术家席勒及其美学思想

只有当人是完整意义上的人时，他才游戏；而只有当人在游戏时，他才是完整的人。

——席勒

一、席勒其人

1. 自由诗人

"自由"这一主题在席勒的大部分作品（文学作品、文论等）中都扮演着十分重要的角色，席勒一生也都热爱自由、反对专制，因此，德国人也常把席勒称为"自由诗人"（Dichter der Freiheit）。即使我们不是实证主义意义上的还原论者，也不是弗洛伊德心理分析的追随者，但是如果我们能稍微了解一下席勒的童年和青年时的经历，也将为我们了解其自由思想的形成带来不少便利。

席勒 1759 年在马尔巴赫（Marbach）出生，他的德文全名是 Johann Christoph Friedrich Schiller。在席勒小的时候，他就有一个强调自己威权的做军医的父亲，后来这个"独裁者"是他的地主（Landesherr）：卡尔·欧根（Carl Eugen）公爵。席勒上军校既不是自己（席勒自己本想当一名牧师）也不是父母的意愿，而是公爵的命令。学校的军训严格到无人性，这可能导致了席勒在 15 岁的时候仍尿床，为此席勒曾经两次受到公爵严厉的惩罚。席勒在公爵的学校里差不多待了八年时间。在那里，席勒的整个生活都受到严格的管制：上课、吃饭时的举止以及所有白天和夜里的空闲时间。此外，席勒还必须每天穿制服和戴假发，这都令席勒十分厌恶。后来席勒做了军医，但仍在公爵的控制之下，他收入极少，也没有休假，这一段时间席勒的生活极其清贫，席勒很想通过给市民行医的方式增加自己的收入，并且为此他父亲已经给他做好了一件价值昂贵的市民服装，但席勒为市民行医的请求却被公爵无情地拒绝了。很显然，这一切都导致席勒对专制的憎恨以及对自由的无限向往。终于，在席勒擅自离开军营并又受到公爵的惩罚后，他再也忍受不了这种屈辱的生活，逃离了公爵的驻防地，走上了逃亡之路。① 就在逃亡的途中他结识了维兰

---

① 席勒首先逃到了曼海姆，然后继续逃往图林根和萨克森。1788 年，29 岁的席勒在歌德的推荐下，做了耶拿大学的历史教授，但没有薪水。

德、赫尔德、洪堡等文化名人，而席勒的名诗《欢乐颂》①（后来被贝多芬谱了曲）就反映了他在逃亡的困厄中得到朋友帮助时所感受到的温暖和欢乐。

此外，从性格方面讲，席勒从小就是一个深思好学、有创造激情和反叛精神的人。简单地说，他是一个和军校生活格格不入的人，因此即使在军校极其严格的管制下，席勒仍偷偷地吸烟②和阅读禁书。席勒刚开始学习的是法律，后来他换了专业，学习医学，在学医的这一段时间里，席勒如饥似渴地阅读了狂飙突进运动诗人的作品以及其他一些大师的作品，像莎士比亚、卢梭、克洛普斯托克等。席勒在 13 岁的时候，就撰写了戏剧作品《阿普萨龙》（*Absalon*）和《基督徒》（*Die Christen*），后来他又写了一部喜剧作品《拿骚的大学生》（*Der Student von Nassau*），很可惜它们都失传了。由此可见，席勒后来充满反叛精神的戏剧作品《强盗》③受到观众喜爱一点儿也不令人感到意外。席勒因自由而反叛，用反叛的方式追求自由与和谐。现在，我们看一段席勒在长诗《艺术家们》中对自由的歌颂：

> 现在，自由优美的心灵，
> 开始从感性的昏睡中清醒，
> 忧虑的奴隶被你们解放，
> 跳进欢乐的母亲怀抱中。
> 现在，兽性的界限变得模糊，
> 人道浮现在开朗的前额上，
> 思想，这个庄严的陌生者，
> 从惊讶不已的大脑里往外奔冲。④

在席勒的诗歌中也有对无情的专制的威胁和警告，在《昏君》（1781）中席勒这样写道：可是，害怕诗歌的语言吧：/复仇的箭将大胆地射穿你们的紫袍，/射进冷酷的国王的心。⑤

2. 哲学家诗人

席勒是一位有着强烈哲学家气质的文学家。席勒有着强烈的哲学家气质，在这一点上，他和歌德很不一样，虽然歌德也算是一个全才，在很多领域里有自己独特的思考和建树，但是他对他那个时代富含思辨的唯心主义哲学却不怎么感兴趣。歌德没有认真研读过

---

① 在这里我们可以欣赏《欢乐颂》中的一小段：Freude, schöner Götterfunken, Tochter aus Elysium, Wir betreten feuertrunken, Himmlische, dein Heiligtum! Deine Zauber binden wieder, Was die Mode streng geteilt; Alle Menschen werden Brüder, Wo dein sanfter Flügel weilt. 欢乐女神圣洁美丽，灿烂光芒照大地！我们心中充满热情/来到你的圣殿里！你的力量能使人们/消除一切分歧，在你光辉照耀下/四海之内皆成兄弟。（中文译文为常见的邓映易译文，是意译。）
② 席勒一直保有吸烟的习惯，后来在歌德家做客时，他的这一习惯曾让歌德深受其苦。
③ 该戏剧 1782 年在曼海姆首次演出，获得巨大成功，以至于公爵从此禁止席勒写作。
④ 席勒. 席勒美学文集. 张玉能，编译. 北京：人民出版社，2011：388.
⑤ 席勒. 席勒诗选. 钱春绮，译. 北京：人民文学出版社，1984：3.

康德，后来黑格尔出名后，歌德对黑格尔的辩证法也持怀疑态度，① 而席勒对康德的哲学（无论是康德的理论哲学、道德哲学还是美学）都下过大工夫，在他的《审美教育书简》、《论美》、《论素朴的诗和感伤的诗》、《秀美与尊严》中，我们处处可以看到康德对他的影响以及席勒对康德理论的辩驳和发展。席勒在给哥特弗里德·克尔纳的信中有这样的话："他(康德)的《判断力批判》我自己已经买到，我被它清楚明白而富有才华的内容所吸引，它还使我产生了巨大的渴望，逐步地深入研究他的哲学。……很快我就预感到，康德对于我来说并不是那么不可逾越的山峰，而且我确信自己会准确地与他进行交流。"②歌德并没有试图建构什么文学理论、美学理论，而席勒在他的书简和论文中却发展出了一套严密且优美的美学理论，对此歌德曾大加赞赏。③ 正因为席勒在哲学上的用功，在德国，席勒一般也被视为哲学家。席勒的美学哲学很显然地影响了谢林，谢林的审美直观(ästhetische Anschauung)的说法很可能是受到了席勒的启发。根据谢林的审美直观，在艺术作品里我们直观地把握精神性的理念和自然的同一、造型的自由和物质的同一。④ 谢林的这些观点通过席勒的美学就会得到更加合理的解释，因此从席勒的美学出发，人们就可以更加顺畅地理解谢林的同一哲学(Identitätsphilosophie)。席勒不仅熟读康德、卢梭，他还对苏格兰学派的历史哲学很了解，席勒融合他们三家的理论，在《审美教育书简》中他发展出了一个世界历史以及个人教育的"三阶段模型"，这三个阶段是自然状态、审美状态和道德的状态。席勒认为："不论是个人还是整个族类，如果要实现他们的全部规定，都不得不必然地和以一定的秩序经历这三个阶段。"⑤席勒的这种"阶段论发展观"以及"必然性"的思想大大地影响了黑格尔，人们甚至可以这样说，黑格尔整个哲学体系的建构都受惠于席勒的这种思想。⑥ 后来黑格尔影响了马克思。很显然，现在人们熟悉的历史按阶段发展的观点和席勒不无关系。很可能，黑格尔在语言表达上都受到过席勒的影响，我们看一段席勒的话，如果没有这个事前说明，我们完全也可以认为如下这段话是黑格尔写的：

现在他的感官应该被触动了，而从无限数量的可能规定之中应该保留下唯一的一

① 对于这一点，我们可以阅读《歌德谈话录》中歌德和黑格尔之间的一段对话：黑格尔说："归根到底，辩证法不过是每个人所固有的矛盾精神经过规律化和系统化而发展出来的。这种辩证才能在辨别真伪时起着巨大的作用。"歌德插嘴说："但愿这灵巧的辩证技艺没有经常被人误用来把真说成伪、把伪说成真！"黑格尔说："你说的那种情况当然也会发生，但只限于精神病患者。"歌德说："我很庆幸对自然科学的研究没有使我患上精神病！通过研究自然，我们希望探求到无限、永恒的真理，在观察和处理自然素材时必须抱着老实认真的态度，否则就会被真理抛弃掉。研究自然可以治愈辩证法的许多毛病，这一点我深信不疑。"（爱克曼辑录. 北京：歌德谈话录. 朱光潜，译. 北京：人民文学出版社，1991：162.）
② 席勒. 席勒美学文集. 张玉能，编译. 北京：人民出版社，2011：378.
③ 歌德是这样赞扬席勒的《审美教育书简》的：这些书简是那么美妙宜人，就像一杯可口的饮料，甫触到舌尖就能调动起你全身的神经系统。我长久以来所认为正确的东西，我经历过的以及想要经历的东西，以一种如此紧凑、如此和谐的方式被呈现了出来。（席勒. 审美教育书简. 张玉能，译. 南京：译林出版社，2012：封底.）
④ 参见 Edmund Jacoby, 50 *Klassiker Philosophen*, Gerstenberg Verlag Hildesheim, 2001, S. 200.
⑤ 席勒. 审美教育书简. 张玉能，译. 南京：译林出版社，2012：75.
⑥ 参见 Edmund Jacoby, 50 *Klassiker Philosophen*, Gerstenberg Verlag Hildesheim, 2001, S. 192.

种现实性。在人的心中应该产生一种表象。在单纯的可规定性的上述状态中只不过是一种空虚能力的那种东西，现在变成了一种作用力，它获得了一种内容：但是，作为作用力，它同时也获得了一种界限，因为作为单纯的能力，它曾经是没有界限的。因此，在这儿有了实在性，却失去了无限性。……所以，我们只有通过限制才能达到实在，只有通过否定或排除才能达到肯定或现实的确定，只有通过扬弃我们自由的可规定性才能达到规定。①

值得注意的是，马克思在人道主义方面的思考也曾受到席勒的启发，比较一下马克思的《1848 年经济学手稿》和席勒的《审美教育书简》，人们就很容易发现这一点。在《手稿》中马克思所讨论的人的异化、人的全面发展、人与自然的统一等问题也都是席勒在《审美教育书简》中关心的问题。

关于席勒的哲学家气质，人们只要阅读一下席勒的文论作品《论素朴的诗和感伤的诗》②，就可以更加具体地领略席勒的这一特征。在《论素朴的诗和感伤的诗》中，席勒试图用素朴和感伤这一对概念去涵盖一切不同的文学创作形式及其演进。这两个概念一方面是历史的，或者说历史哲学的，也就是说，人们可以用这两个概念对文学史进行划分，素朴的艺术在前，感伤的艺术在后，素朴的艺术里面有原初的统一与和谐，感伤的艺术里面有人类进入文化状态后无尽的分裂、失落与回归和谐的理想。另一方面，这两个概念又是超时间的(非历史的)，也就是说，它们是诗学范畴，借助它们我们可以分析任何时代的文学作品，素朴的艺术是直接的艺术、感性的艺术、现实主义的艺术，感伤的艺术是反思的艺术、现代的艺术、理想主义的艺术。素朴的艺术里面可以有感伤的成分，感伤的艺术里面也可以有素朴的成分。素朴与感伤也可以和谐地结合在一起。可见，席勒的文论里到处是哲学的演绎、概念的分析，处处散发着浓厚的哲学思辨气息。

席勒自己对自身的哲学倾向还是很清楚的，他在 1794 年 8 月 31 日写给歌德的信中清楚地表达了在他那里哲学思考和诗歌创造之间的互相干扰和影响："我的知解力是按照一种象征方式进行工作的，所以我像一个混血儿，徘徊于观念和感觉之间，法则与情感之间，匠心与天才之间。就是这种情形使我在哲学思考和诗的领域都显得有些勉强，特别在早年是如此。因为每逢我应该进行哲学思考时，诗的心情却占了上风；每逢我想做一个诗人时，我的哲学精神又占了上风。就连在现在，我也还时常碰到想象干涉抽象思维，冷静的理智干涉我的诗。"③

3. 关心政治的古典主义大师

和歌德比起来，席勒更加关心政治，他对当时的德国现状一点也不满意，他有自己的国家理想，他赞颂理想化的市民阶级道德，《大钟歌》可以看成是他这一思想的艺术反映。

---

① 席勒. 审美教育书简. 张玉能，译. 南京：译林出版社，2012：57.

② 有兴趣的读者可以阅读《论素朴的诗和感伤的诗》，载于席勒. 席勒美学文集. 张玉能，编译. 北京：人民出版社，2011：296-360.

③ 朱光潜. 西方美学史. 北京：人民文学出版社，1979：428.

在《大钟歌》中席勒有这样的诗句：

> 千万双手辛勤劳动，
> 团结一致，互相帮忙，
> 在火一样的活动中
> 显出一切伟大的力量。
> 受到"自由"的神圣保护，
> 师傅和帮工努力发奋；
> 人人热爱自己的岗位，
> 反对那种轻视的人。
> 劳动乃是市民的光荣，
> 成功就是苦干的报酬；
> 国王因地位受到尊崇，
> 我们的尊贵在于勤劳。①

1794 年 9 月，歌德邀请席勒到魏玛来，于是席勒在歌德家里待了两周。歌德考虑到席勒保守的、理想化的道德观，怕引起不必要的麻烦，于是隐藏了他和克里斯蒂娜（Christiane Vulpius）的伴侣关系，因为在那个时候歌德和克里斯蒂娜还没有正式结婚。这种隐藏游戏给歌德造成了很大的麻烦，而可怜的克里斯蒂娜和儿子奥古斯都在自己家里也得隐身。后来席勒知道实情后，还在一封信里批评歌德，说他对家庭幸福有着错误的概念。

正是这种自由国家的理想以及保守的市民阶级道德观为席勒赢得了巨大的声誉。在席勒死后，有一段时间里，他的声望甚至超过了歌德。老歌德在 1824 年曾不无羡慕地这样评价席勒："我们的席勒，他比我更加贵族……却拥有令人瞩目的幸福，即作为人民的特殊的朋友。"②

席勒和维兰德、歌德以及赫尔德一起被列为魏玛古典主义的四巨星（魏玛四星）。人们知道，古典主义追求完整、安宁、和谐、客观、法则、鲜活、健康、平衡、愉快，它拒绝胡思乱想的、混乱的、不清晰以及疯狂的东西。③《大钟歌》中的一段极清晰地表达了席

---

① 席勒. 席勒诗选. 钱春绮，译. 北京：人民文学出版社，1984：116.

② Volker Meid, *Das Reclam Buch der deutschen Literatur*, Philipp Reclam jun. Stuttgart, 2012, S. 273.

③ 歌德比较古典主义和浪漫主义的一段话很能说明古典主义的特点。歌德说："我称健康的为古典的、病态的为浪漫的。尼布龙根和荷马一样是古典的，因为它们两者都健康有力。那些大多数较新近的东西是浪漫的，不是因为它们是新的，而是因为它们虚弱无力，是病态的；那些老的东西是古典的，不是因为它们老旧，而是因为它们强壮、新鲜、轻松愉快和健康。如果我们以这样的品质来区分古典和浪漫，我们很快就会进入纯粹之境。"（见于《歌德谈话录》1829 年 4 月 2 日，转引自朱光潜. 西方美学史. 北京：人民文学出版社，1979：404-405. 译文根据德文原文有改动，德语原文：Das Klassische nenne ich das Gesunde, und das Romantische das Kranke. Und da sind die Nibelungen klassisch wie der Homer, denn beide sind gesund und tüchtig. Das Meiste Neuere ist romantisch, nicht weil es neu, sondern weil es schwach, kränklich und krank ist, und das Alte ist klassisch, nicht weil es alt, sondern weil es stark, frisch, froh und gesund ist. Wenn wir nach solchen Qualitäten Klassisches und Romantisches unterscheiden, so werden wir bald im reinen sein. ）

勒对人类疯狂的恐惧与拒斥："唤醒雄狮是危险的，/老虎的牙是致命的，/但恐怖中最恐怖的事情，/是人类处在疯狂中。"①此外，古典主义力图平衡理智和感情。作为古典主义大师的席勒，这些特点在他众多的文学作品和文论中都有很好的表达和反映。但是，在这里我们需要提醒的是：席勒对古典主义者的"客观原则"持有与歌德不同的见解，因为毕竟席勒受康德哲学的影响很深。歌德对这一点也是清楚的，歌德说过："我主张诗要从客观出发的原则，认为只有这种诗才是好的。但是席勒却用完全主观的方式写作，认为他走的才是正路。"②但席勒也不是彻底的主观(唯心)主义者(subjektiver Idealist)，正是出于这种原因，朱光潜先生才说："比起康德，席勒的思想具有较多的唯物主义因素。"③

二、席勒的美学思想

席勒的一生不仅仅是追求自由的一生，而且还是创造的一生，他为我们留下了大量的作品：诗歌、散文、戏剧、文论、书简等。现在我们选取席勒的一个特殊文本《审美教育书简》来评析席勒，借此来展现席勒对自由(内含丰富性的自律)的热爱、超强的哲学思辨能力——既彻底又严谨以及他鲜明的古典主义风格——追求完整与和谐。④ 就像有学者指出的那样，《审美教育书简》完全可以看成是魏玛古典主义的宣言。

在《审美教育书简》中，席勒一处也没有提到基督教的上帝，虽然生活于18世纪，席勒一点也不相信基督教上帝造人的说法，他深信人是自然的产物。席勒认为，单单从人是自然的产物上讲，人也并不比其他的自然产品更好，但是从另一方面讲，席勒又认为，大自然对人的恩赐很多，因为它不仅赋予了人感性，还赋予了人理性。按照席勒的观点，就在人懂得运用自己的理性以前，我们可以说人还不是人，使人成为人的是：人没有停留在自然为他所造成的状态，人有能力通过理性把肉体的必然性提高到道德的必然性。

但是从另一个角度上看，人又是不幸的，因为感性的人就在自己懂得用理性进行自由选择的时候，他自己已经没有了选择的余地，因为"在他能够按照理性法则建立国家之前，需要已经按照单纯的自然法则建立了国家"。⑤ 在这里我们要注意的是，席勒所理解的自然国家就是建立在自然力量之上而不是法则之上的政体(丛林法则的国家)。这里的法则并不仅仅指理性的法则，也可能是其他非理性的法则。而席勒心目中的理想国家是建立在理性法则之上的道德国家。

很显然，瞬时建立起这样的道德国家是困难的，因为我们已经在先地生活在一个自然国家之中，对此人类没有选择。不过根据席勒的分析，人是有可能建立起这样一个道德国

---

① 德语原文：Gefährlich ists den Leu zu wecken, /Verderblich ist des Tigers Zahn, /Jedoch der schrecklichste der Schrecken/Das ist der Mensch in seinem Wahn. 译文出自笔者。

② 见于《歌德谈话录》1830年3月21日，转引自朱光潜. 西方美学史. 北京：人民文学出版社，1979：405.

③ 朱光潜. 西方美学史. 北京：人民文学出版社，1979：457.

④ 以下的不是直接引用的地方，我就不再一一标明出处，因为这些席勒的观点都出自《审美教育书简》，为了行文的方便，笔者对它们进行了归纳与梳理。

⑤ 席勒. 审美教育书简. 张玉能，译. 南京：译林出版社，2012：5.

家的，如前所述，人有自然性格和道德性格，此二者对应人感性的一面和理性的一面，因此席勒认为建立道德国家的关键是，从自然性格中分出任意性（Willkür），从道德性格中分出自由（Freiheit），然后让任意性与法则相一致，并且离物质再远一些，让自由与印象相联系，并且离物质再近一些。这样一来，人就有了第三种性格（其实这就是审美性格）。最后席勒有信心地保证，正是这个与前两个性格都有联系的第三种性格开辟了从自然国家到道德国家的道路，并且这个第三种性格（审美性格）不仅不会阻碍道德性格的发展，反而会充当不可见的道德性格的感性保证。

也许我们仍然要问，如果人有理性，那么为什么不直接按照理性法则（并且也是渐进地）来建设道德国家呢？人们为什么还需要第三种性格呢？如果说渐进是必需的，那么第三种性格也是必需的吗？作为文学家的席勒内心是非常热爱感性的丰富性的，虽然作为哲学家的他同样有着强大的理性。在席勒看来，如果只有理性的统一而没有了感性的多样性，人、国家以及文学艺术都将是单调的、苍白无聊的、最终是不完整的。席勒清楚地说："如果一部国家宪法只有取消了多样性才能促成统一状态，那么这样的宪法还是非常不完善的。"①很显然，席勒反对干瘪的道德乌托邦国家，认为一个真正的道德国家应该尊重个体，尊重个体的特殊性格，简而言之就是尊重多样性。立足现在，反观历史上发生的事情，我们不得不说，席勒的思虑是多么有远见。

但是一个道德国家怎么会尊重感性的多样性呢？席勒仿佛没有对什么是道德进行过特别清楚的解说。如果说道德总是超感性的，如果说道德的性格只有通过牺牲自然的性格（自然的多样性）才能保住自身，那么在一个道德国家里，感性的多样性就永远不被允许出现。

因此问题是，是否存在这样一种道德，它是超感性的，也就是说理性的，但它同时却和丰富的感性是兼容的。在席勒看来，这样的道德是有的，那就是自由，也就是说，把自由本身作为道德，因此席勒心目中理想的道德国家必然是自由的国家。一个自由的国家必然是道德的国家，反之一个道德的国家未必总是一个自由的国家。在此，我们一定要清楚，尤其是在康德、席勒以来的西方语境中，自由并不等同于任意妄为，好多人把自由理解成"我想干什么就干什么"，这是完全错误的，因为在感性层面上，"我想干什么就干什么"其实完全是受利欲支配的结果，在这里自由根本就不存在，只存在一个欲望的玩偶罢了，只是人自己没有意识到；在理性层面上，"我想干什么就干什么"自身所具有的矛盾是不能被理性认可的，它最终必将毁掉自由本身。因此，自由总意味着自律，自律的意思是自己给自己设定法则，并命令自己遵守这个法则，而不是任性妄为。正因为自由和自律是一体两面的，自由才是道德的，否则自由就离理性法则太远了。

借此，席勒向我们论证了：只有在自由的国家里，才会找到性格的完整性，只有在自由的国家里，道德的统一性才不会损害自然的多样性，自然的多样性也才不会毁坏道德的统一性，自由的国家既远离单调也远离混乱。就这样，席勒从理论上向我们阐明了道德与多样性的可兼容性以及自由国家的优点。

心目中有了理想的自由国家，席勒是如何看待他那个时代的呢？席勒对其生活的时代

---

① 席勒. 审美教育书简. 张玉能，译. 南京：译林出版社，2012：8.

是不满意的，对此他严厉地批评说：

> （我们的）文化远没有使我们获得自由，它在我们身上培养起来的每一种力量都
> 只是同时发展出一种新的需要。自然需要的束缚令人焦虑地收得更紧了，以致害怕丧
> 失什么的恐惧感甚至窒息了要求变革的热烈冲动，而逆来顺受这个准则被视为最高的
> 生活智慧。因此，我们看到，时代精神在乖戾和粗野之间，在非自然和纯自然之间，
> 在迷信和道德的无信仰之间，摇摆不定；而且，有时仍然给时代精神设定界限的，也
> 仅仅是坏事的平衡。①

席勒清楚地指出了他那个时代的投机、坏事之间的平衡、裂离与碎片化，人成了其职业和
知识的一种印迹，死的字母代替了鲜活的理解，训练有素的记忆力比天才和感受更为可靠
地在进行指导。用黑格尔和马克思的话说就是：人被异化了。

席勒对其时代的指责是发人深省的，因为如果把他的指责放在我们的时代，谁又能说
它是不恰当的呢？鉴于此，席勒的思考及改良的建议就仍值得我们深入研究。

但同时作为古典主义大师的席勒也避免自己被片面性带上愤怒的道路，因为古典主义
者是追求平衡与和谐的。席勒认为这种裂离和碎片化也是走向道德国家（自由国家）的必
经之路，因为能力训练中的片面性虽然不可避免地把个体引向谬误，使个体碎片化，人性
越发不完整，但是这种片面性会把族类引向真理。也就是说，从整体上讲，人类还是进步
了，形象地说，在人性上，虽然没有哪个单个的现代人敢和雅典人媲美，但从族类上讲，
现代人整体上的优势却不容忽视。

虽然，裂离的国家不再是完全建立在自然强力上的自然国家，因为它还有很多道德法
则在起作用，但它也远不是理想的自由国家，这种人性的裂离和碎片化不可能是人类的最
终目标，席勒反问道："人怎么能注定为了任何一个目的而忽视自己本身呢？"②席勒有自
己的清楚的人道主义理想，席勒追求的是丰富且完整的人。

但是人们该如何才能改变这种人性的裂离和碎片化呢？如何使人性得到完全充分的发
展呢？靠当前的国家吗？这是行不通的，因为人性的裂离就是当前的国家引起的，用席勒
自己的话说就是："在一种野蛮的国家宪法的影响下，性格怎么能高尚呢？"③靠理性在观
念中设想的国家吗？当然也不行，因为这种理想的国家（自由的国家）是需要建立在完整
的人性之上的，也就是说，这里的逻辑是这样的：先有完整的人（至少存在相当一批完整
的人），然后才可能建立起自由国家。

因此席勒认为，人们必须寻找一种国家所没有的工具，必须打开一个即使在政治完全
腐败的情况下却仍然保持自己纯洁和透明的源泉。正是通过这个工具我们来培养完整的
人。有了一批完整的人，我们才可能建立起自由的国家。

这工具和源泉是什么呢？席勒的答案是：美的艺术和美的艺术的不朽典范。席勒为什

---

① 席勒. 审美教育书简. 张玉能，译. 南京：译林出版社，2012：12.
② 席勒. 审美教育书简. 张玉能，译. 南京：译林出版社，2012：19.
③ 席勒. 审美教育书简. 张玉能，译. 南京：译林出版社，2012：23.

么选中美的艺术来执行培养完整人性的重要任务呢？首先，在席勒看来，艺术和科学一样，不受人专制，政客可以封锁艺术和科学的领域，但他不可能在那里统治，他可以贬低科学家和艺术家，但他不可以伪造科学和艺术。然而，从现在的眼光来看，席勒显得有些天真了，因为政客们不仅可以在科学和艺术领域里进行统治，而且也能伪造科学和艺术，甚至政客也可以成为他那个时代"最伟大"的科学家和艺术家，这样的情况已经发生过，并且仍在发生，但是，我们相信他们只能得逞一时或一世，但不会永远，正如德国谚语所说，谎言腿短(Lügen hat kurze Beine)，因此我希望席勒的判断最终还是对的。其次，美的艺术是美的，只有美可以帮助我们实现"完整的人"的理想，并且最终建立起自由的国家。

到底什么是美呢？席勒力图从人性的一般概念来推导美的普遍概念，因为席勒坚信美必须作为人的一个必要条件表现出来。如前所述，受大自然的恩赐，人既有感性能力又有理性能力，而这两种能力都推动人类去实现他们各自的对象，因此人们也可以把这样的能力形象地称为"冲动"，于是我们就有了感性冲动和形式冲动。形式冲动也可以被称为"理性冲动"，席勒自己有时候仿佛也这样说，但理性冲动的说法有两个弱点：第一，把冲动和理性放在一起有些违背"理性"这一概念自身的规定；第二，形式在含义上离美更近。

根据席勒的阐述，感性冲动随着生活经验而觉醒，形式冲动随着法则的经验而觉醒。在两种冲动都获得了存在以后，人的人性才建立起来。首先，如果只有感性冲动，人和其他的动物就没有什么区别。其次，人也不可能只有形式冲动，但如果只是两种冲动同时存在，那么此时的人还远不是"完整的人"。如果说这两种对立的基本冲动同时在人身上活动起来、合作起来，并因此都失去了它们自己的强制性，那么人就走在了通往"完整的人"的途中。

按照席勒的解释，感性冲动努力把人放在时间(感性)的限制之中，使人成为质料。而形式冲动来自人的理性本性，竭力使人得到自由(形式)，使人的各种不同表现达到和谐，在状态千变万化的情况下保持住他的人格。按照席勒的定义，感性冲动的对象就是最广义的生活；形式冲动的对象就是既有本义又有引申义的形象。

按照席勒一贯的古典式思维，美就是从两种对立冲动的相互作用和结合中产生的，因而美的最高理想必须在实在和形式尽可能完善的结合与平衡中去寻找。席勒把上述两种冲动结合起来发生作用的那种冲动叫做"游戏冲动"，它的目标是在时间中取消时间，使变化与同一性相协调。游戏冲动的对象就是活的形象。活的形象就是在最广的意义上的美。人们如何断定一样东西是美的呢？席勒曾简洁地说："只有当它的形式在我们的感觉里活着，而它的生命在我们的知性中取得形式时，它才是活的形象，而且不管什么地方，只要我们判断它是美的，情况总是这样。"[①]按此，有人肯定会说，人本身肯定都是美的，因为人不仅活着，他还有形象，因为他有人格。但是席勒对这样的说法并不赞同，因为美并不取决于生命和形象的同时存在，而取决于它们的和谐的结合，即活的形象，因此席勒说："要成为活的形象，就需要他的形象就是生命，他的生命就是形象。"[②]至此，席勒就从人

① 席勒. 审美教育书简. 张玉能，译. 南京：译林出版社，2012：45.
② 席勒. 审美教育书简. 张玉能，译. 南京：译林出版社，2012：45.

性中推导出了美，并给我们刻画出了美的本质特征。

鉴于美在席勒整个思想中的重要性，现在我们结合席勒的其他文论对美进行进一步的阐明。席勒跟随康德①，认为美既区分于愉快又区分于善。在《关于各种审美对象的断想》中，席勒清楚地写道："美不仅通过感性中介令人欢喜，并依此区别于善，它还以理性的形式使人欢喜，并以此区别于愉快。可以说，善以仅仅适应于理性的形式使人欢喜，美以类似于理性的形式使人欢喜，愉快不以任何形式使人欢喜。善被思考着，美被直观着，愉快仅仅被感觉着。第一种在概念中令人欢喜，第二种在直观中令人欢喜，第三种在物质感觉中使人欢喜。"②在《论美》中，席勒干脆给出了美的公式："美不是别的，而是现象中的自由。"③

然而，在现实中，拥有游戏冲动的人却很鲜见，能协调好两种基本能力的人也不多，善和愉快总是掩盖着美。一般来说现实中的人有两个常见的相反的缺陷：要么粗野，要么文弱和乖戾。粗野的人只听从自然的强制力，他们的自由堕落成了任意妄为，被感觉上的愉快所牵引；而文弱和乖戾的人只服从道德法则，他们的生活单调乏味，只活在简单的道德概念之中。鉴于此，席勒认为，人类文化的任务应该是：培养人的感觉能力以及人的理性能力。既要让接受能力与世界得到最多样化的接触，又要在理性方面把主动性推到最高的高度。在两种能力结合的地方，人也就把自由和存在的丰富性结合在了一起。即使一个人在他纯粹的自然生命中，也要让他受形式的支配，文化要使人在美的王国能达到的范围内成为审美的人，因为前面席勒已经向我们证明了，道德状态只能从审美状态中发展出来，却不能从自然状态中发展而来。

基于美的重要性，席勒特别强调文化中的审美教育，因为审美教育的目的就是要培养我们感性能力和精神能力的整体达到尽可能有的和谐。审美教育的目的就是要培养我们自由的心境，培养我们审美的状态。按照席勒一贯的论证方式，在一般情况下，我们的心灵要么受自然的强制，要么受道德的强制，而在自由的心境中，心灵不受它们二者的强制，却以这两种方式活动，让它们都活跃起来，自由地游戏。同样我们外在的状态要么被感性规定（自然状态），要么被理性规定（逻辑的状态和道德的状态），而在审美状态中，我们可以同时拥有实在的和主动的规定性，而不被任意一方所强制。自由的心境和审美的状态其实是一回事，只不过一个强调内在（心境），一个强调外在（状态），"审美"与"自由"的意思差不多，在这里可以互解，都强调"不受强制"，因此我们也可以说审美的心境和自由的状态（强调不受强制的状态）。

通过审美心境，理性的自主性一定会在感性领域展现出来，感性霸道的强制力量也会被打破，自然的人已经净化提高到只要按照自由的法则就能从自然的人发展成精神的人。从审美状态到道德状态的步骤比从自然状态到审美状态的步骤要容易很多。因此，出于自己的逻辑和对康德哲学的信任，席勒信心满满地说："有审美心境的人，只要他愿意，它

---

① 康德关于美、善和愉快（快适）的区别详见于他的《判断力批判》，读者可以阅读：康德三大批判精粹. 杨祖陶，邓晓芒，编译. 人民出版社，2001：426-431.

② 席勒. 席勒美学文集. 张玉能，编译. 北京：人民出版社，2011：95.

③ 席勒. 席勒美学文集. 张玉能，编译. 北京：人民出版社，2011：67.

就会普遍有效地判断，普遍有效地行动。"①有了这样有审美心境的人，建立起自由的道德国家就不再是一件十分困难的事。

此外，跟随席勒，我们还可以毫不犹豫地说，真正伟大的艺术作品都产生于有着审美心境的心灵，但是从发生学上讲(席勒有时候表现得很像一个自然科学家，因为他总有发生学上的兴趣)，审美心境自身是如何产生的呢？从我们以上的引述可以看到，审美心境也就是自由的心境，审美与自由互解。从学理上讲，审美是自由的活动，如果说自由不是一个空洞的意志的话，那么审美就是自由，因此说审美心境源于自由心境是不妥的。从纯粹逻辑上讲，自由不可能接受任何影响，自由按其概念规定就是自发性，因此审美也应该是自发性的。也难怪，席勒在谈到审美心境时说："它必定是自然的赠品，只有偶然的恩惠才能够打开自然状态的束缚，引导野蛮人走向美。"②

在这里我们可以窥见一些席勒的理论困境。赠品和恩惠听起来都有些宗教的味道，或者是对"自然"一词的拟人化使用。如果说席勒笃信基督教，说"审美心境"是上帝的赠品还勉强说得过去，因为上帝本身就是可以人格化的，并且是不可思议的。而自然，按照席勒的理解，总是意味着自然强制力，从自然之中如何产生自由与审美呢？席勒确实说过，自由本身是自然的作用。虽然席勒论辩说，他这里的自然是最广义的自然，但他这样做就等于一开始就把自由放入了自然，这也没有什么不妥，它只是使原本清楚的理论变得有些模糊和神秘，不过谢林确实从席勒的这一做法中得到了启发，在他那里，自然变成了尚未苏醒的精神。

按照席勒的美学理论，美必须没有什么实在的用处，但它有一个大用处，那就是它可能使人成为得到全面和谐发展的完整的人。对此席勒从各个角度进行了描述：美可以在紧张的人身上恢复和谐，在松弛的身上恢复能力；感性的人通过美被引向形式和思维，精神的人通过美被带回到质料并归还给感性世界；在质料和形式之间、在受动与主动之间、在感觉和思维之间有一个中间状态，对于野蛮人来说，这个中间状态是隐而不显的，而美就把我们置于这种中间状态之中，据此，美把两种对立的状态结合起来，因而也就扬弃了对立。美能把受到限制的状态重新引回到绝对的状态，使人成为一个完整的人。

正是在上述意义上，席勒认为，如果说大自然是人类的第一创造者，美就是人类的第二创造者，因为大自然创造了人，赋予了人感性和理性的能力(冲动)，这两种能力在人类的儿童时期曾经和谐地结合在一起过，但是由于后来强调单方面技能的碎片化教育将它们裂离了，而正是美使人有可能重新成为得到全面和谐发展的完整的人。据此，席勒再一次表达了他的审美能力是大自然的馈赠、美和大自然有相通之处的观点。也正是在这一点上，席勒美学偏离了康德美学。

根据自己的美学理论，席勒也对艺术家和艺术欣赏者都提出了要求，席勒认为，艺术家不要作时代的学徒甚或宠儿。遗憾的是，我们现在的艺术家开始的时候是时代的学徒，也就是说，跟风追求时髦，到了一定的时候，就不惜一切代价地、毫不体面地争当时代的宠儿。这些都为席勒所不齿，因此席勒建议说，艺术家虽然总是从当代获取材料，但是形

① 席勒. 审美教育书简. 张玉能，译. 南京：译林出版社，2012：72.
② 席勒. 审美教育书简. 张玉能，译. 南京：译林出版社，2012：84.

式他却应当借自更高的时代，甚至超越他的时代，到一切时代的彼岸，到自己本质的绝对不可改变的统一之中去寻找。

而对于艺术欣赏者来说，席勒建议，对艺术的兴趣不能停留在道德方面，也不能停留在自然方面。一部真正美的艺术作品，内容不应该起作用，起作用的应该是形式，因为内容不论多么高尚和广泛，它对精神随时都起限制作用，而只有从形式中才有希望得到真正的审美自由。面对自然时，情况也是一样，在《论美》中，席勒说："在物质完全服从于形式（在动物界和植物界中）和服从于生命力（我把一切有机体的自律放在生命力中）的地方，我们到处感觉到美。"①席勒用他的理论给我们解释了为什么尽管马比鸭子重很多，但鸭子笨拙而马轻巧，马因而更美的原因：在马那里，生命力支配物质。他也给我们解释了用飞翔象征自由的原因：鸟的飞翔是以形式战胜质料、生命力克服重力最成功的表现。

最后，作为古典主义大师的席勒向我们勾勒了一个审美的快乐王国，他说：

> 在力量的可怕王国的中间以及在法则的神圣王国的中间，审美的创造冲动不知不觉地建立起第三个王国，即游戏和外观的快乐王国。在这个王国里，审美的创造冲动给人卸去了一切关系的枷锁，使人摆脱了一切称为强制的东西，不论这些强制是身体的，还是道德的。②

席勒乐观地向我们保证，只要审美趣味在支配一切，美的外观的王国在继续扩展着，那么人们就不能容忍任何的优先权和独霸权。在审美的国家里，一切东西，甚至工具，都是自由的公民，在审美外观的王国里，平等的理想实现了。③

但作为生活在现实中的席勒，他也是清醒的。席勒承认，这样一个美的外观的国家，按照需要，它存在于任何一个情绪文雅的心灵之中，而按照实际，则只能存在于少数精选出来的社会团体里。

在这里，我们只做一个简单的提醒：席勒在《审美教育书简》中的语言也是我们值得注意的。那里的语言不是一种线性的语言，也就是说，从某一个基础（预设或者说事实）出发，线性地推导出他所有的结论（以席勒的哲学能力，他完全有能力这么做）。席勒的语言具有高度的音乐性（重复与变化，婉转回旋），让读者在巨大的丰富性中得到满足，而不是单线条地、符合逻辑地给读者讲道理。

现在我们来阅读长诗《艺术家们》的最后几个诗段，以此来更加感性地体验古典大师席勒在《审美教育书简》中所表达的人道关怀和内涵丰富的艺术思想。

> 人类的尊严交在你们的手中，
> 你们要对它千万珍重！
> 它随着你们上升，也随着你们下降！

---

① 席勒. 席勒美学文集. 张玉能，编译. 北京：人民出版社，2011：80.
② 席勒. 审美教育书简. 张玉能，译. 南京：译林出版社，2012：95.
③ 参见席勒. 审美教育书简. 张玉能，译. 南京：译林出版社，2012：84.

诗的神圣法术，
为一个明智的世界计划献出力量，
人啊，你要把这股法力，
平静地导入大和谐的海洋！

严肃的真理受到他时代的排斥，
它逃到诗歌的国土，
在文艺女神的合唱声中得到庇护。
这歌声使他苏生，
在光辉灿烂的神光中，
它更有魅力，更受敬重，
在敌人胆怯的耳边唱起凯歌，
它要向它的敌人雪耻报复。

自由母亲的自由儿子们，
你们要毅然飞向最高贵的美的宝座，
别去追求别的皇冠！
在人间散失的姊妹，
你们将在母亲的怀抱里迎回她们；
美的心灵认为是"美"的一切，
必须是优秀而完善的。

你们也要在真理的同盟中
在光明的巨流中融合统一。①

……

---

① 席勒. 席勒美学文集. 张玉能，编译. 北京：人民出版社，2011：397-398.

第十一讲

里尔克——小小造物主

Rose, oh reiner Widerspruch, Lust, /Niemandes Schlaf zu sein unter soviel /Lidern.
（玫瑰，噢纯粹的矛盾，欲愿，是这许多眼睑下无人有过的睡眠。）——里尔克自写的墓志铭

一、里尔克其人

里尔克 1875 年生于布拉格，他的德文全名是 René Karl Wilhelm Johann Josef Maria Rilke。父母充满矛盾和争吵的婚姻对里尔克的童年影响很大。René 是里尔克的小名，意思是"再生者"①。里尔克有一个姐姐夭折了，他母亲很伤心并且因此变得很古怪，希望里尔克是他姐姐的再生者，因此母亲给他取名 René。出于同样的原因，里尔克小时候被母亲当成小女孩来教育。里尔克的父母在 1884 年离婚。父母离婚后，父亲又完全和母亲相反，对他施行严苛的教育，他把十岁的里尔克送进了一所军校，在那里里尔克幼小而敏感的心灵曾经多次崩溃。但在军校里，里尔克已经开始写作了，对于里尔克来说，写作一开始就是生命。② 1895 年，20 岁的里尔克开始在布拉格学习艺术史和文学史。后来里尔克转学到了慕尼黑，在那儿认识了大他 15 岁的作家莎乐美。莎乐美对里尔克影响很大，莎乐美是他的缪斯、母亲和情人。是莎乐美把里尔克的小名从 René 改成了 Rainer，因为莎乐美认为，Rainer 更像一个男性作家的名字；也是莎乐美让里尔克熟悉了尼采的思想，让里尔克一生都不甘于流俗，追求深刻；是莎乐美让里尔克熟悉了俄罗斯文化；也许是莎乐美让里尔克一生漂泊，即使他后来有了老婆和孩子。1897 年里尔克跟随莎乐美到了柏林。在莎乐美的建议下，里尔克去了意大利，在那里他结识了画家海因里希·弗格勒（Heinrich Vogeler）。里尔克还第一次拜访了艺术家聚集地沃尔普斯韦德（Worpswede）。1899 到 1890 年里尔克和他的情人莎乐美以及莎乐美的丈夫游历了俄罗斯，在那他结识了俄国大文豪列夫·托尔斯泰。1901 年，里尔克和莎乐美两人再次去了俄罗斯，回来以

---

① 在这里我们可以看一下"Renaissance"这个词。

② 在《给一个青年诗人的十封信》中里尔克说过这样的话："请你走向内心。探索那叫你写作的缘由，考察它的根是不是盘在你心的深处；你要坦白承认，万一你写不出来，是不是必须得因此而死去。"（《读本》第 358 页。）

后，里尔克和莎乐美的情人关系结束了，但深刻的友谊却保留了下来，一直到里尔克去世。① 同年里尔克和他在沃尔普斯韦德认识的雕塑家克拉拉（Clara Westhoff）结婚，但是几个月后，里尔克就离开了老婆、孩子和沃尔普斯韦德。在接下的几年里，里尔克主要生活在巴黎。在巴黎他做了著名雕塑家罗丹的秘书（1905—1906），他跟罗丹学习观看，然而他在罗丹那里还学会了欣赏另外一件或许是重要的事情：工作——工匠般地工作。

就是在这个时候，里尔克偏离了自己创作的第一个阶段，开始了他创作生涯的第二个阶段。在第一个阶段里，里尔克追求神秘的内在，认为艺术家应该孤独地从其内在扩大其存在之根。而在第二个阶段里，里尔克不再追求内在，转而追求外在，仔细地观察外物，力图沉入外物，然后再进行艺术创造。就是在这一阶段里，里尔克写下了大量的物诗（Dinggedichte）。也许是因为里尔克创造方式的转变，也许是因为大都市巴黎本身巨大的震撼性，也许是二者的结合，总之，大城市对人的异化很深地触动了里尔克，就是在此期间，里尔克写下了《马尔特手记》。这本日记体小说，或者说散文诗，于1910年发表，并为里尔克赢得了国际声誉。

就在完成了《马尔特手记》后，里尔克开始了他长达12年的创作危机。但他并没有停止工作，在这一段时间里，他主要翻译法国的文学作品。为了获得新的触动与启发，里尔克生平第一次认真地研读歌德和莎士比亚的作品。同时里尔克又开始旅行，他去过北非，去过西班牙，较长一段时间内作为女侯爵玛利亚（Fürstin Maria von Thurn und Taxis）的客人生活在杜伊诺城堡。第一次世界大战刚开始的时候，里尔克很振奋，欢呼大战的到来，但很快里尔克就被战争震骇了，当时他在德国，无法回到巴黎，他在巴黎的财产也被没收和拍卖。1916年年初里尔克被征入伍，并且必须在维也纳接受军事训练，多亏有影响力的朋友的帮助，里尔克才被转到战争档案馆工作，最终在1916年6月解除军役。服军役的这段时间让里尔克回忆起了小时候的军校生活，它给里尔克带来了很大的心理创伤，导致了他内心的崩溃，他用了很长时间才从中恢复过来。一向追求深刻真实的里尔克对这段深刻真实的经历几乎始终沉默不语，对此仿佛没写下一首诗。

尽管里尔克那时已经是国际著名的诗人了，但是他的生活仍不稳定，不过他很享受自己成功的状态。很多贵族女士特别喜欢里尔克，她们十分慷慨地资助里尔克，她们把里尔克作为尊贵的客人邀请。于是里尔克总是从一个城堡跑到一个城堡，朗读自己思想深沉、技巧高超的诗篇。里尔克也把自己编造成贵族的后裔，谎称自己拥有高贵的血统。② 在说德语的国家里，很多作家和诗人曾讽刺过里尔克的这一谎言和这些歇斯底里的、狂热的贵

---

① 在莎乐美强迫（因为她觉得里尔克太依赖她）里尔克和她分手后，里尔克写了这样一首关于莎乐美的诗：Warst mir die mütterlichste der Frauen, /ein Freund warst Du, wie Männer sind, /ein Weib, so warst Du anzuschauen, /und öfter noch warst Du ein Kind. /Du warst das Zarteste, das mir begegnet, /das Härteste warst Du, damit ich rang. /Du warst das Hohe, das mich gesegnet-/und wurdest der Abgrund, der mich verschlang. 诗的大意：对我来说，你是女人中最像母亲的那个，你是像男人一样的一个朋友，事实上你是一个女人，而更多的时候你是一个孩子。你是我碰到的那个最温柔的，你是我争夺的那个最艰难的。你是那高（山），它祝福我，你是那深渊，它吞噬我。（全诗时态为过去时）

② 参见 Barbara Sichtermann und Joahim Scholl, 50 *Klassiker Lyrik*, Gersten Verlag, Hildesheim, 2004, S. 150.

妇们，但是话又说回来，如果没有她们的资助，里尔克也无法创作出这么多优美的诗篇。1922 年，里尔克完成了他的《杜伊诺哀歌》和《致奥尔弗斯的十四行诗》。1924 年，里尔克得了白血病，于 1926 年死在了瓦尔蒙特(Val-Mont)疗养院，终年 51 岁。

值得注意的是，在里尔克去世那一年的 1 月和 2 月，里尔克给墨索里尼的反对者伽拉拉提·斯克提(Gallarati Scotti)写了三封信，在这些信里，里尔克赞扬墨索里尼的统治，称颂法西斯是一种治疗手段。在这些信里，人们可以看出，里尔克并不是不清楚法西斯的暴力，但他认为，为了拯救堕落的欧洲，暂时地使用暴力和剥夺自由是必要的，因为在里尔克看来自由、人道以及国际性都堕落成了抽象的概念，欧洲就是因为这些理念几乎崩溃。而墨索里尼是意大利人民意志的建筑师。"幸福的意大利！"里尔克在信中高喊。①

二、里尔克早期的艺术思想

里尔克大约在 1898 年或更早些的时候写下短文《论艺术》，那时他才 23 岁。这篇短文不是严谨的学术论文，然而就像里尔克自己所说的："但我们超越那些学者的或许是公正、坦诚以及对创作时刻的一丝记忆，这为我们温暖的语言弥补了它们所欠缺的历史的威严和严谨。"②里尔克在年轻的时候，诗才横溢，因此我们完全可以把这篇短文看成是一个年轻天才诗人的肺腑之言。在我们评析里尔克的《论艺术》之前，让我们先看一首他的小诗《在老城》，借此我们可以较具体地感受一下里尔克早期诗歌的魅力：

> 古老的房屋，山墙陡峭，
> 高高钟楼充满了叮当，——
> 狭小庭院里一阵调笑，
> 只是极小一片天光。而在每道楼梯的木桩上，
> 普妥——笑得很疲倦；
> 从高高屋顶缓缓流淌
> 巴洛克花瓶周围的玫瑰链。那儿蛛网交织
> 在门上，悄悄地太阳/读者神秘的文字
> 在一座圣母石像下方。③

这是一首有些神秘哀婉，但温暖而悠远的小诗。在这里，里尔克首先反对用艺术的功用来解释艺术，里尔克幽默地写道："这就好比有人说：'太阳就是那种让果实成熟、草地暖和、衣服干爽的东西。'可他忘了，这最后一项是每个火炉也能做到的。"④功用论会导致太阳堕落成火炉，同样会导致艺术堕落为任何庸俗的东西。

---

① 参见 Rainer Maria Rilke. Lettres Milanaises. 1921-1926, Paris 1956, S. 84f, S. 184-186.
② 里尔克. 里尔克读本. 冯至，绿原，等，译. 人民文学出版社，2010：351.
③ 这首诗约作于 1895 年晚秋，中文为绿原译.
④ 里尔克. 里尔克读本. 冯至，绿原，等，译. 北京：人民文学出版社，2010：351.

从功用角度来理解艺术，是人们理解艺术的最常见方式，这种理解方式的要点是首先割裂艺术和生活，然后探讨艺术对生活有什么用。而里尔克对艺术的理解是：艺术本身就是一种生活，然而它并不等同于追逐或者符合流行世界观的生活，也就是说，艺术生活有自己独特的生命观和世界观。但是还有一些其他的生活也有自己独特的生命观和世界观，比方说宗教，艺术和它们有什么分别呢？里尔克回答说："艺术表明是一种生命观，同宗教、科学以及社会主义一样。它与其他观点的区别仅在于，它不是由时间产生的，而仿佛是表现为最终目的的世界观。"①

为了更加清楚简洁地理解里尔克，我们可以区分这么三个层次：流俗的生活、道德的生活和艺术的生活。宗教、科学以及社会主义都不妨归结为道德生活，因为它们都是按照一定的理性（道德）法则产生出来的，在它们产生之初，和当时的流俗生活相比，它们确实有着自己的独特性，但它们最终都可能会牺牲掉独特性和丰富性，和流俗的生活同流，也就是说，成为流俗生活的一部分。

按照里尔克对艺术的理解，我们就很好理解什么是艺术家了：把艺术视为其生命观的人就是艺术家。过着艺术生活的人就是艺术家。里尔克说："（艺术家）是最终目的之人，他穿行于世纪之中，永远年轻，没有历史的包袱。其他人来了又走，而他持续着。"②

里尔克这句话是什么意思呢？艺术家难道不会死吗？艺术家当然也会死，显而易见，很多伟大的艺术家已经纷纷地死去，不过艺术家是这样的人：只要他活着，他就永远如儿童一样年轻，因为他们没有历史的包袱，艺术家的生命观就是生命的本真存在。生命的本真存在就是："不为任何目的自我克制、自我局限，而是怀着对一个确定目标的信任无忧无虑地释放。不再小心谨慎，而是明智的盲目，毫不畏惧地跟随一个敬爱的导师。不是一声不响、一点一滴地积累财产，而是不断挥霍一切可变的财富。"③里尔克接着说："这种本真存在有些天真和不由自主，与无意识的那个时期相似，其最佳标志是一种愉快的信任——童年。"④很显然，有着生命本真存在的艺术家必然是永远年轻的，他始终处在兴致勃勃的童年。艺术家永远不曾老去，他只在你身体里枯萎，或者说，不是你作为艺术家老了，而是艺术家离你的躯壳而去了。

里尔克认为，遮蔽生命本真存在的罪魁就是学校教育。里尔克的思想在其一生中并不是一成不变的，但是在反对学校教育方面却是始终如一的。在里尔克20岁的时候，他就写了一首题为《当我进了大学》的略带自嘲味道的讽刺大学教育的诗：

> 我回顾，岁月流个不停，
> 流得又累又长；
> 我终于如愿以偿，
> 努力当成了一名大学生。开始我计划学"法"；

---

① 里尔克. 里尔克读本. 冯至，绿原，等，译. 北京：人民文学出版社，2010：351.
② 里尔克. 里尔克读本. 冯至，绿原，等，译. 北京：人民文学出版社，2010：351-352.
③ 里尔克. 里尔克读本. 冯至，绿原，等，译. 北京：人民文学出版社，2010：352.
④ 里尔克. 里尔克读本. 冯至，绿原，等，译. 北京：人民文学出版社，2010：352-353.

可严格的灰蒙蒙的法规大全

吓得我心惊胆战，

这样便葬送了那个计划。我的恋人不让我学神学，

也不能把我往医学扔，

于是对于衰弱的神经

就只剩下了——哲学。母校送给我一本

文科的豪华注册簿，——

我也没有为它把硕士读出，

读来读去我还是个大学生。①

此外，在1902年刊载的给爱伦·凯的《儿童的世纪》所作的书评中，里尔克更加严厉地批评了学校教育，他说："学校是对个性进行系统化的斗争（的场所）。……各种伟大的思想，在学校里失去一切的生气，变得抽象和无聊，因为在学校里夹进了给予教化的意图。……把他们（儿童）绑在考试的刑轮上，尽可能必须完全地反复转动。"②在1904年，里尔克给莎乐美的信中谦虚地说自己很无知，渴望能够继续学习，但他仍一如既往地批评了学校教育："若我是在乡间，在更为本色的人群中长大，我就会知道更多的东西，我现在希望能在一个拥有这些知识的地方学习，弥补那不讲人性的急于求成的学校漏掉的教育，并补充一些早已被人类发现和认识的另一种知识。"③

里尔克很看重没有被教育污染的儿童，对此他有这样形象的比喻，儿童的财富是未加工的金子，而非通用的钱币。教育的权力越大，儿童的这种财富就越贬值。教育用流传下来的以及从历史发展而来的概念取代了最初无意识的、纯粹个人化的印象，并根据传统给事物打上了有价值的、或者微不足道的、或者值得追求的、或者无关紧要的标记。鉴于此，里尔克建议，儿童应该只是静静地、远远地从内在、从他自己的儿童状态中成长，这便意味着，他将是一个存在于一切时代精神中的人：艺术家。艺术家应该从其内在，而非在学校的学习和经历中扩展其真正的存在之根。里尔克说："艺术家之树不会把他那一岁一枯荣的短暂枝丫伸向上帝，那永远的陌生者；他只是静静地扩展它的根，在那极其温暖而幽暗的地方围绕着事物背后的上帝。"④正因为艺术家向下向更遥远的地方伸展其存在之根，因此他们拥有更广远的循环，不断有新物质进入这个循环轨道，因此里尔克说艺术家就会像一个深不可测的泉涌："时代站在他们的边上，把它的评判和知识像石子一样扔进那无法探究的深处，倾听着。几千年来，石子一直在下落。还没有一个时代听见它们落到泉底的声音。"⑤

在这里我们可以清楚地看到，在里尔克心目中，真正的艺术和艺术家是极其崇高的。

---

① 这首诗约作于1895年晚秋，中文为绿原译。
② 里尔克. 里尔克读本. 冯至、绿原，等，译. 北京：人民文学出版社，2010：345.
③ 里尔克. 里尔克散文. 叶廷芳，选编. 北京：人民文学出版社，2008：214.
④ 里尔克. 里尔克读本. 冯至，绿原，等，译. 北京：人民文学出版社，2010：353.
⑤ 里尔克. 里尔克读本. 冯至，绿原，等，译. 北京：人民文学出版社，2010：354.

甚至我们可以这样说，每一个艺术家都是一个小上帝、小的造物主，或者说，大上帝其实就是所有艺术家的集合。据此，每一个真正的艺术作品都是一个独立的存在（Seiendes），艺术作品的这种独立性就是美。随着每一件艺术作品的问世，世界就更丰富一点。对于艺术家来说，上帝是最深的终极实现，因此，在艺术家眼里，上帝不是曾在，也不是正在，上帝将在。因此，里尔克说："每一次观看，每一个认识，在他（艺术家）的每一点欢乐里，他都在为他（上帝）添加一份力量、一个名字，这样上帝最终会在未来的一个子孙（艺术家）中完成，装饰着全部的力量和名字。"①

正是出于这样的观点，里尔克认为：美的本质不在功用中，而在存在中。里尔克也反对康德以来的审美论，因为他认为，不谈美而谈审美，就好像不谈上帝而谈祈祷。②

三、里尔克的物诗（Dinggedichte）

从上面对里尔克早期艺术思想的评析我们可以清楚地看到，早期的里尔克有一种艺术家天才论的思想，每一个真正的艺术家都是一个小上帝，也就是说小造物主，只要他们活着，他们就永远年轻，永远充满着创造的活力和激情，他们的成长不受历史传统和教育的干扰，他们静静地、孤独地从自己的内在扩展其存在之根。每一个真正的艺术作品都是一个独立的存在，它们使世界的丰富性增加，最后最终极的目的（大全的上帝）将实现。很显然，里尔克的这种艺术思想里包含有神秘主义，原因有二：第一，艺术家如何能够不受历史传统和教育的干扰从自己的内在扩大其存在（原则上讲，这是不可能的）；第二，最终极的目的（大全的上帝）如何能够最后实现，有限相加如何得出无限呢？如果这不是神秘主义，那么里尔克只是表达了一个美好的愿望罢了，它的意义也只能限定在启发的层面上，或者说诗人自我激励的层面上。

1902年27岁的里尔克来到了巴黎，他结识了罗丹，和罗丹的相遇改变了里尔克的生活。罗丹教他用新的目光观察世界。罗丹对里尔克说："你必须观看，我亲爱的，仔细地去观看！"③但是如何仔细地观看，法国人罗丹仿佛并没有清楚地言说，但聪慧的里尔克已经开始仔细地观看了。在1902年11月初的时候，巴黎的天气已经很冷了，据说有雾，里尔克一动不动地坐在巴黎植物园的豹笼前面，他在观察，他在仔细地观察豹的一举一动：行、坐、卧、睡以及进食。这一观察就是十几个小时。然后里尔克离开了植物园，好像是看够了，他回到了自己的旅馆，写下了日后世界文学史上著名的诗歌《豹》④：

---

① 里尔克. 里尔克读本. 冯至，绿原，等，译. 北京：人民文学出版社，2010：352.

② 参见里尔克. 里尔克读本. 冯至，绿原，等，译. 北京：人民文学出版社，2010：352.

③ Barbara Sichtermann und Joahim Scholl, 50 *Klassiker Lyrik*, Gersten Verlag, Hildesheim, 2004, S. 148.

④ 德语原文：*Der Panther*（Im Jardin des Plantes, Paris）Sein Blick ist vom Vorübergehn der Stäbe/so müd geworden, dass er nichts mehr hält. /Ihm ist, als ob es tausend Stäbe gäbe/und hinter tausend Stäben keine Welt. Der weiche Gang geschmeidig starker Schritte, /der sich im allerkleinsten Kreise dreht, /ist wie ein Tanz von Kraft um eine Mitte, /in der betäubt ein großer Wille steht. Nur manchmal schiebt der Vorhang der Pupille/ sich lautlos auf -. Dann geht ein Bild hinein, /geht durch der Glieder angespannte Stille-/und hört im Herzen auf zu sein. (1902/03, aus：Neue Gedichte)

它的目光被那走不完的铁栏

缠得这般疲倦，什么也不能收留。

它好像只有千条的铁栏杆，

千条的铁栏后便没有宇宙。强韧的脚步迈着柔软的步容，

步容在这极小的圈中旋转，

仿佛力之舞围绕着一个中心，

在中心一个伟大的意志昏眩。只有时眼帘无声地撩起。——

于是有一幅图像侵入，/通过四肢紧张的静寂——

在心中化为乌有。①

　　如前所述，此时的里尔克正从罗丹那里学习观察，他把自己的关注点从内在转向了外在，他想像一个雕塑家和画家那样严格地按照自然来工作，不表达在别人那里已经存在的理念(思想)和自己单纯的情绪，把自己沉入客体之中，然后再把客体艺术地创造出来。里尔克自己写道："造出物体，并不是造出雕塑的或写出来的物体，而是造出真实，从手艺中走出的真实。"②

　　关于里尔克的物诗，我们应该避免这样的误解，即认为物诗就是纯粹客观地描写事物。其实从来就不存在纯粹客观的诗。你认为作为物诗经典的《豹》客观吗？"于是有一幅图像侵入，/通过四肢紧张的静寂——/在心中化为乌有。"这样的描写一点也不纯粹客观。虽然里尔克自己也说要严格按照自然来工作，但什么是自然呢？每个艺术家都有自己独特的眼光③，里尔克和罗丹的眼光肯定不一样，罗丹和塞尚的眼光也肯定不一样，显然，对于人类来说，并不存在客观的眼光。为了恰当地理解里尔克的物诗，我们应当仍从他的《论艺术》出发。如前所述，在里尔克看来每个真正的艺术家都是一个小的造物主，这个观点里尔克始终没变，否则他就不说"造出真实"这样的话，只不过早期的里尔克认为创造力的源泉是艺术家的内在，而现在他认为这个源泉是对外物的仔细观察以及把自己沉入客体之中的体验。但无论如何，人们不应该忘了，造出的物并不是那个物本身，更不是那个既存物的简单模仿品。前者对艺术家来说不必要，其实也不可能；后者对艺术家来说太低廉。艺术家的造物是一个新的真实的物，它独一无二，正是这个新的真实的物使我们的世界又丰富了一点。

　　现在我们就可以更好地理解里尔克的《豹》了。里尔克的豹并不是巴黎植物园的那只豹，巴黎植物园的那只豹比里尔克的豹有活力得多，里尔克在写给自己夫人克拉拉的信中

---

　　①　该诗为冯至所译。

　　②　Barbara Sichtermann und Joahim Scholl，50 *Klassiker Lyrik*，Gersten Verlag，Hildesheim，2004，S. 149.

　　③　德国哲学家卡西尔给我们讲了这样一个故事："画家路德维希·李希特在他的自传中谈到他在年轻时在蒂沃利和三个朋友打算画一幅相同的风景的情形。他们都坚持不背离自然，尽可能精确地复写他们所看到的东西。然而结果是画出了四幅完全不同的画。彼此之间的差别正像这些艺术家的个性一样，从这个经验他得出结论说，没有客观眼光这样的东西，而且形式和色彩总是根据个人的气质来领悟的。"(卡西尔. 人论. 甘阳，译. 上海：上海译文出版社，2003：228.)

讲述了这一点。① 而里尔克造出的豹的"目光被那走不完的铁栏缠得这般疲倦，什么也不能收留"。可见，里尔克的豹没有了自由就没有了世界，什么也引不起它的兴趣，进入它眼睛的图像在它心中就化为了乌有。鉴于里尔克的《豹》在世界文学史中的地位，我们不得不说里尔克造物成功了，这只可怜的豹的命运仍搅扰着我们的心，与此同时我们仍惊羡它的力量与优美。从此，世界上多了一只豹，里尔克给我们造的那只豹。也许有人会这样解读《豹》：把被关的豹看成是人类孤独的象征，而铁笼是人类官僚制度的象征，或者说是诗人自己境况的暗喻，也就是说，诗人在这个越来越不直观的世界里失去了感知的能力。当然，我们可以从任意一个角度来解读这首诗，但这样一来，我们确实低估了里尔克的艺术诉求，里尔克并不想把一个已经存在的东西（情绪、境况、事物、理念等）再给它穿上一件语言的外衣，在里尔克看来，这仍然是低廉的复制。里尔克的目的是造物——造出一个独一无二的存在（Seiendes）。

四、对无生命力的语言的批判

语言对于诗人来说，就像石材对于雕塑家，并且只能更重要。里尔克作为优秀的诗人对语言是极其敏感的，在里尔克 22 岁的时候，他就通过一首题为《我那么害怕人们的言语》的诗歌表达了自己对当时言语的不满与恐惧以及自己的反抗，诗句是这样的：

> 我那么害怕人们的言语。
> 他们把一切说得那么清楚：
> 这叫做狗，那叫做房屋，
> 这儿是开端，那儿是结局。我怕人的聪明，人的讥诮，
> 将会是什么，曾经是什么，他们什么都知道；
> 没有什么高山他们觉得更奇妙；
> 他们的花园和田庄紧挨着上帝。躲远点：我要不断警告和反抗。
> 我真喜欢倾听事物歌唱。
> 你们一碰它们，它们就僵硬而喑哑。
> 你们竟把我的万物谋杀。②

是什么样的言语能使一切都摆放得清清楚楚呢？是什么样的言语不再蕴含模糊、奇妙和神秘呢？是什么样的语言认为自己接近上帝的全息呢（他们的花园和田庄紧挨着上帝）？里尔克在这里指的并不是日常言语，因为日常言语远没有里尔克所批评的那样霸道与清晰。里尔克在这里所批评的言语其实是概念化的言语（至少是概念化的日常言语），原因很简单，因为只有概念才有全息性和封闭性的要求（紧挨着上帝），只有概念才要求彻底

---

① 参见 Barbara Sichtermann und Joahim Scholl, 50 *Klassiker Lyrik*, Gersten Verlag, Hildesheim, 2004, S. 148.

② 该诗作于 1897 年，绿原译，笔者对此稍有改动。

清晰的内涵和外延。概念其实是人类高度理想化的东西，就像上帝一样。从发生学上讲，被触动是语词产生的关键。但被触动永远不可能是全息的，被触动永远有着自己的"触点"，那个鲜明的触点就是人类命名的最初冲动，语词产生的出发点，语词的意义就是对这一触点的(精神性的)持拿。因此，概念的产生总是意味着触点式持拿的失落。当语词上升为概念的时候，也就是语词失去自己生命力的时候。概念往往开始于精确，结束于苍白。但是由于概念总是和科学与逻辑为伍，概念就凭空多出了很多的威力，因此，日常言语的领域很快就被它统治了，尽管它还没能实现彻底的管制。

由于概念的统治，现代人基本上已经忘记了既有的语词与触点(持拿)间生动的关联。即使有了新的触点，普通人也失去了恰当地选择语词的能力。与此同时，正因为语词和触点的脱节，人们就愈发相信外延式的概念，最终语言蜕变成了一个苍白的、没有生命力的概念系统，语言成了纯粹的交流工具，语词之间的联系成了(臆想的)逻辑的。也正因为语词和触点的脱节，人类被触动的能力也在退化，因为我们已经很少受到鲜活的语词的滋润(负反馈现象)。外延式的概念束缚了人类被触动的能力。于是人们活在自己用概念构筑的臆想的城堡中，万物(当然)不再歌唱。我们可以这样来改写荷尔德林那句因海德格尔而变得出名的诗句[1]：Kein Ding sei, wo der Begriff herrscht(概念统治之处，无物存在)。

现在我们就很容易理解《我那么害怕人们的言语》的结尾部分："躲远点：我要不断警告和反抗。/我真喜欢倾听事物歌唱。/你们一碰它们，它们就僵硬而喑哑。/你们竟把我的万物谋杀。"这里的"你们"我们可以把它理解成说着概念化言语的人们。

1899年，"真喜欢倾听事物歌唱"的里尔克在对《阳春》的画评中写下了这样的话："而诗人的，我指的真正的诗人的特征恰恰是：使可怜而疲惫的词汇焕然一新，使它们恢复处子之身，年轻而丰饶。"[2]概念因其全息的预设而变得苍白，在苍白的概念下，语词的一切滥用都不再触目惊心，一切都被概念整得疲惫了。而真正的诗人就是要有能力恢复语词的触点式持拿，使语词重新具有生命力，这就是里尔克所说的"使它们恢复处子之身，年轻而丰饶"。

据此，我们也可以这样来解读里尔克的作品，里尔克就是要通过自己的诗作来恢复语词的触点式持拿，恢复语词还没被概念污染前的处子之身。净化语词本身就是在创造语词，再根据荷尔德林式的词与物的关系，因此就是在造物。里尔克确实给我们留下了众多的造物，在《新诗》中，在《马尔特手记》中，在《杜伊诺哀歌》中，等等，这些造物(语词)都给我们留下了永不磨灭的印象。

净化语词(恢复语词的触点式持拿)的首先一步就是不要受大词(苍白的概念)的影响，这个前文我们已经有所分析。第二步就是不要滥用华丽的词汇，如果说没有真正的触动，而去用华丽的词汇堆砌，那么如此产生的作品就比无价值还糟糕了(借用一下托马斯·曼骂人的话)。里尔克虽然是一个新鲜比喻的创造者(这源于他非凡的被触动能力——敏感)，但他绝不是一个华丽词汇的爱好者，里尔克曾嘲笑说："阳春，没有哪一个词像这

---

[1]　荷尔德林的原诗句：Kein Ding sei, wo das Wort gebricht(词语缺失之处，无物存在)。

[2]　里尔克. 里尔克散文. 叶廷芳，选编. 北京：人民文学出版社，2008：173.

个词一样在被人使用和滥用时完全丧失色彩。它心甘情愿地顺从所有的蹩脚诗人和票友，出现在他们的诗句里，显得比那缓慢、庄重的'春'好用得多。"①就像中国人喜欢说"金秋"一样，只要是在正式的场合，凡秋天必是金秋。

也许，对于外国文学的译介者来说，这样的提醒并不多余，即我们在翻译里尔克的诗歌时格外要注意，不要被自己使用华丽词汇的习惯所误导，因为里尔克更喜欢淳朴。② 在我看来，比方说诗歌《秋日》(Herbsttag)的译文大多显得比原文华丽得多。③ "淳朴的生活吧：你的整个生命便会是一首诗。"④

里尔克热爱严肃淳朴的语言，反对矫饰华丽的语言，正因为这样，里尔克甚至对反讽(Ironie，有人译为"暗嘲")的使用都持警惕态度。在《给一个青年诗人的十封信》中里尔克写道："你不要让你被它(反讽)支配，尤其是在创造力贫乏的时刻。……寻求事物的深处：在深处暗嘲(反讽)是走不下去的，——若是你把它引近伟大的边缘，你应该立即考量暗嘲(反讽)是不是发自你本性的一种需要。"⑤在这一点上，里尔克和托马斯·曼很不一样。

我们现在看两首里尔克的短诗，感受一下里尔克的语言，在这里没有矫饰的华丽，只有淳朴的深沉。《死亡很大》：死亡很大/我们是它嘴巴里/发出的笑声。/当我们以为站在生命中时，/死亡也大胆地/在我们中间哭泣。⑥《严重的时刻》：此刻有谁在世上某处哭，无缘无故在世上哭，哭我。/此刻有谁在夜间某处笑，无缘无故在夜间笑，笑我。/此刻有谁在世上某处走，无缘无故在世上走，走向我。/此刻有谁在世上某处死，无缘无故在世上死，望着我。⑦

---

① 里尔克. 里尔克散文. 叶廷芳，选编. 北京：人民文学出版社，2008：173.

② 里尔克早期诗风比较哀婉(pathetisch)，但也从不堆砌华丽的词汇，后来在莎乐美的建议下，里尔克脱离了哀婉，诗风变得沉郁而淳朴。

③ 《秋日》的德文原文：Herr：es ist Zeit. Der Sommer war sehr groß. /Leg deinen Schatten auf die Sonnenuhren，/und auf den Fluren laß die Winde los. Befiehl den letzten Früchten voll zu sein；/gib ihnen noch zwei südlichere Tage/dränge sie zur Vollendung hin und jage/die letzte Süße in den schweren Wein. Wer jetzt kein Haus hat, baut sich keines mehr. /Wer jetzt allein ist, wird es lange bleiben，/wird wachen, lesen, lange Briefe schreiben/und wird in den Alleen hin und her/unruhig wandern, wenn die Blätter treiben. (1902, aus：Das Buch der Bilder)在这里，我们只看两个汉译版本，有兴趣的读者可以自行比较：神啊，时候到了。夏日曾经丰盛。/将你的影投射在日规盘上；/在原野间，散放你的巨风吧！最后的果实，命令它们成熟。/再给它们两天温馨的日子，/让它们完成。同时让果汁的/甜意滴滴渗入浓郁的琼醪。没有居屋的，将不再建造。/原是孤单的，就此孤单下去；/念书，写信，或是苦守长夜，/他将久久徘徊，在林荫道上/飘零无尽的落叶间。(程抱一译)主啊：是时候啦，夏季的光热多奇伟，/如今你的影子躺在日规上，/任无羁的风在平原上吹。吩咐最后的果子充满汁液，/给它们再多两天南方的温暖，/催它们成熟，把最后的/甜味，给予浓烈的酒。没有房屋的人，谁也不为他建筑，/孤独的人会长久寂寞，/会在无眠的期待中读书、写长长的信，/会在秋风蹂躏枯叶的街巷里/不安地踱来踱去。(陈敬容译)

④ 里尔克. 里尔克散文. 叶廷芳，选编. 北京：人民文学出版社，2008：173.

⑤ 里尔克. 里尔克读本. 冯至，绿原，等，译. 北京：人民文学出版社，2010：360.

⑥ 里尔克. 里尔克精选集. 李永平，编. 北京：北京燕山出版社，2003：66.

⑦ 里尔克. 里尔克精选集. 李永平，编. 北京：北京燕山出版社，2003：61. 略有改动.

五、对力量与大全的渴求

里尔克是流俗和平庸的坚决反对者。很多在里尔克身上看似矛盾的东西，只要我们从他的力拒流俗和平庸的生命观(艺术观)来理解，一切也都会豁然开朗。里尔克思想敏锐，无疑是一个深刻的人，但里尔克更加是一个追求深刻的人，这种深刻意味着宽广(大全，但这种大全不是处处都清晰的大全)、意味着力量、意味着真实，哪怕它是令人感觉恐怖的。追求深刻和反对平庸在里尔克那里是一枚硬币的两面。我们在前面已经看到，里尔克是多么憎恶无生命力的苍白语言，憎恨矫饰华丽的语言，把它们说成是万物的谋杀者(你们竟把我的万物谋杀)；同时里尔克为了更加深刻，万分虔诚和虚心地向罗丹学习观看，由于惊羡于大师的雕塑作品，里尔克连大师的工作方式都要学习。"toujours travailler"(法语：不停地劳动)成了里尔克追求的艺术生活境界。里尔克的《马尔特手记》是他不甘流俗的又一明证。《马尔特手记》在结构形式上已经非同寻常了，它或许是一篇散文诗，或许是一篇现代派小说，或许什么文体也不属于，它就是一个独特的文学存在。而《手记》从内容上会让像席勒这样的古典大师目瞪口呆。平衡、和谐这样的古典气味荡然无存，一切都是反流俗的"非同寻常"，时不时散发出波德莱尔的《腐尸》①的气息。里尔克用极其深刻、细致的笔法描写这个喧嚣且浅薄的世界。在《手记》中，里尔克借助马尔特之口自问自答地揭露流俗的浅薄："除了人类已有的发现和进步，除了已有的文化、宗教和关于世界的智慧，我们的生活仍然停留在表面上，这是可能的吗？人类甚至将这无论如何还有某种意义的表面遮上一层乏味得令人难以置信的东西，致使这表面变得像暑假期间社交沙龙里摆放的家具，这可能吗？是的，这是可能的。"②是的，这肤浅的一切都是可能的，对此里尔克觉得难以忍受，有时候里尔克觉得连天空都是空洞无聊的，他在给莎乐美的信中这样写道："这真是一块覆在已逝年华上面的天空，空洞、被榨干、被遗弃，其中的甘甜早已被吮尽，只剩下一块空壳。"③

在普通人看来，里尔克在追求深刻方面已经到了疯狂的地步，比方说他刻意地追求孤独寂寞，认为"最孤独者恰恰占有共同性的最大分量"。④艺术品都是源于无穷的寂寞，因此艺术家要爱自己的寂寞，周围的人同你疏远只意味着你自己独立的范围扩大。⑤里尔克追求艰难，因为在里尔克的生命观里，人在艰难中就会得到更多的深刻的真实，艰难使人

① 在这里我们可以看一下波德莱尔《腐尸》中的一些诗句，或许借此我们可以更好地理解里尔克的"造物"不分美丑的思想。《腐尸》：爱人，想想我们曾经见过的东西，/在凉夏的美丽的早晨；/在小路的拐弯处，一具丑恶的腐尸/在铺石子的床上横陈，两腿翘得很高，像个淫荡的女子，/冒着热腾腾的毒气，显出随随便便、恬不知耻的样子，/敞开充满恶臭的肚皮。太阳照射着这具腐败的尸身，/好像要把它烧的熟烂，要把自然结合在一起的养分，百倍归还伟大的自然。该诗为钱春绮译。这种"归还"的思想在里尔克的诗歌、散文中也有表现。
② 里尔克. 马尔特手记. 曹元勇，译. 上海：上海译文出版社，2011：26.
③ 里尔克. 里尔克散文. 叶廷芳，选编. 北京：人民文学出版社，2008：210.
④ 里尔克. 里尔克读本. 冯至，绿原，等，译. 北京：人民文学出版社，2010：350.
⑤ 参见《给一个青年诗人的十封信》的第三封和第四封.

不至于漂浮于肤浅的表面，艰难使人认清人生的苦难。艰难是生活的真谛。里尔克认为，生活本身就是艰难的，生活的义务就是去爱艰难，爱也是艰难的。在《一次晨祷》（1905）中，里尔克这样写道："走进你自己的心，建造你的艰难。你若如一块随四季变换的土地，那么，你的艰难在你心中应如一间房屋。"①同样里尔克也拥抱晦暝，因为他认为，晦暝的时刻和艰难的时刻一样都会给人们提供摆脱平庸的契机，使人更加深沉，为人打开新的生命空间，如诗人在诗歌中所说的那样：

> 我爱我生命中的晦暝时刻，
> 它们使我的知觉更加深沉；
> 像批阅旧日的信札，我发现
> 我那平庸的生活依然逝去，
> 已如传说一样久远，无形。我从中得到醒悟，有了新的
> 空间，去实践第二次永恒的
> 生命。有时，我像坟头上的一棵树，
> 枝繁叶茂，在风中沙沙作响，
> 用温暖的根须拥抱那逝去的
> 少年；他曾在悲哀和歌声中
> 将梦失落，如今我正完成着
> 他的梦想。②

出于差不多和上面类似的理由，里尔克也深爱黑暗，但他赋予黑暗更高的价值与期许，因为他认为黑暗更强大、更深刻，黑暗的内涵与外延都没有清晰的边界，而在黑暗里却孕育着伟大而非凡的力，这个力可以荡涤一切平庸。在这里也许我们看到了一丝尼采的影子。里尔克把黑暗当成自己的本原，他信仰黑暗。里尔克在《黑暗啊，我的本原……》中这样写道：

> 黑暗啊，我的本原，
> 我爱你胜过爱火焰，
> 火焰在一个圈子里，
> 发光，因此给世界加上了
> 界限，出了圈子
> 谁还知道有火焰。然而，黑暗包罗万象：
> 物件、火焰牲畜和我，
> 以至于一切的一切，
> 还有人类与强权——很可能：一种伟大的力

---

① 里尔克. 里尔克散文. 叶廷芳, 选编. 北京：人民文学出版社，2008：189.
② 该诗题为《我爱我生命中的晦暝时刻……》，杨武能译。

正在我近旁萌动，繁衍。我信仰黑暗。①

光明(火)是有限的，而黑暗是无限的，在这里，萦绕在里尔克心头的东西和萦绕在许多其他德国伟大人物心头的东西其实是一样的——那个无限的孕育着力的大全，只不过在里尔克这里多了不少幽暗难测的气息。

　　里尔克的深刻是如此之深，以至于他经常一个人孤独地地行走于恐怖的边缘。善恶的界限模糊不清了，美丑的界限暗淡了，仿佛为了深刻与力量，他随时都可以与魔鬼订立盟约。在《杜伊诺哀歌》中里尔克有这样的诗句："因为美无非是我们恰巧仍能忍受的恐怖之开端，/我们之所以惊羡它，/则因为它宁静得不屑于摧毁我们。"②多么沉郁有力的诗句，但也是多么令人恐惧的诗句。古典的美学家看到这样的对美的理解该如何感想呢？但也许正是里尔克的这种敏感、不甘流俗而又同时追求深刻和力量的性格导致他晚年颂扬墨索里尼的统治，或许他在墨索里尼的政治诺言中看到了他所期望的深刻和力，至少他在其中看到了完成他的期望的契机。里尔克太爱深刻了，谦虚且幼稚地爱着深刻，以至于被一个浅薄的、但爱玩弄深刻的政客骗了，就像一个贪财的老太太出于占小便宜的心理容易被低劣的"发财骗术"蒙骗一样。

　　最后，让我们读一首里尔克写波德莱尔的诗，里尔克非常喜欢波德莱尔，或许从这首诗中，我们可以窥见他自己作为一个诗人的自我理解。

波德莱尔③

世界在人人身上分崩离析，
唯有诗人才将他加以统一。
他把美证明得闻所未闻，
但因他本人还要颂扬把他折磨的一切，
他便无止境地净化了祸根：

于是连毁灭者也变成了世界。

---

① 该诗由杨武能译。
② 里尔克. 里尔克读本. 冯至，绿原，等，译. 北京：人民文学出版社，2010：93.
③ 这首诗写于 1921 年，写在波德莱尔《恶之花》的德译本上，绿原译。

第十二讲

德国法兰克福学派的批评理论

一、法兰克福学派

法兰克福学派（Die Frankfurter Schule）是由德国法兰克福大学社会研究中心的一群社会科学学者、哲学家、文化批评家所组成的学术群体。它的名称来源于法兰克福大学社会研究所，该研究所创办于1923年，希特勒上台后曾先后迁往日内瓦和巴黎，第二次世界大战爆发后迁往纽约，"二战"结束后，部分成员返回联邦德国重建研究所，部分成员仍留在美国继续从事社会政治理论研究。

法兰克福社会研究所1923年由费力克斯·魏尔所资助和创立，魏尔的父亲是一名成功的商人，他本人在法兰克福大学完成博士学位，师从著名的社会经济学家韦伯。1922年，魏尔在父亲的支持下，向法兰克福大学提交了一份《关于创建社会研究所的备忘录》的提议，他在提议中将研究所的目标设定为"在总体上认识和理解社会生活"，所谓"在总体上"，是指从经济基础到社会观念再到上层建筑，研究涵盖社会的各个方面，提议还强调研究工作要"独立于政党和政治的考虑之外"，保持学术思想的独立性。1923年年初，普鲁士政府正式批准成立法兰克福大学社会研究所，并明确规定这是一个教学科研机构。研究所逐渐汇聚了一批卓有成就的学者，参加研究所工作的有哲学家、社会学家、经济学家、历史学家和心理学家。1930年，霍克海默担任研究所所长，在他近30年的出色领导下，法兰克福学派在西方思想界脱颖而出，成为西方马克思主义理论史上最大和独具特色的学术流派。霍克海默担任社会研究所所长，代表法兰克福学派独特研究模式的形成，他继承了前任们注重经验、讲求实际的作风，并在具体经验研究的基础上力求认识整个社会进程，反复申述并贯彻研究所批判理论的总意向。他的卓识远见使法兰克福学派人才涌现，如早期的主要代表人物本雅明、阿多诺、布洛赫、克拉考尔等。

法兰克福学派的发展过程可以分为以下四个主要阶段：

1. 1923—1932年为创立期。1930年霍克海默接任所长，吸收哲学家、经济学家、心理学家、政治学家、历史学家和文艺理论家进所。以现代资本主义社会为对象，主要从事社会哲学研究，出版《社会研究杂志》，法兰克福学派就此诞生。

2. 1933—1949年为流亡期，也是发展期。1933年希特勒上台后，研究所被迫迁往日内瓦和巴黎，并于1934年迁到纽约哥伦比亚大学，20世纪40年代初，研究所又迁到加利福尼亚大学。此期间，该学派以法西斯主义、大众文化等作为重要研究课题，写了大量著作，创立了具有自己特色的社会哲学理论。

3. 1950—1969 年为昌盛期，1949 年霍克海默、阿多诺等回到法兰克福大学，重建社会研究所，出版《法兰克福社会学丛刊》，马尔库塞、弗洛姆等留在美国，创立了发达工业社会理论。20 世纪 60 年代起，该派成为西方哲学社会学重要流派之一，并在美国和西欧的知识青年中产生了较为广泛的影响，对 1968 年的"五月风暴"起了先导作用。

4. 20 世纪 70 年代起为瓦解期。随着老一代成员霍克海默、波洛克、阿多诺、马尔库塞、弗洛姆等相继去世，学派内部理论分歧加深，分为左右两派，导致哈贝马斯、奥菲等人离开社会研究所，法兰克福学派整体上趋于瓦解。

法兰克福学派是以批判性方向著称的社会哲学流派，所谓社会批判理论，一般认为，是一种关于国家和垄断资本主义新阶段的理论，它着眼于哲学、社会理论和文化批判之间的关系，并且对社会现实提供一种系统的分析和批判。1931 年，法兰克福学派的代表人物和领导者霍克海默在题为《社会哲学的现状和社会研究所的任务》的就职演说中指出，社会研究所的任务是建立一种社会哲学，它不满足于对资本主义社会进行经济学和历史学的实证性分析，而是以"整个人类的全部物质文化和精神文化"为对象，揭示和阐释"作为社会成员的人的命运"，对整个资本主义社会进行总体性的哲学批判和社会学批判。霍克海默明确地把哲学的社会功能界定为对现存的批判，他说："哲学的真正社会功能在于它对流行的东西进行批判。这种批判的主要目的在于，防止人类在现存社会组织慢慢灌输给它的成员的观点和行为中迷失方向。必须让人类看到他的行为与其结果间的联系，看到他的特殊的存在和一般社会生活间的联系，看到他的日常谋划和他所承认的伟大思想间的联系。"[1] 1937 年，霍克海默在《传统理论与批判理论》一文中，第一次使用了"社会批判理论"一词，认为"批判理论"与"传统理论"在思维方法、逻辑结构和社会结构等方面存在着一系列的不同点：传统理论和批判理论是有本质区别的，"传统理论"把自己置于现存社会再生产的专门化劳动过程中，旨在帮助社会的再生产过程；而"批判理论"则把自己置于资本主义再生产过程和现行劳动分工的限制之外，使人意识到资本主义社会的基本矛盾，旨在推翻这个社会的再生产过程。"传统理论"的研究方法是立足于经验实证研究的方法，"批判理论"是一种立足于对社会制度和文化进行整体反思和观照的研究方法。"传统理论"的实证主义从固定不变的既定事实出发，得出同现存社会秩序相调和的"顺从主义"的结论；而"批判理论"则认为自己的主要目的是破坏一切既定的、事实性的东西，证明它们是不真实的，所以，它是作为一种否定的理论出现的，而创新常常和否定性、批判性的思维方式有关。[2] 法兰克福学派的社会批判理论对现代社会文化研究作出了巨大贡献，有评述家认为，"不研究和理解法兰克福学派的社会批判理论，就不可能十分全面与深刻地理解 20 世纪人类文化精神的演进"。[3]

法兰克福学派批判理论的重要理论武器是来自于马克思的"异化"理论和卢卡奇的"物

① 霍克海默. 批判理论. 重庆：重庆出版社，1989：250.
② 霍克海默. 批判理论. 重庆：重庆出版社，1989：250.
③ 衣俊卿，等. 20 世纪的新马克思主义. 北京：中央编译出版社，2001：164.

化"理论,我们可以简单地称之为"两化"。按照马克思的说法,所谓"人类的异化"就是,在资本主义条件下,劳动对工人来说成了外在的东西,也就是说,不属于他本质的东西。工人在自己的劳动中不是肯定自己,而是使自己的肉体受折磨,精神受到摧残。劳动不是满足生活本身的需要,而是满足生活以外的需要的一种手段,比如为了获取金钱利益而劳动。劳动的异化性质明显地表现在,只要肉体的强制或其他强制一停止,人们就会像逃避鼠疫那样地逃避劳动。异化劳动导致的结果是,"无论是自然界,还是人的精神的类能力,变成对人来说是异己的本质,变成维持他个人生存的手段。异化劳动使人自己的身体,同样使在他之外的自然界,使他的精神本质,他的人的本质同人相异化"。马克思在《1844年经济学哲学手稿》中,论述了劳动异化的四种形式或规定性,即劳动产品的异化、劳动活动本身的异化、人的类本质的异化和人与人的异化。法兰克福学派高度评价了马克思的异化理论,认为这是马克思学说的核心思想,但他们同时也认为,马克思的异化理论更多看到的是生产过程的异化,而没有注意到当今时代同样被异化的消费过程。法兰克福学派则强调异化的"多面性和无所不在性",异化表现在生产过程、生产关系和意识形态上,还表现在人和自然以及人和自身的关系上,在发达的资本主义社会,异化的消费过程逐渐浸透到人们的灵魂中,形成全面异化的"消费主义"世界,对人的自我思维和批判意识产生致命的影响。

另一个对法兰克福学派产生重大影响的核心人物是卢卡奇。卢卡奇被誉为西方马克思主义的创始人,他在《历史和阶级意识》一书中明确表述了西方马克思主义一个最重要的主题,即对发达工业社会的文化批判。他的"物化"理论同马克思的"异化"理论在本质上是一致的,都是对现代人生存困境的文化批判。卢卡奇把"物化"现象同资本主义的商品生产紧密联系起来,他认为,资本主义商品经济所具有的拜物教本质导致了"物化"现象的产生,而资本主义商品经济的发展则使"物化"现象不断加剧,商品结构中物的关系掩盖了人的关系,或者说,它使人的关系变成了一种物的关系。和传统的生产方式不同,在资本主义社会,生产分工愈加细化,人的职业分工也越来越专门化,人逐渐变成机械大生产系统中的一个组成部件,失去其独立性和独特性,能够随时被另一个有相同作用的组件所代替。此外,由于局限于工业生产的狭隘分工之内,人社会生活的总体性因此变得分裂,从而失去对整个社会的全面把握。另外,在社会消费活动中,传媒广告和意识形态的推波助澜,商品交换急速发展,消费活动刺激了人的"虚假需求",人完全满足于商品交换所带来的利益获得,人的精神和灵魂被物质产品所控制,从而迷失了真正的自我,失去对社会现实进行批判和改造的能力。商品和人之间形成一种悖论,商品作为人的劳动产品,虽然能为人带来便利,但另一方面,它们又成为独立于人,甚至反过来控制人的东西,人变得依赖于物,甚至为物所驱使。卢卡奇把以资本主义商品生产为核心的社会称为"第二自然",而把不以商品生产交换为核心的社会称为"第一自然",只有在第二自然中,人才被物化,商品形式成为社会的统治形式,人由此陷入物化结构当中,只有打破这样一种物化的自然才能真正恢复人的主体性,获得人真正的尊严。法兰克福学派继承了这些理论资源,把批判对象定位于一切束缚人和统治人的异化力量或物化力量,马尔库塞甚至认为,判断一个社会好坏的标准只有一个,就是看生活在这个社会里人的人性是实现了还是异化了,在社会中,人的本质、人与人的关系、人与自然的关系是否被不同程度地"物化”和“异化”了。

法兰克福学派的社会批判理论深刻地影响了西方的文化研究，例如，它对社会传媒的批判在西方传媒研究中作出了历史性的突出贡献，可以毫不夸张地说，西方传媒批评的理论基础和核心内容，是以法兰克福学派为代表的传媒批判理论，而法兰克福学派著名的文化工业理论，则被视为大众文化研究的经典和理论基础。不难发现，在当代的文化评论中，批判理论的踪迹随处可见，结构主义、符号学、意识形态理论、女性主义和后现代主义文化理论中都可以见到它的踪影。法兰克福学派的批判理论对大众文化与个人、国家的关系，消费与意识形态的关系等诸多问题，从其创新的否定和批判视角，都做出了独到而敏锐的阐释。

二、本雅明及其文艺思想

1. 本雅明其人

瓦尔特·本雅明（Walter Benjamin，1892-1940），出身于一个富有的犹太家庭，1912年进入弗赖堡大学攻读哲学，后又在慕尼黑大学、伯尔尼大学就读，获得博士学位。第一次世界大战期间，本雅明结识了马克思主义哲学家布洛赫，开始阅读马克思、恩格斯的著作，接触到马克思主义文艺理论，1927年他加入法兰克福学派。希特勒上台后，本雅明被迫流亡，辗转于法国、丹麦和西班牙。流亡期间，本雅明一边过着颠沛流离的生活，一边创作了大量的文学文化评论，如《经验与贫乏》、《作为生产者的艺术家》、《弗兰茨·卡夫卡》、《机械复制时代的艺术作品》、《关于波德莱尔的几个主题》、《关于历史的概念》等。在本雅明最贫困艰难的时候，阿多诺为其提供了持续的帮助和支持，社会研究所则定期为本雅明提供经费，让他专心从事研究。1938年1月，法兰克福学派已迁往美国，本雅明和阿多诺在意大利最后一次见面，阿多诺让他也逃往美国，本雅明拒绝了阿多诺的邀请。德军占领法国后，本雅明为逃避盖世太保的迫害，计划从法国边境越过比利牛斯山脉逃往西班牙，但遭到西班牙政府的拒绝，由于害怕被强制遣送回德国，落入法西斯反动政府手中，1940年9月29日，本雅明在西班牙一边境小镇深夜服药自杀，结束了自己漂泊的一生。

本雅明的学术研究范围相当广泛，涉及宗教、哲学、历史、语言、文艺史、文艺批评诸多领域，其思想大多独树一帜，不落俗见，他在研究文艺现象时所表现出的敏锐判断力令人惊叹，因此有评论者称之为“20世纪最伟大的写手”。本雅明用自己的作品建立了一种将哲学沉思、诗性体验以及宗教神秘主义融为一体的写作范例，其主要代表作品有《德国悲苦剧的起源》、《发达资本主义时代的抒情诗人》、《单向街》、《机械复制时代的艺术作品》、《历史哲学论纲》等。本雅明的主要理论术语有灵韵、机械复制、震惊的现代审美体验等。

2. 本雅明的文艺思想

1）传统艺术的审美形态：“灵韵”

"灵韵"（Aura），或译为"灵光"、"韵味"、"光晕"、"辉光"，是本雅明思想中的重要概念。在《机械复制时代的艺术作品》一书中，本雅明用"灵韵"这一概念区分古典艺术和现代大众艺术，并阐发他的大众文化研究思想。本雅明并未给"灵韵"一个明确的定义，它的含义复杂而模糊，同距离感、崇拜价值、本真性、自律性、独一无二性都有联系，用来泛指古典艺术作品一种独特的存在，代表传统艺术的审美特征。

在很长时间以来，艺术被看做是神圣和高贵的。柏拉图说，艺术是代神说话。如果从艺术的起源来说，西方学者们普遍所接受的是艺术起源于巫术或宗教仪式，本雅明也是持这种观点的，他认为，"最早的艺术作品起源于礼仪——最初是巫术礼仪，后来是宗教礼仪"，在艺术创作过程中，创作者对灵感的重视以及中世纪神学与艺术的关系，这都使艺术沾染了一种不可名状的神秘气息。"灵韵"就是指这种带有神秘感的艺术体验，它也是一种有距离感的、独一无二的本真显现。本雅明借自然现象的"氛围"来说明艺术品的"灵韵"，"夏日午后，悠闲地观察地平线上的山峦起伏或一根洒下绿荫的树枝——这便是呼吸这些山和这一树枝的'氛围'"。"时空的奇异纠缠：遥远之物的独一显现，虽远，犹如近在眼前。静歇在夏日正午，沿着地平线那方上的弧线，或顺着投影在观者身上的一截断枝，直到'此时此刻'成为现象的一部分——这就是在呼吸那远上、那树枝的灵光。"①显然，艺术品的灵韵与其此地此刻性或其独一无二性以及由此所延伸出来的神秘感、权威性这些氛围都密切相关。

传统艺术作品的"灵韵"还表现在人们对它膜拜式的审美体验中，人们对艺术品凝神观看，注入崇拜或者敬畏的情感，艺术品呈现的是其膜拜功能。"古代的维纳斯雕像，在古希腊所处的传统背景不同于在中世纪所处的传统背景，古希腊人奉它为崇拜的对象，而中世纪的神职人员则视之为邪恶的偶像。可见它们二者都面临它的独特性，即它的辉光。艺术最初在传统中的背景综合体现在崇拜仪式中。我们知道最早的艺术作品起源于为仪式功能——先是为巫术仪式，后来为宗教仪式——服务。带有辉光的艺术作品的存在从来就不完全与其仪式功能相割裂。换句话说，'原真的'艺术作品的独特价值体现在仪式当中……"②可见，"灵韵"不仅是传统艺术品的属性，也体现出大众与艺术品主客体之间的审美体验关系。

随着革命性复制手段的出现，传统艺术面临显而易见的危机。传统艺术作品的"当时当地性"、"独一无二性"构成环绕该作品的灵光圈；但现代技术如印刷、摄影等，却可以使作品无限多地被复制，这样，原作的本真性、唯一性和权威性就消失了。"真正的艺术作品可能不会被触动，但艺术品存在的质地却一再贬值"，环绕它的灵光也就消失了。艺术的接受方式也发生了变化，从侧重膜拜价值的凝神观照式的接受方式转变为侧重展览价值的消遣性的接受方式。本雅明认为，凝神观照的人沉湎于作品之中，而进行消遣的大众则超然于艺术品，沉浸在自我之中。艺术原有的功能与价值发生了变化，它原有的膜拜价值(对它独一无二性和"灵韵"的膜拜)，被展示价值所取代。

① 本雅明. 迎向灵光消逝的年代—— 本雅明论艺术. 许绮玲，林志明，译. 南宁：广西师范大学出版社，2004：32.

② 拉曼·塞尔登. 文学批评理论. 刘象愚，等，译. 北京：北京大学出版社，2003：457.

2）机械复制时代与"震惊"

人类在传统社会之后，进入了一个新的艺术时代，即机械复制时代。机械复制艺术指用先进技术、机械复制手段进行大量复制的现代艺术作品。古希腊时期，所有艺术作品都是独一无二的，从木刻、陶器到青铜器，都是无法进行技术复制的。随着现代印刷（画报）和照相摄影（有声电影）等复制技术的发展，艺术领域的机械复制达到了登峰造极的地步。据本雅明自己介绍："1900年前后，技术复制所达到的水准，不仅使它把流传下来的所有艺术品都变成了复制对象，使艺术品的影响经受最深刻的变革。"技术复制品具有以下特点：首先，技术复制可以克服原作的时空局限性，它可以把摹本带到原作无法到达的地方，创造更多欣赏的便利性；其次，技术复制是借助一定技巧对原作进行创造性的模仿，例如运用照相术来突出原作的不同侧面，因此，技术复制品也具有一定程度的独立性，成为另一种艺术的创作方式；最后，技术复制艺术提高了大众参与的可能性。传统艺术的创作主体仅由少数人组成，在技术复制时代，人们不仅能作为艺术的旁观者，也可以直接参与到复制艺术中去。

机械复制导致艺术品功能的转变，例如，古希腊的艺术雕像是用来膜拜的，是独一无二的艺术品，但是，复制技术使得艺术品大众化，满足了大众接近艺术品的愿望，同时，艺术品的膜拜价值消失，取而代之，其展览的价值得以实现。机械复制艺术摧毁了艺术的灵韵和其独一无二性，但却让它更贴近大众的现实生活。本雅明认为，对艺术作品的观照态度也在机械复制时代发生了变化，从对艺术品的定心宁神的崇拜变成了心神涣散的消遣，但是，和那些嘲笑大众找消遣的学究相反，本雅明并不一味贬低艺术品的娱乐价值，他旗帜鲜明地肯定"艺术就是要提供消遣"，并宣布说，消遣将会在所有艺术领域中越来越受到推崇，今天的社会发展状况完全印证了他的预言。

以机械复制为主导的现代艺术，给我们带来的是另一种审美体验——震惊（Shock）。本雅明的震惊理论直接来源于弗洛伊德的精神分析学说，从心理学上看，当外部的能量刺激突然闯入无意识领域，以至于人的内在"经验"对这一不速之客感到如此陌生，便会陷入束手无策的尴尬与惊讶之中，"生命组织力求维护一种内外能量特殊的转换形式，以抵制外部能量的过度刺激"，于是，"震惊"体验就产生了。简而言之，"震惊"就是人在陷入外界事物或能量的强大刺激时，毫无思想准备的心理反应。

电影是现代震惊艺术的典型代表。本雅明有一句名言，用来描绘电影通过视觉技术引起"震惊"的心理效果："灵光在震惊中四散开来。"它的意思是，在观看电影时，审美对象的灵韵消失，震惊成为主要的审美经验，这种审美方式是与电影独特的影像技术密切联系的。电影通过片断、零散的镜头、画面的蒙太奇转换，以一种猛烈的方式进入现实。本雅明将摄影师与画家的关系形象地比喻为外科医生与巫医的关系，巫医治疗时保持着与患者的天然距离，而外科医生的手深入到患者体内，同样，画家在作画时观察着眼前的事物，保持天然的距离，而摄影师则通过摄像机深入现实，并运用剪辑拼接等技术方法给人留下更深刻、更有导向性的视觉印象。电影中特写镜头的运用使观众突破狭窄的日常环境，延伸了空间感，而慢镜头则呈现了熟悉的主题中"完全陌生的运动"，延伸了时间感，展示出人的眼睛无法捕捉的运动瞬间，丰富了我们日常的无意识视觉世界，这些技术手段在观众中都可以引起"震惊"的心理效果，达到特定的"激励民众"的政治功能。因此，本雅明把电影看做是人类艺术活动的一次革命，他高度地肯定了电影的意义，并热情地断言：
"对当代人来说，电影对现实的表现远比绘画更有意义。"

本雅明进一步阐明，"震惊"的审美体验并不仅限于电影和现代艺术，震惊已成为现
代大都市普遍的感知模式。传统的经验结构已发生改变，大都市"文明大众的标准化、非
自然化的生活所表明的经验"已取代了传统的自然化的、人化的、和谐的生活经验，这种
现代的都市生活带给人们的是惊颤的感觉，这种体验在高度发达的资本主义都市司空见
惯，本雅明列举了一系列的现象来说明这种"震惊"体验：现代社会的许多技术发明，例
如闹钟、电话、照相机等都给人带来惊异之感，正如本雅明所说，"手突然一动就能引起
一系列运动"；另外，大都市中熙熙攘攘的来往人群，擦肩而过所带来的碰撞与惊恐感
觉；还有，每天的新闻报道，同样也带给人"震惊"的体验，缺乏必然联系的单条新闻共
存于一张报纸之内，新闻报道把发生的事情分离并孤立起来，传统经验所奠定的讲故事的
艺术被诉诸感官的新闻报道所代替，受众和传统经验割裂开来，面对着铺天盖地、源源不
断的新闻信息，每时每刻都在不停地刷新着过去，不断陷入"震惊"之中。因为现代社会
的刺激感受太过频繁，传统经验日益萎缩，人们对"震惊"体验已经见怪不怪，变得麻木
和"机器化"了。"震惊"后的麻木适应是一种人的异化表现，在异化中达到与现实的认同，
并可悲地将"震惊"自然化乃至永恒化。

本雅明敏锐的观察力和天才的感受力，使他独到地发现了现代社会的机械复制特点和
现代艺术的震惊审美体验，但和后来阿多诺对文化工业的批判态度不同，他对此持一种不
反对的态度："机械复制在世界历史上第一次把艺术作品从它对仪式的寄生式依赖中解放
出来了。在很大程度上，复制的艺术品变成了为复制性所设计的艺术品。"[1]在这里，本雅
明流露出些许的技术主义倾向，但确凿无疑的是，他的思想为法兰克福学派后期的文化批
判提供了极大的灵感，为他们指引了方向。

三、阿多诺及其思想

1. 阿多诺其人

阿多诺（Theodor WisengrundAdorno，1903-1969），德国著名哲学家、美学家，法兰
克福学派最重要的代表。托马斯·曼称他是当今产生影响的最精妙、最敏锐和最有深度的
头脑之一。霍克海默说，在我们这个过渡的时代，如果有哪个有才智的人应该有"天才"
这个名称的话，那就是阿多诺。阿多诺在哲学、美学、社会学、音乐理论等领域都有卓越
贡献，其主要著作有《启蒙辩证法》（1947），《新音乐哲学》（1949），《多棱镜：文化批判
与社会》（1955），《否定的辩证法》（1966），《美学理论》（1970）等。

1903 年，阿多诺出生于法兰克福一个富裕的犹太酒商家庭，母亲是一位享有世界声
誉的歌唱家，一直住在他们家的一个姨妈是钢琴家，因此，阿多诺从小受到音乐的熏陶。
阿多诺的姓氏随母亲，也继承了母亲的音乐才华，他专门去维也纳学过音乐，能作曲，能

---

① 拉曼·塞尔登. 文学批评理论. 刘象愚，等，译. 北京：北京大学出版社，2003：457.

娴熟地演奏钢琴，所写的音乐评论也非常著名。阿多诺自幼便聪慧过人，曾在学校连跳两级，1921 年，他以班上第一名的成绩通过中学毕业考试。15 岁阿多诺就开始接触哲学，每个星期六的下午，和朋友一起阅读康德的《纯粹理性批判》一书。1921 年，阿多诺进入法兰克福大学，学习哲学、音乐学、心理学与社会学专业。在这段时期，他结识了法兰克福学派的核心人物，也是他最重要的学术伙伴霍克海默，两人成为终身的学术挚友，同时，他也认识了学识渊博的犹太博士本雅明。1925 年，阿多诺来到音乐之都维也纳，师从贝尔格学习音乐，认识了以勋伯格为首的新音乐作曲家圈子，勋伯格的"无调性音乐"对他产生了重大的影响。1927 年，他又回到法兰克福继续他哲学学业。1931 年，阿多诺在蒂利希的指导下完成了题为《祁克果：美学的建构》的大学授课资格论文，由此进入法兰克福大学任教。1933 年，因为父亲是犹太人，他被禁止授课。1934 年，他移民到英国，被牛津的默顿学院所接受，但是，在英国，阿多诺很难适应，在当时的英国哲学家中，只有极少人愿意接纳他的辩证法思想。因此，1938 年，阿多诺接受已经移民美国的霍克海默的邀请，加入哥伦比亚大学的法兰克福社会研究所。在美国的 11 年期间，阿多诺先在普林斯顿大学教授音乐，后期在加州大学伯克利分校教授社会哲学，并与霍克海默合作，撰写了著名的《启蒙辩证法》一书，在这段时间里，阿多诺建立了自己的思想体系——否定的辩证法。1949 年，阿多诺结束了他在美国的流亡生活，和霍克海默一起返回德国，重建社会研究所，并担任副所长，5 年后担任所长。1969 年，他受到学生运动冲击，四个月后因心脏病发作于瑞士去世。

2. 阿多诺的思想

1）启蒙的悖论

霍克海默与阿多诺合著的《启蒙辩证法》，是法兰克福学派最具代表性、影响最广泛的著作之一。该著作通过对德国法西斯主义的追踪批判，考察了法西斯和一切极权思想产生的历史根源及其具体的历史形式和机制，对浸透在近现代文明中的启蒙精神予以辩证的反思，进而对现代工业社会征服自然的掠夺式生产方式以及由此带来的扼杀个性和自由的技术统治、文化工业、道德衰败、反犹主义予以广泛而深刻地分析和批判。

德语中启蒙一词为"Aufklärung"，意为光亮穿透阴霾，亦即心智之光驱散黑暗愚昧，扫除迷信无知。启蒙运动发生于 17 至 18 世纪的法、英、德、意、美各国，宽泛意义上的启蒙，指的是现代思想或哲学的整个计划，往上可追溯到文艺复兴，往下可延伸至 19 世纪的哲学，乃至今日。启蒙运动是对中世纪旧制度的价值观和思想体系的一系列哲学角度的抨击，它被认为是现代性的发端，在此基础上产生了新哲学和现代价值体系。启蒙运动导致人们心理经验的性质发生了根本性的变化，过去中世纪典型的心理结构在启蒙时代逐渐被新的心理经验所取代，也就是说，人们对外部客观世界的感知完全改变了。在古代初民的观念中，心灵与自然是内在一致的整体，没有主体与客体、肉体与心灵、精神与物质的分割，原始人类崇拜和敬畏自然神灵，绝不敢妄称驾驭自然；古希腊思想家也大多认为心灵与肉体不可分割，同属一体。而自启蒙运动和 17 世纪的科学革命以来，一切事物都获得了科学研究的可能性。更为重要的是，笛卡尔的主体论将主体和客体对立起来，主客二分代表着人类认知的进步，它创立了近现代科学的基础，但同时也直接成为人类中心主义的思想根源。启蒙思想家们相信，宇宙的运行依照某些确定无疑的法则，人类运用理性就能揭示这些法则的结构，认识这些法则能进一步增进对宇宙和人性的了解，能更有力地控制自然和社会环境。他们强调作为认识者的个人，强调个人理性的突出作用。在启蒙对宗教迷信的颠覆中，理性的地位不断上升，成为启蒙中最为有效的工具，并成为现代思想体系中的方法论和本体论。

阿多诺明确指出启蒙中所蕴含的悖论，"就进步思想的最一般意义而言，启蒙的根本目标就是要使人们摆脱恐惧，树立自主。但是，被彻底启蒙的世界却笼罩在一片因胜利而招致的灾难之中"。启蒙的两面性在于，它在把人从外在自然的束缚下解放出来的同时，又使人受到理性、科学等启蒙产物的制约，从而限制了人内在自然的发展。《启蒙辩证法》一书首先引用著名史诗《奥德赛》中奥德修斯绑住船员抵抗塞壬歌声的情节，隐喻理性在启蒙中的作用，奥德修斯象征着理性主体，抗拒自然非理性（塞壬的歌声）的诱惑，从他身上体现出启蒙的基本观念：他通过控制内心的自然，牺牲自我的原始需求来摆脱和控制自然，但是，他在征服自然、逃离神话的过程也分裂了自己，失去了自我的自然。18世纪的启蒙运动是一次解符码化运动，即非神圣化或者说祛魅（Entzauberung）、去神话的过程。符码化是指相信某种符号或形象是一种普遍性的语言，具有感性特征，神话、童话和传说都是符码化。启蒙要用理性的光芒照亮一切黑暗，它使宗教及其他的一切非理性思想解符码化，使其失去魔力与神圣性，进而建立近现代的科学体系。启蒙思想嘲笑众神，因为神是人造的，是人的仿制品，而且，充满着偶然和丑化特性，"启蒙的纲领是要唤醒世界，祛除神话，并用知识替代幻想"。

面对现代社会所发生的"二战"的空前灾难以及奥斯维辛集中营的悲惨故事，阿多诺和霍克海默在这本著作中对启蒙问题进行了深入的反思。他们在《前言》中指出："人类没有进入真正的人性状态，反而深深地陷入了野蛮状态。"其原因究竟何在？他们从启蒙本身来寻找根源，认为这是启蒙辩证展开的必然结果。"启蒙思想体系成为……帮助个体最有效地支配自然的知识形式。它的原则就是自我持存，不成熟性指的便是不具备维持自我生存的能力。"①他们由此提出长久为人们所忽略的启蒙辩证的另一面：第一，启蒙以消除神话为己任，意欲以知识代替想象，但是，实证化的启蒙理性却走向了反面，走向了新的迷信；第二，启蒙理性的宗旨是确立人对自然无限的统治权，然而，人征服自然的结果导致人与自然关系的破坏以及自然对人的报复；第三，在完全被技术理性统治的世界中，人失去与生命源头的联系，失去生命的灵性，人与人相异化，人在普遍异化的世界中互相冲突；第四，理性和技术的发展并没有实现人的普遍自由，相反，技术本身成为自律的、总体性的统治力量，人可能被技术所吞噬，就如现代科技使整个世界形成一个巨大无比的网络系统，人只是整个系统的一个作用对象。因而，启蒙具有自我摧毁的特性，走向了自身的反面②。

① 马克斯·霍克海默，西奥多·阿道尔诺. 启蒙辩证法. 渠敬东，曹卫东，译. 上海：上海世纪出版集团，2006：前言，72.《启蒙辩证法》此前译本有洪佩郁和蔺月峰翻译，重庆出版社 1990 年出版。本论文参照的是第二译本。

② 马汉广. 启蒙观念的辩证发展——康德、霍克海默、福柯. 学术交流，2006(6)：16-20.

2) 文化工业

阿多诺在 20 世纪 30 年代迁居美国后，开始了他著名的大众文化批判，这是阿多诺研究理论的一个重要方面，也是法兰克福学派批判思想的一个重点。在 1944 年《文化工业：作为大众欺骗的启蒙》和 1954 年《电视与大众文化模式》中，阿多诺最早提出了"文化工业"的概念。文化工业是指凭借现代科学技术大规模复制、传播文化产品的娱乐工业体系，包括商业性的广播、电影、电视、报纸、杂志、流行音乐等各种大众文化和大众媒介。这种大工业化的文化生产，不同于前资本主义时代个体劳动者的精神劳动。以前文化是少数"天才"的特权，所造就的文化是所谓的精英文化、贵族文化。现在，由于科学技术的发展，文艺作品的制作手段日渐平常化和普遍化，文艺创作转变为建立在科技上的、可以大规模成批生产和复制的活动。例如，电影和广播就不再是艺术，它们已变成了商品生产和交易，它们属于"文化工业"，电影这一种"文化文本"集中体现了"文化工业"的特征。阿多诺指出，虽然电影的图像、音乐、语言完美结合，似乎感性且恰如其分地反映了社会现实，但实际上，"这一过程整合了所有生产要素：从电影改编成的小说，到最后制作成的音响效果。所有这一切，都是投资资本取得的成就"①。录像和录音技术使大量的机械复制成为可能，电影的图像是一种复制，电台的录音也是一种复制。电影是可由机器进行无穷复制的艺术，利润是它追求的目标。文化工业的产品，是一种适合大众口味的精神文化消费品，它们依靠技术、机器提供的优势，追逐利润，今天流行于我们日常生活中的畅销小说、商业电影、通俗电视剧、流行歌曲、休闲报刊等，都是这种文化工业的产物。

霍克海默和阿多诺主要从以下几个方面对文化工业进行了批判：

首先，当代资本主义文化工业所创造的"大众文化"，已经完全丧失了文化本身应有的特点，使文化成为一种特殊的商品。文化工业被商业力量所操纵，以娱乐消遣为目的，它所制造出来的精神文化消费品丧失了艺术作品作为艺术否定与超越精神。文化工业混淆了高雅艺术和低俗艺术的界限，文化工业也混淆了经典艺术与现实之间的距离，使大众的欣赏品位降低，对现实的感知越来越迟钝。以前，古典文化与现实生活之间保持着一定的距离和张力，而大众传播媒介无所不在的渗透，使这种距离消失了，大众传播媒介使文化与日常生活联结在一起，而这带来的结果便是艺术的堕落和人的麻木。阿多诺在《文化工业再思考》一文中详细描述了高雅艺术和现实之间的距离消失后，大众的行为模式直接受到媒介的影响和控制，并且深陷其中、无法摆脱的状况。

其次，这种艺术创造的方式依赖于机械技术，作品内容和风格千篇一律，缺少艺术价值。文化产品"趋于一律"，相互之间只有细小差异，不追求艺术完美，只热衷于投资结果；它们规范和控制着文化消费者的需要，束缚人的意识，剥夺人的情感，阻碍人的自主性发展，它们是操纵和欺骗的一种手段，是稳定现行秩序的"社会水泥"，文化工业实际上是社会统治的帮凶。文化工业的出现使得文化产品可以以"标准化"、"一律化"的模式进行大批量制造，其结果必然使文化产品丧失其应有的创造性和个性。"在文化工业中，个性就是一种幻象……个人只有与普遍性完全达成一致，他才能得到容忍……虚假的个性

---

① 马克斯·霍克海默，西奥多·阿道尔诺. 启蒙辩证法. 上海：上海人民出版社，2006：111.

就是流行：从即兴演奏的标准爵士乐，到用卷发遮住眼睛，并以此来展现自己原创力的特立独行的电影明星等，皆是如此。个性不过是普遍性的权力为偶然发生的细节印上的标签。"

最后，文化工业具有控制和操纵大众意识的意识形态职能。文化工业对大众意识的控制和操控，主要是通过它所生产的大众文化，不断向人们提供整齐划一的和无思想深度的文化产品来实现的。虽然大众文化表面上不具有强制性，但它对人的操控和统治更为深入，具有无所不在的特征。随着艺术和文化的深度削减，文化工业或娱乐工业正悄悄地按照自己的尺度来调节、操纵和塑造人：

> 整个世界都得通过文化工业这个过滤器。电影观众认为，电影就是外面大街上发生的情况的继续……生产技术越是密切地和完整地重复经验的对象，人们今天就越是容易产生错觉，认为外面的世界是人们在电影中看到的情况的不断延长。……从倾向来看，生活与有声电影不再有什么区别。由于电影远远超过舞台，吸引住了观众的全部幻觉和思想……电影总是用它的内容教育观众，促使观众直接用它去衡量现实。今天，文化消费者的想象力和自发性之所以渐渐萎缩，这不能归罪于心理机制。文化产品本身，其中最有代表性的有声电影，抑制了观众的主观创造能力。……文化工业的每一个产品，都是经济上巨大机器的一个标本，所有的人从一开始，在工作时，在休息时，只要他还进行呼吸，他就离不开这些产品。没有一个人能不看有声电影，没有一个人不收听无线电广播，社会上所有的人都接受文化工业品的影响。①

文化工业一方面剥夺了大众的批判意识，另一方面也使艺术沦为单纯的娱乐工具，完全丧失了其否定的批判能力。文化工业控制了大众的日常生活直至内心欲望，取消了个体的批判精神和否定意识，现代资本主义国家通过文化工业对广大民众进行意识形态控制，从而巩固自身的统治。

在文化工业中，艺术从审美创造变成职业劳动，艺术作品所蕴含的独特的审美意蕴、强烈的思想感情以及作家的个性、创造力等丧失殆尽，那么，如何抵制文化工业对人的侵蚀和操控？阿多诺所提供的解决方案是"反艺术"的主张。阿多诺推崇的"反艺术"即否定的艺术，是反叛现实、否定现实的现代主义艺术，它不再美化现实，而是直接呈现人的生存状态和揭露社会的种种弊端，通过畸形的人体、分裂的性格、变态的心理以及不和谐的音像、机械性的律动等，真正揭露出现代社会的不和谐与冲突，表现出人性扭曲、精神创伤等非人化状态，在阿多诺看来，贝克特、卡夫卡、毕加索、勋伯格等现代艺术家的作品是"反艺术"的典型代表，它们展现了一个变形的、破碎的、荒诞的、孤独的、疯狂的世界，表达了对社会的抗议，体现出艺术的反叛和否定精神，维护着艺术的内在本质。

---

① 马克斯·霍克海默，西奥多·阿道尔诺. 启蒙辩证法. 上海：上海人民出版社，2006：113.

四、马尔库塞及其思想

1. 马尔库塞其人

马尔库塞（Herbert Marcuse, 1898-1979），美籍德裔哲学家、美学家，曾师从胡塞尔、海德格尔等名师学习哲学，1931 年加入法兰克福社会研究所，后流亡到美国。与霍克海默、阿多诺不同，马尔库塞在流亡期间积极介入了美国的政治，1942 年年底，他到美国的"战争情报所"任职，"二战"结束后，他仍在美国国务院任中欧局的领导，直至 1951 年才离开政府部门。从 1942 年到 1955 年这十多年被称为马尔库塞的学术沉默期，在政府的供职结束后，他才重新开始学术生活，先后在哥伦比亚大学、哈佛大学、布兰戴斯大学和加利福尼亚大学任教。值得一提的是，在 20 世纪 60 年代后期，马尔库塞被看做是新左派运动和激进学生运动的精神领袖而声名远播。他的主要著作有《爱欲与文明》（1955）、《单向度的人》（1964）、《文化与社会》（1965）、《革命伦理学》（1966）、《审美之维》（1978）等。

2. 马尔库塞的思想

马尔库塞对发达工业社会意识形态的批判主要体现在他的著作《单向度的人》中，和阿多诺对大众文化的批判不同的是，马尔库塞更多地集中从消费领域来论述大众文化的整合功能，而阿多诺则更多从生产方式的角度对大众文化进行批判。马尔库塞指出："生产机构及其所生产的商品和服务设施'出售'或强加给人们的是整个社会制度公共运输和通信工具，衣、食、住的各种商品，令人着迷的新闻娱乐产品，这一切带来的都是固定的态度和习惯以及使消费者比较愉快地与生产者、进而与社会整体相联结的思想和情绪上的反应。在这一过程中，产品起着思想灌输和操纵的作用。"

"单向度"就是平面化、千篇一律、整齐划一、只有共性没有个性。"单向度的社会"就是用大众文化操控普通大众的发达现代工业社会。"单向度的人"是失去感性的维度，盲目追求物质生活 的"虚假需求"，成为商品的奴隶，而彻底丧失了对现实的反思、批判能力和反抗欲望的人。人们把受操纵的生活当成舒适的生活，把社会的需要当成个人的需要，把社会的强制当成个人的自由，从而不去把现存制度同应该存在的真实世界相对照，丧失了对现存制度的批判能力，也丧失了内在自由和真实生活的习惯。人变成"单向度的人"，是对人本性的摧残，是人的异化和物化。

马尔库塞在《单向度的人》这本书里指出，在当代发达的工业社会里，科学技术的进步和物质财富的增加，并没有给人们带来真正的自由，反而使人遭受更深程度的压抑。马尔库塞在商品形式对文化、社会各个领域的巨大渗透和扩展过程中，看到一种不断增长的"一维化"现象，由于商人和社会利益集团的共同操纵，在大众传播媒介的诱导下，人们盲目追求物质生活消费"虚假的需要"。马尔库塞认为，"虚假的需要"就是那些流行的需要，比如按照广告的宣传去休息、娱乐、处世和消费，按照媒体标榜的成功人士、幸福家庭的神话来规划人生，选择所谓白领阶层的生活方式等，这些都属于"虚假的需要"的范围。这些需要常常是一些利益团体人为制造出来的，并从外部强加在个人身上，不是人本质的需求，而真实的需要则是指自由、爱欲、解放、审美等与人的内心自由和批判现实的理性思维能力有关的需要，这些东西被发达资本主义社会的物质财富遮蔽和侵蚀了。"虚假的需要"导致对人的"强迫性消费"。马尔库塞分析了现代资本主义社会对人的"消费控制"，在他看来，追求物质享受并不是人的本质特征，但在现代西方社会里，由于商人和传媒的共同操纵，文化工业的先进手段让"那些为了某些特殊的社会利益，从外部强加于个人的需求"不断大量生产出来，在大众传播媒介的推动下，人们把物质需求作为自己最基本的需求，一旦把追求物质享受这种"虚假的需求"奉为信条，实际上人们就已经把"商品作为自己生活灵魂的中心"了。人同产品的关系被颠倒过来，不是产品为了满足人的需要而被生产，而是人为了使产品得到消费而存在。"人们似乎是为商品而生活，小轿车、高清晰度的传真装置、错层式家庭住宅以及厨房设备成了人们生活的灵魂。"人拜倒在物面前，把物作为自己的灵魂，这就意味着忘却、失去了自己的灵魂。而当这种生活方式被大众所接受并变成一种自觉的行为，这种行为又被文化工业不断地强化，就会使大众在虚假的需求中获到一种真实的满足，长此以往，人们就失去了区别真假的能力，也失去了真实需要的动机了。①

马尔库塞继承和延续了阿多诺和霍克海默对大众传媒的批判，"强迫性消费"正是通过广告和大众传媒渗透到人们的日常生活中，大众传媒所参与制造的消费文化、流行文化以及文化工业产品在使人成为"单向度的人"的过程中起着重要作用。统治意识形态借助各种媒介和舆论工具，比如无线电、电影、电视、报刊、广告等，可以不遇丝毫抵抗就进入人们的私人生活，在不知不觉中将其完全改变，削弱其思考与判断能力，使人逐渐划一。人在文化工业的熏陶下，真实个性已经消弭，个人自主性的丧失和个性的泯灭意味着批判精神和否定意识的消失，人自然就会出现一种单向度的思想和行为模式。

怎样才能让人从"虚假需要"和"强制性消费"中超脱出来，保持其"否定性"力量，即批判性思索、拒绝、甚至反抗的权利？马尔库塞提出了建立新感性的构想。由于在技术统治的世界里人已经遭到了全面的异化，变成单向度的人，所以若想将人从工具理性和物化的世界中解救出来，就要释放人的本能，挽救人的爱欲、灵性、激情、想象、直觉这一感性之维，促使人们用一种"新的方式去看、去听、去感受事物"。马尔库塞把感性解放看做是人类解放的必由之路，而审美活动则是使感性获得新生的必然途径，这一思想是马尔库塞解决方案的中心线索。他选择了美学和艺术来对抗文明社会的异化。在马尔库塞看来，艺术之所以能担此重任，关键在于艺术可以凭借幻想和回忆创造出直觉而非逻辑的、感性而非理性的审美形式，建构出受"享乐原则"而非"现实原则"支配的新的感性世界。这种孕育着"新感性"的艺术世界与审美形式，可以打破人们的日常神话经验，把沦落的感性一维从被压抑的文明中解救出来，这就是他提出的著名的"艺术即大拒绝"的命题。马尔库塞并不否认艺术具有某种双重品格，"艺术，作为现存文化的一部分，它是肯定的，即依附于这种文化；艺术，作为现存现实的异在，它是一种否定的力量。艺术的历史

---

① 参见马尔库塞. 单向度的人——发达工业社会意识形态研究. 刘继，译. 上海：上海译文出版社，1989.

可以理解为这种对立的和谐化"。① 现代工业社会的主要罪状之一就是取消了艺术的这种异在性，使艺术沦落为商品，失去了它的否定性和颠覆性。因此，只有保持艺术与现实间的距离，维护其对立、异在与超越性，艺术才能拥有其否定性的力量。

---

① 　马尔库塞. 审美之维——马尔库塞美学论著集. 李小兵，译. 北京：三联书店，1989.

第十三讲

俄国形式主义文论

一、俄国形式主义流派发展始末

俄国形式主义(формализм, формальная школа 或称"形式派",还有学者认为译作"形式论"学派更为合适)是 1914 年至 1930 年在俄国出现的一种文学批评流派,"'形式主义'一词是从它的对手加给它的贬义来说的",① 它发端于什克洛夫斯基(Виктор Борисович Шкловский, 1893-1984)1914 年发表的《词语之复活》,结束于 1930 年什克洛夫斯基撰文的《给科学上的错误立个纪念碑》。

由于政治原因,形式主义的创始人之一雅可布逊(Роман Осипович Якобсон, 1896-1982,也有译作"雅格布逊""雅各布逊"和"雅可布森"的)到捷克斯洛伐克的布拉格定居,成为盛极一时的结构主义的布拉格语言学小组成员。纳粹主义兴起后,一些形式主义文论家离开捷克斯洛伐克,到美国等国家从事学术研究,促进了英美新批评派、结构主义、符号学、语义学等流派的发展。

因此,在西方与俄国,形式主义被称为 20 世纪西方文论的源头,是人类文艺历史上第一个以作品本体论为特征的文艺学诗学体系(所谓本体论,就是以作品为研究对象)。后来的阐释学批评、结构主义批评、解构主义批评等均发端于此。因此,俄国形式主义虽然作为一个派别的活动时间并不长,却是 20 世纪最有影响、最富活力的重要文学理论派别之一。

1. 缘起

形式主义产生于 20 世纪的 10 至 20 年代,在象征主义衰败,现代主义发生、发展的背景下应运而生。1909 年象征主义的《金羊毛》停刊,宣告象征主义衰亡。象征主义留下的美学启示包括:诗学的发展与诗歌的发展离不开语言,因此语言学的发展是诗学发展的前提。俄国形式主义者试图将语言学与文艺学结合起来思考文学的特性,了解文学自身固有的秩序,从而建立起科学的文论体系。

同时,形式主义的产生不仅处于象征主义文学的发生、发展、繁荣与衰亡的文化背景下,而且与新兴的现代主义文学流派几乎同时诞生。形式主义运动发生在文学批评领域,

---

① 茨维坦·托多洛夫. 俄苏形式主义文论选. 北京:中国社会科学出版社,1989:2.

而未来主义运动发生在文学创作领域。未来主义(如诗人赫列勃尼科夫，用一些组合的音组构成一首诗，做了很多形式上的探索)着眼于未来，摒弃一切传统，背叛现实主义与象征主义，这一点与形式主义不谋而合。未来主义否定象征主义的虚幻朦胧，主张诗歌要在一定程度上回归现实。未来主义诗人多出身下层，代表小资产阶级对俄国现状的反抗。未来主义和形式主义是俄国 20 世纪 20 年代文学运动中的两支先锋力量。两派曾经携手共进，交往甚密，共同反对传统文艺观，但后来的发展终使两派分道扬镳。

2. 发展过程

形式主义的诞生地是莫斯科和彼得堡，由莫斯科语言学小组(后来形成著称于世的莫斯科语言学派)和彼得堡诗歌语言研究会构成。其演变大致可以分为创立阶段(1914—1920 年)、鼎盛阶段(1921—1927 年)和衰亡阶段(1927—1930 年)。

关于莫斯科语言学小组(Московский лингвистический кружок)成立的时间，大多说成是 1915 年，而罗曼·雅可布逊自己回忆是成立于 1914 年，是由莫斯科大学语文史系的七位大学生组成的，他们在小组章程中宣称，其宗旨是要"研究语言学、格律学及民间文学等方面的问题"。① 该小组以雅可布逊为首，其他成员包括格·维诺库尔(Григорий Осипович Винокур)、奥·勃里克(Осип Брик)和鲍·托马舍夫斯基(Борис Викторович Томашевский)等。他们的学术兴趣主要集中在对世界范围内语言学最新成就的跟踪，并将这些成就运用于文学研究。

与此同时，在彼得堡大学，在温格罗夫教授(С. А. Венгеров, 1855-1920)主持的普希金讲习班的基础上，大学生们成立了彼得堡小组，他们以惊人的热情研究风格、节奏、韵律、语言的分类，确定各诗人手法间的相似性及其他诗歌形式问题。什克洛夫斯基的小册子《词语之复活》被誉为俄国形式主义的纲领性宣言，就是该小组出版的。随后，他们成立了诗歌语言研究会(Общество изучения теории поэтического языка)，俄文名称缩写为ОПОЯЗ(奥波亚兹)。人员构成主要有研究语言学的列·雅库宾斯基(Лев Петрович Якубинский)和叶·波利瓦诺夫(Евгений Дмитриевич Поливанов)，研究诗歌理论的伯恩施坦、勃洛克和研究文学史与文学理论的什克洛夫斯基、艾亨鲍姆(Борис Михайлович Эйхенбаум, 1886-1959)、蒂尼亚诺夫(Юрий Николаевич Тынянов, 1894-1943)，还有后来加入的维·维诺格拉多夫(Виктор Владимирович Виноградов, 1894-1969)和维·日尔蒙斯基(Виктор Максимович Жирмунский, 1891-1971)，奥波亚兹的发起人和核心人物是什克洛夫斯基。他们出版了理论刊物《诗学·诗学语言理论文集》(Поэтика. Сборники по теории поэтического языка)，从 1916 年到 1923 年共出版 6 辑。这个刊物成为形式主义的喉舌，帮助这些青年学者打入理论界。受到未来主义的影响，形式主义成立的初衷是为了反对象征主义的形而上学神秘主义和传统的经院式的折中主义，要建立新的文学研究方向。形式主义在与学院派的争论中成长，对自在的诗语的探索，对文学研究科学性的追求，是他们一致的学术目的。

20 世纪初的苏联充满了创新精神，需要创立新的无产阶级艺术。在文学、思想、哲

---

① Роман Якобсон, Избранные работы, Москва, Прогресс. 1985. p. 240.

学领域求新成为一种社会时尚，正是在这种情况下，奥波亚兹发展壮大。莫斯科语言学小组的大部分成员也加入了奥波亚兹，官方的日尔蒙斯基也是奥波亚兹的同情者与支持者，在方法上他基本上肯定奥波亚兹，因此形式主义的主体是奥波亚兹。

莫斯科语言学小组和奥波亚兹之间的共同点无需多言，两者之间的差异却往往没有引起人们足够的重视。在均将形式视为文学作品之核心价值的前提下，莫斯科语言学小组往往将形式视为内容，寻找形式的内容性，而奥波亚兹则往往将内容视为形式，寻找内容的形式意义；莫斯科语言学小组更多地从语言学的角度来研究文学，将文学理论和诗学视为语言学的一部分，而奥波亚兹认为语言学研究是文艺学研究的辅助研究。

在形式主义创立初期，两个小组都活动频繁：小组会议、学术报告、民间调查以及马雅可夫斯基、帕斯捷尔纳克、曼德尔施坦姆等著名诗人所进行的热烈讨论，对小组成员深刻理解文艺本质大有帮助。另外，什克洛夫斯基向雕刻家的学习，雅可布逊与画家的生活，对他们把艺术视为一个独立的系统的看法有着重要影响。

在早期的活动中，形式主义者主要是"破"，也就是重在批判旧的文艺观。他们的批判目标主要是针对两个学派，即俄国学院派文艺学与象征派。在反对这两个学派的斗争中，形式派曾一度与未来派结成同盟军。

19世纪与20世纪之交在俄国传统的经院式文艺学批评盛行，以亚历山大·维谢洛夫斯基（Александр Николаевич Веселовский，1838-1906）为代表（俄国历史诗学创始人）。历史诗学其实是实证主义批评，提倡历史的因果决定论，主张传统的社会历史批判，认为文学的发展与社会的发展密不可分，文学发展寓于社会发展之中，文学是社会生活的反映，因此文学发展规律与社会发展规律一致，文学发展规律寓于社会发展规律之中。这实质上是对别林斯基、车尔尼雪夫斯基、杜勃罗留波夫的继承。维谢洛夫斯基认为，文学史实际上是思想史，只不过是形象化的、诗化了的体验。因此历史诗学的对象是诗学形式，他把诗歌与文学作品的形式看做上层建筑的附属品，认为文学的外部因素（社会的、历史的、政治的）是文学发展的动力，忽略文学本身的艺术形式。此外，历史诗学也与文学心理学相结合。对美学的研究并不关注文本本身，而只关注社会、历史、作家生平。形式主义正是在对这种传统诗学批评的批评之上建立的。艾亨鲍姆写道："在形式主义者出现时，学院式的科学对理论问题一无所知，仍然在有气无力地运用美学、心理学和历史学的古老原则，对研究对象感觉迟钝，甚至这种对象是否存在也成了虚幻。我们无需和这类科学较量，也不必多此一举。我们遇到的是通行无阻的大道，而不是要塞堡垒。"[①]

象征主义从抽象的宗教、民族、伦理等问题入手，用宗教、民族、伦理等概念把握时代精神。宗教哲学批评有一定合理性。以舍斯托夫、别尔嘉耶夫和梅列日科夫斯基为代表，其宗教哲学批评从作家的宗教哲学理念出发进行批评，提倡文艺批评中的主观性、彼岸性、抽象性。舍斯托夫以《圣经》为基础进行批评，研究陀思妥耶夫斯基、果戈理、托尔斯泰和契诃夫。他认为陀思妥耶夫斯基和尼采是双生子，只是陀思妥耶夫斯基是在文学领域，而尼采是在哲学领域。舍斯托夫认为陀思妥耶夫斯基是从信仰说走向理性说，以原罪说和亚当夏娃的故事说明应该确立上帝的信仰；而托尔斯泰则相反，从理性说到否定理

---

① 茨维坦·托多洛夫. 俄苏形式主义文论选. 北京：中国社会科学出版社，1989：22.

性，最后走向信仰说。别尔嘉耶夫认为宗教意识是俄罗斯人精神萌发的主要因素，他重视俄罗斯民族性格与民族精神，高度评价陀思妥耶夫斯基，认为他是俄罗斯灵魂的表现，反映了俄罗斯精神的全部精华。梅列日科夫斯基从先验论出发，认为陀思妥耶夫斯基与托尔斯泰表现了两种对立的宗教本质。陀思妥耶夫斯基体现了精神的宗教观，是精神的预言家，而托尔斯泰是肉体的宗教观，是肉体的预言家。宗教哲学批评有明显的主观主义倾向，以文学为材料，以作品为试验场论证宗教观与哲学观，是以主观思辨为基础的文学批评，以宗教阐释代替文艺批评，脱离文本，导致文学批评的主观性与客观标准的失落。因此，形式主义拒绝这种主观性，认为文学有独立的价值规律、独立的体系，没必要对社会、对宗教承担义务。

1914 年什克洛夫斯基写了《词语之复活》一文，成为形式主义的纲领性文件，确立了形式主义作为批判流派的纲领性思想。文中表述了对现实主义美学原则的反对，认为艺术不是反映生活，不是再现生活，"艺术永远是独立于生活的，它的颜色从不反映飘扬在城堡上空旗帜的颜色"成为他的名言，他认为，艺术是对生活、对文学赖以表现的语言进行变形，这种观点是对发展了一百多年的现实主义美学的彻底否定。形式主义认为艺术创造的核心、本质和特殊性不在于形象思维，文学的特异不在于内容，而在于特殊的语言组织形式，是语言手段和语言方式，试图以语言形式架空作品内容，突出文学作品的形式。

在对学院派和象征派的批评中，形式主义者的力量日渐强大。在热烈的辩论中，形式主义迎来了理论上的丰收旺季。1921—1927 年，形式主义批评流派进入鼎盛期。什克洛夫斯基、艾亨鲍姆、蒂尼亚诺夫、雅可布逊、托马舍夫斯基等人相继出版了各自的重要著作，"显示出形式派不仅是要大破前人的旧文艺观念，而且更主要的是要系统地建立一种新的文学理论，树立一种新的文艺观念"，[①] 形式主义者采取一种科学的方法分析诗歌(格律、韵脚、语词等)，以一种谨慎的批评代替宣言和表态，不断扩大研究领域，超出诗歌范畴，研究整个文学的各种形式，由专门对待诗歌研究扩大到对文学的语义、风格、手法、叙事功能、文学历史、意象等的研究，成为研究文学的系统领域，发表了大量学术论文，着重研究 19 世纪的经典名作。

随着形式派的不断发展，内部的分歧也越来越大。有学者总结出在发展后期形式主义者主要存在三种不同倾向：1)雅可布逊、什克洛夫斯基和艾亨鲍姆等人坚决主张文学的自主性，强烈反对从政治、历史、文化等方面来说明文学的演变，认为文学不应该依赖与其他学科的关系来阐明，而应从文学本身的规律，从文学形式的演变来说明。2)勃里克则不排斥把形式方法理论同艺术内容的关系相互结合，宣称要建立以形式派原则为核心的新美学，把形式派的方法和社会学方法相结合。3)日尔蒙斯基赋予形式派在处理问题和提出重要理论原则上以灵活性。他批评什克洛夫斯基和艾亨鲍姆把艺术视为独立的发展，他还批评艾亨鲍姆在研究诗歌风格时，忽视了艺术心理学。这些论争的公开化，说明形式主义是一个富有个性、富于开放性的文艺派别。[②]

在脱离形式主义之后，什克洛夫斯基本人开始对托尔斯泰的《战争与和平》和一些 18

---

① 方珊. 形式主义文论. 济南：山东教育出版社，1999：26.

② 方珊. 形式主义文论. 济南：山东教育出版社，1999：27.

世纪的俄国文学作品进行社会学的分析。艾亨鲍姆开始研究文本考证，蒂尼亚诺夫开始写历史小说，形式主义研究被中断。20世纪40年代艾亨鲍姆与日尔蒙斯基、托马舍夫斯基受到批判。自20世纪30年代至70年代苏联政府一直压制形式主义。20世纪70年代之后由于西方高度推崇形式主义，形式主义理论开始回归苏联。维诺格拉多夫等人的旧作被一版再版，其价值与地位得到了比较公正的评价。在西方（包括西欧与美国）形式主义一直影响较大，尤其是20世纪50年代。形式主义成为捷克结构主义及由其演化而出的各种流派的源头。形式主义运动历时十几年，不仅在苏联影响广泛而深远，还波及捷克、波兰等东欧诸国，由此影响到法国和欧洲其他地区。它在当代文学观念的转折上起着举足轻重的作用。

3. 形式主义的意义

形式主义学派突破了传统的现实主义，走向现代主义，由人文主义走向科学主义。认为艺术不是反映现实，而是创造现实，拓展了文论空间，成为20世纪一切文化变革之源。形式主义学派确立了艺术的本体论原则，坚持探索内部研究原则，拓展艺术研究领域。形式主义学派认为艺术作品独立于现实之外，艺术作品的价值在于作品本身，抵制了庸俗社会学批评的蔓延。

形式主义学派自身也具有缺陷。忽视作品的艺术形态，否定作品与现实的联系，在理论上有不少片面性和绝对化。这也是20世纪50年代文艺学由科学主义回归人本主义的原因。形式主义带给我们的启示：各种文艺学流派既有合理性，也有局限性。因此各类文艺流派层出不穷；对不同的文学作品应采用不同的文艺学方法研究，没有统一的模式。应将方法论与具体对象相结合，文学批评要有针对性。

二、形式主义理论代表人物简介

1. 什克洛夫斯基

维克多·鲍里索维奇·什克洛夫斯基，1893年生于彼得堡一位具有犹太血统的数学教师家庭。父母都是德裔移民，家中兄弟姊妹众多，经济拮据。他从彼得堡大学语文系肄业。大学期间，他组织并领导了"诗歌语言研究会"。

第一次世界大战爆发，什克洛夫斯基曾以志愿兵身份参战。因父亲是犹太人，他不能升任军官。他拥护二月革命，是积极护国派，由于作战英勇和受伤，临时政府武装总司令曾亲手授予他四级乔治十字勋章。

什克洛夫斯基对十月革命持反对立场。布尔加科夫（《大师与玛格丽特》的作者）在长篇小说《白卫军》中的一个人物就是以逃亡在基辅的什克洛夫斯基为原型的。在基辅时，什克洛夫斯基认识到俄国形势不可逆转，他在社会革命党人的集会上说："我们就承认这万恶不赦的苏维埃政权吧！就像所罗门的法庭上那样，我们不要求把孩子分成两半，把他让给那个并非孩子生母的女人吧。只要孩子能活就行。"①1919 年，经过高尔基斡旋，什克洛夫斯基被赦免，并被允许回到彼得堡，继续在已经被注册为学术团体的"诗歌语言研究会"里从事著述和出版活动，在彼得堡大学艺术史系文学史研究所任教授。

后来由于原社会革命党人头目写的回忆录透露出 1917—1918 年策划的恐怖活动和什克洛夫斯基有牵连，他赶紧出逃到柏林，后来又对流亡生活失望，多次写信给高尔基，表示后悔，因为离开俄国就无法从事文化事业。他想回去，又害怕遭到像诗人古米廖夫被枪决那样的命运。几经犹豫之后，他终于下决心给苏维埃政府写信，表示"我举手并投降，请放我进入俄国"。经过高尔基和马雅可夫斯基的多方奔走，什克洛夫斯基于 1923 年年底回到苏联，继续从事文学工作，1984 年 12 月 6 日，什克洛夫斯基逝世于莫斯科。

下面简要说说什克洛夫斯基的学术道路。1913 年 12 月，在未来派举行的一次讨论会上，当时还是大学一年级学生的什克洛夫斯基作了题为《未来派在语言史上的地位》的报告，引起轰动。他后来把报告整理成小册子出版，就是著名的《词语之复活》。由此掀开了形式主义的大幕。在该文中，什克洛夫斯基征引了波捷布尼亚与维谢洛夫斯基的话，提出"形式的可感觉性原理"，将之视为艺术知觉的特征："诗"的知觉以及一般"艺术的"知觉乃是"一种能感受到形式的知觉(也许不只是形式，但一定有形式)"。"形式"在此获得新含义："形式"的概念并不是外壳，而是全部，是某种并没有任何相互关联性但有具体内涵的活东西。"复活词语"是复活诗的知觉、艺术的知觉，复活那种能感受到形式的知觉。"这里既表现了对象征主义原则的背离，因为对象征主义来说，'透过形式'必须看得出某种'有内容的'东西；这里也表现了对'唯美主义'的超越，即超越了那种对有意识地脱离'内容'的形式的某些要素的欣赏。"②什克洛夫斯基认为，形式的可感觉性来自能使人体验到形式的特殊艺术手法。

他的《作为手法的艺术》一文也被艾亨鲍姆称为"形式主义学派的宣言"，这篇文章给形式的具体分析开辟了前景，他首先向"艺术即形象思维"这一十分流行的理论发难，论证"形象思维无论如何不是各种艺术的共同点，甚至不是各种语言艺术的共同点"；论证诗的形象与散文的形象之间的差异；论证诗的形象只是诗歌语言的一种手法。"形象"概念被纳入艺术手法的大系统之中，而丧失了它在文学理论中的统治作用。

什克洛夫斯基早期的重要著作是《关于散文理论》(1925)。他把语言艺术首先看做是一种词语构造，认为研究文学理论就是研究词的内部规律性，分析作品时不必重视其思想内容："新的形式并不是为了去表现新的内容，而是为了去取代已经失去了艺术性的旧形式。"他的主要思想观点集中在"陌生化"③理论中。

什克洛夫斯基的代表作品有《词语之复活》(Воскрешение слова, 1914)、《情节分布的拓展》(Развёртывание сюжета, 1921)、《散文理论》(О теории прозы, 1925)、《艺术散文：思考与分析》(Художественная проза, размышления и разборы, 1959)、《列夫·托尔斯泰》(Лев Толстой, 1967)。

---

① 转引自维·什克洛夫斯基. 散文理论. 刘宗次, 译. 南昌：百花洲文艺出版社, 1997：2-3.
② 周启超. 现代斯拉夫文论导引. 郑州：河南大学出版社, 2011：106-107.
③ остранение, 译为"陌生化"居多，也有学者译为"奇异化"。

2. 艾亨鲍姆

鲍里斯·米哈伊洛维奇·艾亨鲍姆和什克洛夫斯基、蒂尼亚诺夫并称为"革命的三套马车"。他见证了俄国形式主义学派发起的轰轰烈烈的学术革命，是该学派的精神领袖。

艾亨鲍姆于 1886 年 10 月 4 日出生于俄国斯摩棱斯克市，1890 年随家人迁往沃罗涅日市，他在这里度过童年和少年时光。他的祖父是著名的犹太数学家、诗人，父母都是医生。1905 年，艾亨鲍姆中学毕业后进入彼得堡的军事医学院学习。1907 年起，他同时在音乐学校和彼得堡大学语文史系学习。1907 年他发表了处女作《诗人普希金和 1825 年暴乱》之后，他意识到自己更适合做一名文学批评家而不是音乐家，于是在 1909 年放弃了专业的音乐学习，专注于语文学。1912 年获得学士学位，1917 年通过硕士学位论文答辩，留校任教。20 世纪 40 年代初的列宁格勒大围困中，艾亨鲍姆转移到萨拉托夫，进入萨拉托夫大学任教。战后那里聚集了一大批精英知识分子。1946 年，联共（布）中央发布《关于〈星〉与〈列宁格勒〉两杂志的决议》，严厉批评两个杂志为阿赫玛托娃和左琴科等作家提供发表文学作品的机会，因为艾亨鲍姆与阿赫玛托娃有着 30 年的交情，因而他也受到批判。后来，政治气氛越来越紧张，苏联当局发动了批判"无爱国心的世界主义者"运动，矛头直指犹太人。身为犹太后裔的艾亨鲍姆也受到了不公正待遇，著述得不到出版。他转入了版本学的研究，成为苏联版本学界的奠基人之一。1959 年 11 月 24 日艾亨鲍姆逝世于列宁格勒。

艾亨鲍姆的学术之路始于彼得堡大学，他积极投入到圣彼得堡的学术生活中，旁听普希金讲习班，参加未来派的学术沙龙等。在不断的学习和思考中，艾亨鲍姆逐渐融入奥波亚兹，自己也开始用纯语言学的方法研究诗学。与奥波亚兹其他成员合作写下了多篇论著，"探讨了文学自身的发展规律，研究了文学内部机制，提出了以语言学为基石的'形式论'视野中的文学系统观和文学演变观。"[1]艾亨鲍姆非常关注"音响"在文学作品中的作用问题，如节奏与格律、选音与旋律等。在著作《关于艺术语言》（1918）、《果戈理的〈外套〉是怎样写成的》（1919）、《俄国抒情诗的韵律》（1922）中，艾亨鲍姆都格外强调"音响"的作用，认为诗歌本性是一种独特的音响，散文作品也重视听觉的因素。在以后的研究中，艾亨鲍姆也关注作家的整体风格，对莱蒙托夫、涅克拉索夫、托尔斯泰等都做过详细的研究。他把作家的个性、社会心理因素等从文学发展进程中去除，将文学的发展和演变视为手法的更替过程。

在形式主义受到批判之时，艾亨鲍姆成为形式主义学派的守卫者。1924 年他发表了《关于"形式主义者"的问题》一文，后又发表《列宁的演讲风格》，利用列宁的革命宣传和威望来论证形式主义学派方法的科学性。

艾亨鲍姆是以科学实证主义为理论原则的。他在《"形式方法"的理论》一文中指出："所谓'形式方法'，并不是形成某种特殊'方法论的'系统的结果，而是为建立独立和具体

---

① 李冬梅. 艾亨鲍姆：俄苏"形式论"诗学的创建者、守卫者和超越者. 俄罗斯文艺，2012(2)：25.

的科学而努力的结果。"①"我们和象征派之间发生了冲突，目的是要从他们手中夺回诗学，使诗学摆脱他们的美学和哲学主观主义理论，使诗学重新回到科学地研究事实的道路上来……由此产生标志形式主义者特点的科学实证主义。"②艾亨鲍姆系统地论述了俄国形式主义的这一基本理论特征，把文学的研究对象作为一种科学考察的对象，强调对文学作品进行科学的具体分析。艾亨鲍姆的代表性作品有：《诗人普希金和 1825 年的暴动》（Пушкин-поэт и бунт 1825 года，1907）、《果戈理的〈外套〉是怎样写成的》（Как сделана 《Шинель》Гоголя，1919）、《俄国抒情诗的旋律》（Мелодика русского лирического стиха，1922）、《年轻的托尔斯泰》（Молодой Толстой，1922）、《安娜·阿赫玛托娃》（Анна Ахматова，1923）、《莱蒙托夫：文学史评述的尝试》（Лермонтов. Опыт историко-литературной оценки，1924）、《文学透视》（Сквозь литературу，1924）、《列斯科夫和现代小说》（Лесков и современная проза，1925）、《形式主义的方法理论》（Теория формального метода，1925）、《列夫·托尔斯泰：50 年代》（Лев Толстой：пятидесятые годы，1928）、《列夫·托尔斯泰：60 年代》（Лев Толстой：шестидесятые годы，1931）、《列夫·托尔斯泰：70 年代》（Лев Толстой：семидесятые годы，1940）。

3. 蒂尼亚诺夫

尤里·尼古拉耶维奇·蒂尼亚诺夫（1894—1943）是俄苏著名的作家、戏剧家和文学理论家。他于 1894 年出生于维捷布斯克省（目前归属拉脱维亚）一个犹太医生的家庭，在他还很小的时候，他们举家搬迁到普斯科夫。1918 年蒂尼亚诺夫毕业于彼得格勒大学的语文史系。

在读书期间，蒂尼亚诺夫就加入到普希金讲习班和普希金历史文学小组，1918 年加入到奥波亚兹，不久成为该研究会的主将之一，是形式主义学派的创立者之一。1921—1930 年担任艺术史研究所教授，讲授俄罗斯 19 世纪文学史和诗歌。他还曾任共产国际法语部翻译、国家出版社校对员。20 世纪 30 年代开始，他得了不可治愈的弥漫性硬化症，在高尔基的帮助下，两次出国（德国和法国）治疗，但都无济于事，1943 年 12 月 20 日病逝于莫斯科。"在俄罗斯乃至世界文化中，蒂尼亚诺夫作为作家和文学理论家所走过的道路，是将艺术性和科学性进行有效结合的独特尝试。"③1981 年，在蒂尼亚诺夫的故乡拉脱维亚的雷泽克内建立了以他命名的博物馆，1982 年开始，这里每隔两年都会举行一次蒂尼亚诺夫国际学术研讨会。

1921 年蒂尼亚诺夫出版了第一部研究著作《陀思妥耶夫斯基与果戈理：关于戏仿的理论》（Достоевский и Гоголь（К теории пародии））。1923 年他完成了《诗歌语义学问题》，1924 年更名为《诗歌语言问题》（Проблема стихотворного языка）出版了单行本，"主要论及文学作品中部分与整体间的动态关联，诗歌和散文的功能区别，语言声音和意义的本质

---

① 艾亨鲍姆. "形式方法"的理论//俄苏形式主义文论选. 北京：中国社会科学出版社，1989：19.
② 艾亨鲍姆. "形式方法"的理论//俄苏形式主义文论选. 北京：中国社会科学出版社，1989：23.
③ 转引自张冰. 蒂尼亚诺夫的动态语言结构文学观——《文学事实》评述. 国外文学，2008(3)：7.

特征关系……科学地研究诗学语言。"①1929 年，蒂尼亚诺夫将自己 9 年来的研究著述结集出版，名为《拟古者和创新者》(Архаисты и новаторы)，对传统的种种准则提出挑战。《文学事实》一文展现了蒂尼亚诺夫基本的文学思想和主要理论架构，对"文学是什么"这一文学本质问题展开了追问，提出了"位移"理论："体裁在位移，文学的发展是系统的位移，它从其他系统的异体和胚胎中出现以后，渐渐衰落，又变为其他系统的残余。"②他认为，文学是动态的语言结构。

三、形式主义文论的核心概念

1. 文学性 (литературность)

无论在西欧还是在俄罗斯，文艺学长期作为其他学科的附庸，原因在于没有确立好文艺学对象，与政治学、伦理学、心理学等混为一谈。形式主义认为文艺学的对象由文艺学本质决定，应该研究系统，研究文学的本质，无需为其他学科承担责任。文本的思想、内容、体裁等属于外部范畴，决定文学作品艺术价值、艺术成就的是文学作品的构成方式，即以何种形式影响读者。因此研究文学作品的美感作用方式(美学形式)应居首位，审美是文艺学的本质。

罗曼·奥西波维奇·雅可布逊 (1896—1982) 第一个提出了"文学性"这一概念，认为文学性是文艺学的决定性因素，文学性包括形式、技巧与语言，正是文学性使得文学成为一门独立的系统科学。他的看法成为形式主义的理论原则："文学科学的对象不是文学，而是'文学性'，也就是使一部作品成为文学作品的东西。"③

雅可布逊认为，文艺研究不能依赖于对艺术家的生平琐事、传记材料的搜集与分析，也不能依据艺术家的政治、哲学、宗教和道德观点，更不能根据心理学与社会学的分析。因为，如果从艺术家的生平传记与世界观等文学的外在因素入手，不仅不能恰当地解释文学作品，而且还有可能误解与歪曲作品的含义，使文艺作品不是走进作品之外的死胡同，就是变成收集各种轶事趣闻的大杂烩。他说："诗对它所陈述的对象是毫不关心的。"因此，指责诗人犯有思想罪、控告普希金犯有杀害连斯基的罪行，都是奇谈怪论。

雅可布逊不仅批判了那种把文学等同于某种"载道言志"之工具的传统观点，而且也批判了把文学史等同于"闲聊"的不科学做法。他认为，无论把文学视作模仿或再现，还是当做个性的表现，其实质都只是把文学当做表现或再现的工具而已，把文学作品当成哲学、社会学、宗教、心理学研究的历史文献，其后果是仅把文学当做其他科学研究的材料，对文学的审美价值却视而不见，致使文学科学的特殊性丧失殆尽。而一门真正的学科应该有其独立的研究对象，否则，就难以与其他科学相区别。尽管像哲学、政治、心理学等学科有密切联系，但正因为他们有各自特有的研究对象，所以相互区分开来。

---

① 张冰. 蒂尼亚诺夫的动态语言结构文学观——《文学事实》评述. 国外文学，2008(3)：3.
② 张冰. 蒂尼亚诺夫的动态语言结构文学观——《文学事实》评述. 国外文学，2008(3)：4.
③ 茨维坦·托多罗夫. 俄苏形式主义文论选. 北京：中国社会科学出版社，1989：24.

雅克可逊还举了一个例子来说明。他说，文学性或者说诗意性就像烹调时用的食用油，人不能单纯去食用它，可是当它作为烹调油，与其他食物一起进行加工处理后，它就不只是附加物，而是改变了食物的味道，使菜肴与未加油的菜料显得截然不同：如新鲜的沙丁鱼与经加油烹调处理后的沙丁鱼大不相同，不仅色泽变了，而且味道变了。这就是艺术程序改变了材料成分在文学中的存在方式，极度地突出艺术程序的结果。于是，文学性出现了，它使文学作品成为文艺作品，诗歌成为诗歌。

艾亨鲍姆认为，形式主义研究是希望根据文学材料的内在性质建立一种独立的文学科学。其唯一的目标就是从理论和历史上认识属于文学艺术本身的各种现象。

文学性表现在作品的语言中，文学是语言文字的艺术。因此，文学理论要从语言学研究文学。从语言发生学来看，诗歌语言先于散文语言，故诗性化语言是作品的本质部分。另一方面，原始人的语言思维是诗意化的，原始人的思维与魔法相关。文学性语言是语言的升华，是由作家经独特手法创造的。

经院式传统批评把语言仅视为建筑材料，具有现实的指示性与客体的象征性。文学语言不因自身的诗性而受重视，而是由于指示作用。而形式主义则认为文学语言与现实实体无关，语言的艺术性与是否忠于现实无关，与语言本身的创造性有关。因此语言创造是文学艺术的本原。形式主义确立了诗歌的本体论分析，进行语义转换、修辞转换、语音语调转换等工作。什克洛夫斯基认为诗歌的工作在于安排加工语言材料并积累新手法。日尔蒙斯基认为诗歌是言语的艺术，诗歌的历史就是语文科学的历史。形式主义将诗歌语言与日常生活语言、科技语言严格区分，指出其差别。认为在后者中能指与所指的关系固定而单一，而在前者中能指范畴大于所指范畴，即一个意义可由多种意义符号表达，能指与所指的关系不对应、不单一。诗歌中的任何成分（包括语音、语调、语序）都是语义成分。什克洛夫斯基很重视诗歌的意象性、音乐性、视觉效果与节奏。

1928年，雅可布逊和蒂尼亚诺夫合著的《文学和语言学的研究问题》一文发表，他们要求把语言学中的系统观、功能观、结构观以及共时和历时、语言和言语等概念用于文学研究，从而把语言学和文学更紧密地关联起来。此时，形式主义者已经迈向结构主义的大门。

2. 陌生化（остранение）

随着社会的发展、文明的进步、物质的丰富，语言的诗性本质渐渐流失，成为一种毫无意义的指示符号。文学的任务正是恢复语言的诗性，造成间离效果，这就要依赖于陌生化手段。形式主义者认为，文学的任何一种形式都不应该反映现实、模仿现实，而应背弃、偏离、异化现实。广义地讲，文学是现实生活本来状态的陌生化。陌生化原则是与传统现实主义文艺观对应的。形式主义推崇制造悬念、布置疑云、构建迷宫。艺术手法就是为了延长认知与审美的长度与难度。

"陌生化"（也可译为"反常化"、"奇特化"、"奇异化"）的概念是什克洛夫斯基提出的。自动化和反常化是一对概念，反常化经过英文转译后，通常翻译为"陌生化"，这个其实是什克洛夫斯基自创的一个词。

什克洛夫斯基认为，在日常生活中，一切行为、动作等，只要成为一种习惯性的东西，就会变成机械性的、自动化的东西，就会沉入无意识领域中去，使我们无法意识到它。所谓"自动化"，就是指人们对事物感觉的习惯性麻痹。

什克洛夫斯基分析道："如果我们对感受的一般规律加以分析，那么，我们就可以看到，动作一旦成为习惯性的，便变得带有自动化了。例如，我们所有熟悉的动作都进入了无意识的、自动化的领域。如果有谁回忆起他第一次手握钢笔或第一次讲外语的感觉，并把这种感觉同他经过上千次重复后所体验的感觉作比较，他便会赞同我们的意见。"①

因此他认为，文学的作用是要打破生活给人造成的过度自动化，恢复现代人感知的敏锐程度，使人能够真正体验原生态的生活。同时，文学创作的艺术宗旨不在于审美目的，而在于审美过程。正是形式主义者对审美感受的重视，使之成为接受美学的先驱。

什克洛夫斯基认为，列夫·托尔斯泰不用事物的名称代指精神，而是像描述第一次看到的事物那样去描述它，"首次"与"描述"成为文学陌生化的两种办法；列夫·托尔斯泰对于通用名称，采取"像称呼其他事物中相应部分那样来称呼"，用的是反常的称呼，加强其文学的陌生化。什克洛夫斯基曾说："正是为了恢复对生活的体验，感觉到事物的存在，为了使石头更成为其石头，才存在所谓的艺术。艺术史为了将事物提供为一种视像——可观可见之物，而不是可认可知之物。艺术的手法乃是将事物'奇异化'的手法，是将形式艰深化以增加感受的难度和时间的手法，因为在艺术中感受过程本身就是目的，应该使之延长。艺术是对事物的制作进行体验的一种方式，而已制成之物在艺术之中并不重要。"②

为了阐明这种陌生化手法，什克洛夫斯基以列夫·托尔斯泰的小说艺术来作为例证。在《霍尔斯托密尔》中，托尔斯泰用一匹马的眼光来描写人的生活，以对马的感受的艺术描述而使私有制世界"陌生化"，在《复活》中，托尔斯泰以"尽管好几十万人聚居在一小块地方，竭力把土地糟蹋得面目全非"这样的句子来写现代城市，来破坏生活于其中已然熟视无睹的人们感受的"自动化"。

"陌生化"手法在文学作品中其实很常见。17世纪法国作家拉布吕耶尔有这样一段描写："田间散布着一些凶猛的动物，有雌有雄，被阳光炙得浑身发黑，埋头于土地，顽强地挖掘着、翻刨着。它们能发出一种清晰的声音，直立时现出人的面孔，实际上他们就是人。晚间它们缩进巢穴，靠黑面包、水、植物根充饥。它们使其他人免受耕作收获之苦，因此也该享用一些自己收获的面包。"

这里，陌生化的功能发挥得淋漓尽致：人被异化描绘成了动物，使得读者的感受受到阻碍，而且这种阻碍被拖延到描写的中间才被读者意识到，增加了接下来反语的讽刺批评力量。因此，陌生化在这里产生了巨大的效果，使作者对法国农民当时的悲惨生活描写得入木三分，使读者更深刻地体会到作者对社会现实的批判。

陌生化原则主要应用在以下三个领域：（1）语言的陌生化。在语言层面，日常语言在

---

① 什克洛夫斯基. 作为手法的艺术. 方珊，等，译. 俄国形式主义文论选. 北京：三联书店，1989：6.

② 什克洛夫斯基. 作为手法的艺术. 转引自周启超. 现代斯拉夫文论导引. 郑州：河南大学出版社，2011：108.

文学技法的压力之下被强化、浓缩、扭曲、重叠、颠倒、拉长而转变为文学语言。陌生化主要发生在语言的三个层次上：语音层，如采用新的韵律形式对日常语言的声音产生阻滞；语义层，使词产生派生或附加意义；词语层，如改变日常语言的词序。陌生化还可以发生在作品的其他层面，如视角、背景、人物、情节、对话、语调等。夏目漱石的《我是猫》是从猫的视角展开整个故事，这样给人新的感觉，让人感到震动。而流行歌手陶喆有一首歌曲为《黑色柳丁》，其背后有很特别的意义，他说："一般柳丁是黄色的，我的黑色柳丁，听起来就知道多新鲜好玩！而且柳丁是台湾省盛产的水果，潜意识说到柳丁就会想到台湾，继而想到华人，而给柳丁灌上黑色，就是象征一种革命，而且希望大家要勇敢去面对现在台湾的黑暗世界。"陶喆希望终有一日能将柳丁黑色的部分去除，重拾鲜艳夺目的橙色。此时，"黑色"一词的语义产生了附加意义。（2）由本事向情节转换的陌生化。什克洛夫斯基区分了"本事"（фабула）和"情节"（сюжет）概念的不同。"本事"相当于现实生活中发生的事情，有其发生、发展和结束的自然顺序。"情节"是艺术加工后的"本事"，是对"本事"的一种陌生化，只有使"本事"成为情节，文学世界才能生成。作家越自觉地把"本事"通过陌生化手段，增加创造性变形，形成新颖的"情节"，作品的艺术性就越高。因此，自然主义和写实主义必然让位于现代派小说，因为后者更自觉地运用把现实加以变形的陌生化手法。由此可见，什克洛夫斯基为现代派文学奠定了理论基础。（3）艺术手段（包括情节、结构、节奏）的陌生化。这些手段都是使欣赏对象变得陌生以达到审美效果。在《情节编构手法与一般文体手法》一文中，什克洛夫斯基用大量例子论证，存在着情节编构的特殊手法，这一论断本身改变了将"情节"视为一系列"本事"之结合的传统观念，将"情节"从题材概念界面转移到结构概念界面，"情节"编构本身则作为艺术手法进入形式主义者的研究视野。在什克洛夫斯基的眼中，情节与情节性是与韵脚一样的形式，情节性是生成文学性的重要元素。

3. 文学形式观（форма литературы）

形式主义学派以对文学形式的重视著称于世。他们按照索绪尔的办法，把文学研究分为内部研究和外部研究，并着眼于以形式分析为主的内部研究，在他们看来，共时性的语言学研究方法是文学科学化研究的理想方法。

传统的文艺观将内容视为作品表达的东西，而将形式视为对内容的表达。形式主义学派不满传统的内容与形式的二分法：一方面，他们认为传统的形式与内容的划分带来的是概念的含混不清；另一方面，他们力求凸显形式在文学研究中的地位。希望以"形式决定一切"来代替"内容决定一切"。因为研究文学，应该把作品视为审美对象，并以研究其审美特征为目的。日尔蒙斯基指出："简言之，如果说形式成分意味着审美成分，那么，艺术中的所有内容事实也都成为形式的现象。"[①]

什克洛夫斯基认为，艺术总是离开生活而自由的，文学的灵魂是形式，是各种风格手法的总和，故文学应不断创新语言与形式。他指出："文学作品是纯形式，它不是物，不是材料，而是材料之比。正如任何比一样，它也是零维比。因此作品的规模、作品的分子

[①]　日尔蒙斯基. 诗学的任务. 俄国形式主义文论选. 方珊，等，译. 北京：三联书店，1989：212.

和分母的算术意义无关紧要，重要的是它们的比。"①

艾亨鲍姆在《果戈理〈外套〉是怎样做成的》中说"艺术作品总是某种被制造、被定形、被臆造的东西……是人工的，因此在艺术作品中没有也不可能有心灵经验反映的地位"。他认为《外套》的艺术世界由笑话、怪诞、表情模拟和音响效果构成，这是一个虚构的世界。作品的思想内容是外部因素，只有形式才是内部因素。审美是唯一的研究对象。

形式主义者把作品中的一切构成要素都视为艺术形式的同时，不把形式视为凝固、僵死的东西，主张把文学作品视为开放的，并说明艺术形式的动态演变，这预示出结构观的出现，从而为布格拉结构主义奠定了理论基石。

---

① 什克洛夫斯基. 罗扎诺夫. 俄国形式主义文论选. 方珊，等，译. 北京：三联书店，1989：369.

第十四讲

巴赫金文化诗学

米哈伊尔·米哈伊洛维奇·巴赫金(Михаил Михайлович Бахтин 1895-1975)(中文译名：巴克汀、巴赫京或巴赫金)是俄罗斯最有影响的文艺理论家之一，俄罗斯公认的三位人文社会学科的巨擘(巴赫金、洛特曼、利哈乔夫)，首推巴赫金。安在他头上的头衔除了文艺理论家之外，还有语言哲学家、历史文化学家、民俗学家、符号学家、思想家等。他的许多思想往往是经过数十年后，才被人们发现和理解，为西方各种文学批评流派如西方马克思主义、结构主义、符号学、叙述学、解构主义、新历史主义等所接纳。巴赫金被世人誉为文学批评的奇才。西方推崇其为俄国晚期最杰出的形式主义代表，认为20世纪是巴赫金世纪。他提出了一系列令世人瞩目的理论问题：狂欢化理论、复调小说理论、对话理论、时空体理论等。

巴赫金不同于一般的形式主义者。他既保持了对语言、结构的重视，又强调不能忽视文学作品的社会历史性。巴赫金集形式主义与社会历史学于一体，采取科学主义与人文主义结合的研究方法，这是他能够独树一帜的一个重要原因。巴赫金也不同于一般的社会历史学研究者，他强调文学作品的社会历史性借助语言形式表达。

一、巴赫金其人

巴赫金1895年11月17日出生于俄罗斯奥廖尔市(Орёл)一个银行职员家庭，他家的贵族封号，可以上溯到14世纪。巴赫金的曾祖父创办了一所士官学校，巴赫金的祖父创建了一家商业银行，巴赫金的父亲就是以经理身份在各分行任职的。

巴赫金的家庭富有教养，他的双亲也尽可能地给孩子们最好的教育，包括欧洲文化和思想的熏陶。巴赫金家里一共有兄弟姐妹五个，他是老二，他的哥哥尼古拉比他大一岁。

巴赫金和哥哥一起，从小就跟随德国家庭女教师除学习德语外，还学习古典语言(希腊语和拉丁语)。对于巴赫金而言，家里最重要的人就是哥哥尼古拉。尼古拉是古典学家，后来也转向语言哲学，与哲学家维特根斯坦交往颇深，大学中途退学后，参加了白卫军，他参加白卫军也是一时冲动，因为有人对他说，他穿制服马裤会显得英姿勃发。他与红军作战，失败后，逃难到国外，在醉酒时参加了法国外籍军团，后来到了法国，1932年到了剑桥，获得哲学博士学位，后来执教于南安普敦大学古典研究系，之后来到伯明翰大学，创建了语言学系，1950年死于心脏病。这些说明他们兄弟二人在兴趣和研究方面有很多共同的地方，尼古拉试图创建他的"功能语言学"，强调语言的语义学方面，强调它在新的囊括所有精神活动的符号科学中的地位。但他逊于巴赫金的是不擅长把自己的思想贯彻到底并记录下来。

与哥哥充满坎坷的一生相比，弟弟米哈伊尔的经历比较平常。巴赫金留在国内。除结婚（巴赫金生活自理能力很差，如果没有妻子叶莲娜的照顾，他几乎生活不下去）、逮捕、流放以及因骨髓炎被迫截去右腿这几件大事和搬了几次家以外，他基本上是在研读哲学、文学、语言学的书籍，在家中或者公开场合讲课、发表评论，一生过着致力于学术研究的生活。

巴赫金9岁时，全家从奥廖尔迁往维尔纽斯（立陶宛首府，虽然从1795年波兰第三次被瓜分之后，俄国就把立陶宛置于其统治之下，但它在历史上受到很多国家的控制，所以维尔纽斯成了不同文化和时代的活的博物馆，这里有波兰人、俄罗斯人、立陶宛人，还有大批犹太居民），他在这里生活到15岁，所以也有学者说，正是维尔纽斯这个"杂语"现象的活样板成为他理论的基石。

巴赫金从小受到哥哥的影响，从十二三岁起就开始阅读康德等人的哲学著作，经常和哥哥辩论。1913年，17岁的巴赫金进了诺沃罗西斯克大学①。1917年，在彼得堡大学，先后学习过古典、历史和文学。后来，在彼得堡南边的小城（涅维尔）中学教书，度过饥荒的年头，1920年去了维捷布斯克市，在该市的师范学院任教，讲授文学课程，并在维捷布斯克音乐学院讲授音乐史和音乐美学。革命后的维捷布斯克，没有受到太多革命的影响，所以这里汇集了很多来自彼得堡的文化名流，使得这里的文化事业大为发展，巴赫金在这里一直待到1924年。

1921年巴赫金和当地的一位女子（图书馆员叶莲娜）结婚了。在1921年给挚友卡甘的信中说"这时期我主要从事语言创作美学"。这时巴赫金写了《文学作品的内容、材料与形式问题》、《审美活动中的作者与主人公》、《论行为哲学》等。1924年，他回到彼得堡（此时已经更名为列宁格勒），一直待到1929年。

从涅维尔时期起，就一直有一群朋友围绕在巴赫金周围，他们中的大部分也是后来迁居到维捷布斯克和彼得堡的，这一研究团体被称为"巴赫金小组"。有文学与外国文学知识极为博学的蓬皮扬斯基、诗人、音乐家、文学研究家沃洛希诺夫、文艺理论家梅德韦杰夫等（20世纪20年代巴赫金以这些朋友的名字发表了一些著作，如《马克思主义哲学与语言哲学》，现在都认为是巴赫金的著作），他们常常聚在一起，听巴赫金开设的哲学、美学、文学讲座。他以此为生。正是由于他"不合法地讲授这种唯心主义课程"，于1928年被捕，因为他患病，被捕后待遇尚可，容许他外出治病，后被判刑5年，被流放到哈萨克斯坦的库斯塔奈。在这里当了合作社的经济师，1933年刑满后，他就在这里定居下来。1936年应朋友之邀，到萨兰斯克的摩尔达瓦师范学院教书。由于害怕被抓，只能往来于

---

① 现敖德萨大学。他15岁时，父亲迁居到敖德萨，这也是一个杂语的环境，敖德萨在乌克兰的南部，黑海边上，再往南就是克里米亚半岛了，敖德萨也有浓厚的犹太色彩，有着丰富的文化生活，这和维尔纽斯一样，也点染了巴赫金生活中的关键一页——他最终将阐扬一种"杂语"及狂欢节的哲学，也正是在这里，他16岁患上折磨他一生的脊髓炎。

莫斯科和彼得堡之间，借住朋友家，因为当局规定，刑事犯刑满不能再迁居莫斯科，所以他无法报上户口，只能在莫斯科附近的小城落脚。1938 年骨髓炎大发，被截去右腿，20 世纪 40 年代初，他已经穷困潦倒，靠亲友救济过活，但仍然写成了《教育小说及其在现实主义历史中的意义》、《小说的时间形式与时空体形式》、《长篇小说话语的发端》、《史诗与长篇小说》等。整个卫国战争时期，他都住在这个小城，后来在中学教德语，1940 年完成了关于拉伯雷的创作的学位论文写作。战后巴赫金把它作为博士学位论文申请学位，一些评委大加赞赏，一些人极力反对，最后被授予了副博士学位。之后他又来到萨兰斯克的教育学院任教，一直到 1965 年退休。1971 年，他相濡以沫的妻子病逝，到了 1972 年 7 月底，经过克格勃首脑安德罗波夫的意外干预，77 岁的巴赫金才在莫斯科落下户口。80 岁时病逝于莫斯科，葬礼是根据东正教仪式举行的。

巴赫金的主要著作：《陀思妥耶夫斯基创作问题》(Проблемы творчества Достоевского 1929；Киев，1994.)、《陀思妥耶夫斯基诗学问题》(Проблемы поэтики Достоевского. — М.，1963；1974；1979（4-е изд.）；Киев，1994（5-е изд.））、《弗朗索瓦·拉伯雷的创作和中世纪、文艺复兴时期的民间文化》(Творчество Франсуа Рабле и народная культура средневековья и Ренессанса. — М.，1965；1990.)、《文学美学问题》(Вопросы литературы и эстетики. — М.，1975.)、《话语创作美学问题》(Эстетика словесного творчества. — М.，1979.)、《文学评论集》(Литературно-критические статьи. — М.，1986.)、《巴赫金文集》(Собрание сочинений：В 7 т. / Институт мировой литературы им. А. М. Горького РАН. — М.，1996—2010。俄文版 7 卷本。中文版《巴赫金全集》六卷本在 1998 年由河北教育出版社出版，2009 年再版时，补充了第七卷)。

二、巴赫金的三次被发现

巴赫金从一个沉默的学者到享誉世界的大师经历了三次被发现。

1956 年春，执教哈佛的雅可布逊，获准前往莫斯科，参加国际斯拉夫语文大会。这位流亡半生、荣归故里的语言学大师在会上赞扬了巴赫金。与会者大多读过巴赫金的《陀思妥耶夫斯基诗学问题》，却都不知道该人身处何方。世界文学研究所理论部的青年研究人员柯日诺夫读到了巴赫金的《陀思妥耶夫斯基诗学问题》一书，也查阅到巴赫金的学位论文《拉伯雷在现实主义历史中的地位》，他感到这位作者的观点非同凡响，于是多方打听，终于在偏远的萨兰斯克的摩尔达瓦大学找到了巴赫金。1961 年，柯日诺夫和同行鲍恰洛夫、加契夫一起造访了巴赫金，三人站在 65 岁的巴赫金面前，立时感到他身上那种在生活苦难面前凛然而立的学人风格。巴赫金也知道遇到了知音，不过他已经处事不惊，说："你们要注意到，我可不是文艺学家，我是哲学家。"①会晤使双方对彼此产生了强烈的印象。三位年轻人建议他尽快修订关于陀思妥耶夫斯基的论著，争取再版。经过柯日诺夫的一番斡旋，《陀思妥耶夫斯基创作问题》更名为《陀思妥耶夫斯基诗学问题》于 1963 年再版，《拉伯雷的创作和中世纪与文艺复兴时期的民间文化》于 1965 年正式出版，这是巴

---

① 转引自巴赫金. 哲学美学. 石家庄：河北教育出版社，1998：5.

赫金的第一次被发现。

巴赫金这两本书的出版，引起了法国结构主义者的注意，他们发现了俄国的形式主义文论，把它们翻译成法文出版，现在看到巴赫金的著述，以为他的论述可以使他们的理论得以更新，可以有力地支持结构主义文论的观点，于是将它们翻译成法文出版。第一个介绍他的就是克里斯蒂娃。这样，巴赫金的著述在西方得到传播，声名大噪。在他去世那一年，他不同时期的论文结集为《文学美学问题》出版。1978 年，由鲍恰洛夫编选的《语言创作美学》出版，同时 20 世纪 20 年代几本用友人名字发表的著作包括《马克思主义与语言哲学》相继被翻译成英文，在国外刊行。在苏联围绕巴赫金关于文艺学、符号学等方面的问题进行阐释时，西方学者不仅在大谈巴赫金的"主体间性"，并且对其有关民间文化和"狂欢化"理论进行了相当深入的研究，这样，对巴赫金进行研究的领域得以扩大，巴赫金被第二次发现。

20 世纪 80 年代，巴赫金的著作不断被整理出来，1986 年，他从未面世过的有关"伦理哲学"的论文被取名为《论行为哲学》发表。同年，由鲍恰洛夫与柯日诺夫合编的巴赫金《文学批评文集》出版。1984 年，美国学者克拉克与霍奎斯特合著的《米哈伊尔·巴赫金》出版，此书声称"在西方的人类学家、民俗学家、语言学家和文学批评家的圈子当中，他已获得举足轻重的地位"，认为巴赫金的工作最接近"哲学人类学"。1993 年，俄国学者孔金和孔金娜出版了《巴赫金传》。从 20 世纪 80 年代起，巴赫金研究的话语重心开始从西方喧嚣的阐释声中向巴赫金的故乡转移，理论研究逐渐在重视巴赫金总体思想的基础上展开多元的对话。在苏联，关于巴赫金的认识在不断扩大。20 世纪 90 年代，巴赫金的一些论文笔记、书信等不断发表，同时鲍恰洛夫和柯日诺夫的回忆性文章也被发表，澄清了很多问题，对推动巴赫金的研究极有帮助。巴赫金终于从历史的尘封中走出来，他的哲学思想等不断得到更为广泛的承认。对于巴赫金而言，他写文艺学著作似乎是不得已而为之，他写它们，为的是表达自己的哲学思想，因为环境不容许他将自己的思想通过通常的哲学形式加以表达。这就是为什么他在生前一再称自己不是文艺学家而是哲学家的原因了。这一时期是为巴赫金的第三次被发现。

三、巴赫金诗学关键词：对话、复调、狂欢化

1. 对话（диалог）

巴赫金的对话理论及复调小说的思想集中体现在《陀思妥耶夫斯基诗学问题》里。巴赫金在陀思妥耶夫斯基的小说中发现了作者和主人公的一种新型关系："作者对主人公所取的新的艺术立场，是认真实现的和彻底贯彻了的一种对话立场；这一立场确认主人公的独立性、内在的自由、未完成性和未论定性。"[1]简言之，就是作者与主人公对话。作为审美观照和艺术表达的一种方法，巴赫金的这一发现是贴切的（对陀翁作品而言），也是精到的。但要想想横亘在我们脑海里的艺术反映论常识———文学中作者控制着主人公而君

---

① 巴赫金. 诗学与访谈. 石家庄：河北教育出版社，1998：83.

临一切，这种"平等对话"无异于悖谬，所以曾经引起不少争论和责难。随着研究的深入，人们在小说对话问题的背后，看到了更为广阔、更为深刻的一种对话理论。

巴赫金认为，千百年来的创作思维(神话、诗歌、小说)都被一种独白式思维所占据，即作者把人"物化"、"客观化"，作者俯瞰全局，把握一切，主人公是沉默的奴隶而不是独立的自由人，只是一个纯粹的、被描绘的客体。作者直接干预主人公的言行，导致作者的结论不能深入到作品的创作对象中去。巴赫金在陀思妥耶夫思基的作品中发现了另一种审美方式——对话式的思维。借助于审美主体与审美主人公的理念，巴赫金发现陀思妥耶夫斯基是通过"我"与"他人"来构建作品的，展现了作者——主人公这对概念。从美学范畴而言，作者是创作主体，但主人公一经被创造便成为充实独立的主体，作者必须由内位到外位，实现作者与主人公的相互独立存在。作品一旦产生，作者与主人公都是独立的思想者，二者的思想处于对应的、对话的、平等的地位。这种对位，形成以对话为特点的交往。在陀思妥耶夫斯基的作品中作者与主人公的关系是崭新的、平等的对话关系。这种对话性不是表面的、局部的，而是深层的、全面的、大型的，小说结构中的所有因素都参与对话，这种潜在的对话构成了巴赫金文艺批评思想的基础。

巴赫金认为，个人的思维表现为独白和对话两种形态，这里体现着两种世界感受，但本质上却是对话性的而不是独白性的。对话思维是直接体现思维规律的模式，独白思维则是一种假定性的变体。所以，对话作为一种"新的艺术立场"，使得作者必然要改变自己"外位"的立足点与"超视"的观点，"……使他不仅从内部即从'自己眼中之我'，同时也从外部即从他人的角度'他人眼中之我'，进行双向地艺术思考"。①

巴赫金认为，世界是多元化的，其中各种要素共同存在，相互依存，相互作用，包括人的思想意识。每个人的思想意识既有独立性，也有关联性。"我的自我"是从"我"的存在方位与时间面对周围世界与他人，这种时空的独立性是独一无二的，是专属于"我"的。但是"我"要通过与他人的对话实现，"自我"与"他人"是相互依存的。因此，世界中的一切都是对话的，人的思想、意志、生活都有对话性(диалогичность)，而且这种对话性永远不会结束，对话性的未完成性是永恒的。这就决定了人的思想是超主观、超个人的，它不是完全的个人意识，而是各种意识的交汇和碰撞。思想就其本质而言是对话的。每个人都具有独一无二的时空，他不断地与他人应答，这种应答正体现了生命存在的价值。没有应答个人也消失了。自我与他人是一切知觉的两极，共同构成了双向的对话与应答，这种对话与应答构成人的基本存在方式，构成人与他人、人与世界的结构性存在方式。这其实是一种存在哲学，巴赫金将这种哲学引入文艺学中。

在巴赫金的著作里"对话"这个词具有不同的含义。它往往用于表达一种广义上的真理观念，即真理始于对话而非一组命题："真理不是产生和存在于某个人的头脑里的，它是在共同寻求真理的人们之间诞生的，是在他们的对话交际过程中诞生的。"

巴赫金求索对话思维，本质上是求索一种积极的人文精神：尊重个性，崇尚人格，注重责任，矢志创造，平等参与，不卑不亢，有大文化的胸襟，有大历史的眼光。

中俄两种文化的世界图景不一样，各自的自然语不一样，世界图景具有民族特色，但

---

① 巴赫金. 哲学美学. 石家庄：河北教育出版社，1998：钱中文所作的序，46-47.

不能因为有障碍，就中断和俄罗斯的文化互动，不同文化间文本的交流和对话，是一个民族文化发展变化的重要机制。属于同一民族文化的个体，很难体察其赖以生存的文化的特征，只有换一种视角，才能对其进行革新和变化。最主要的是，外来文化引起的本民族文化的变化，不是来自文化传统，也不是来自个人的独创，而是受益于一种新的思想资源。在其影响下，旧的观念和规范被打破，我们学会用新的眼光和视角看待世界，从而提升了我们作为创造主体的能力。才能重新认识自己，只有参照异质文化，了解到别人看问题的方法和角度，用他人的眼光重新审视自身，才能清楚地发现本族文化的长处，这也是巴赫金对话理论给我们的启示。

2. 复调（полифония）

复调是巴赫金从音乐理论中移植到文学理论中的一个术语，指的是小说中有多个人物的声音独立，共同并存，而不相融合。巴赫金还引入了"对位"这一术语，经常作为"复调"的同义词，论述"小说上的对位"。巴赫金对此有过解释：找不到更为合适的表述，而小说艺术的建构超越通常的"独白型"所出现的那些新课题，正类似于在音乐中一旦走出单一声部的界面就会出现的那些新课题。"复调"与"对位"这样的形象正可以隐喻那些新课题。可见，巴赫金有意打通音乐与文学这两个不同艺术门类的发育机制。

1934 年，巴赫金在《长篇小说中的话语》中提出，小说体裁的基础是艺术地组织起来的各种言语，这是复调思想的雏形。巴赫金认为，早期的史诗是单一视角的，不是小说。1963 年的《陀思妥耶夫斯基诗学问题》表明巴赫金的复调思想正式形成。巴赫金解释说："陀思妥耶夫斯基继承了欧洲艺术散文发展中的'对话路线'，创造了小说的一种崭新的体裁变体——复调小说，它是'艺术观照的新形式'，'能够揭示和观照人及其生活的新侧面。'"巴赫金认为，陀思妥耶夫斯基作品中的思想是超主观的，超个人的，是不同意识之间的对话。这种对话性的意识表现为不同的声音。从《穷人》到《卡拉玛佐夫兄弟》，作品中的主人公是表达自我意识的主体，他的声音不屈从于作者的声音，作者与主人公的关系是相互对话的。作者的声音不会盖住主人公的声音，主人公的声音不会屈从作者的声音，不会和作者的声音合流。主人公是独立于作者之外的、完整独立的个体，有着独立的思维方式、思想品质。陀思妥耶夫斯基的小说就是在平等对话中展开的复调小说，开创了艺术形式的新视角，巴赫金从作者与主人公关系的视角，完全使用另一套话语，这一套学术话语完全是一种新的思想，这种相对独立性的人物、相对自由性的人物恰恰是复调小说的精髓。

巴赫金说："有着众多的各自独立而不相融合的声音和意识，由具有充分价值的不同的声音组成的真正复调——这确实是陀思妥耶夫斯基长篇小说的基本特点。"①复调的实质正在于此，不同的声音在这里仍保持各自的独立，作为独立的声音组合在一个统一体中，这已是比(同度齐唱)主调音乐高出一层的统一体。如果非说个人意志不可，那么在复调中发生的正是好几种个人意志的组合，实现着对某一种个人意志之极限的根本性超越。或许也可以这么说：复调的艺术意志就在于将众多意志组合起来，在于形成事件。

---

① 巴赫金. 诗学与访谈. 石家庄：河北教育出版社，1998：4.

下面我们从巴赫金所举的事例来看他对复调的具体阐释①：从拉斯柯尔尼科夫第一次内心独白中援引几段(小说《罪与罚》的开头)。这里讲的是杜涅奇卡决定嫁给卢仁：

　　"显然，这里不是别人，正是罗季翁·罗曼诺维奇·拉斯柯尔尼科夫最要紧，先得想到他，怎么能不这样呢。要走了运，可以上大学，可以成为交易所里的股东，他的整个前途可以得到保障；或许以后他会成一个有钱的人，受到人们尊敬，也许晚年还会名声赫赫！可母亲怎么想呢？要紧的当然是罗佳，宝贝的罗佳啊，长子嘛！为这么个头生儿子，怎么还不能牺牲这么一个女儿啊！啊，她们的心地多善良，又多么可爱又多么偏心眼啊！可有什么办法，看起来我们也逃脱不了索涅奇卡的命运！索涅奇卡！索涅奇卡·马尔梅拉多娃！只要世界存在，我的不朽的索涅奇卡！这个牺牲，你们俩可好好掂过分量吗？这行吗？吃得消吗？有好处吗？明智吗？您知道吗，杜涅奇卡，索涅奇卡的命运绝不比嫁给卢仁先生更糟糕？妈妈信上说：'这里谈不上有爱情。'可要是没有爱情，连尊重也得不到，那怎么办？相反，再产生厌恶、鄙视和怨恨，那时怎么办？到那时，不用说自然又得'保持纯洁'啰！不是这样吗？你们明白吗，这种纯洁意味着什么？你们明白吗，卢仁的纯洁和索涅奇卡的纯洁是一路货。也许甚至更坏，更恶劣，更下流。因为，杜涅奇卡，您是希望生活舒服一些，可到那时干脆得饿死！'杜涅奇卡，这样的纯洁代价高，太高啦！'如果往后受不住，您会后悔吗？会有多少痛苦、悲伤、诅咒，背着人悄悄流多少眼泪呀！因为您究竟不是玛尔法·彼得罗夫娜呀！那时妈妈又怎么办！她现在就已经不得安生，苦恼得很；如果到那时她亲眼看出了一切呢？我又怎么办？你们到底是把我看成什么人了呢？杜涅奇卡，我不要您的牺牲；妈妈。我不要！只要我还活着，这件婚事就不能办，不能办，不能办！我不同意！"

　　"'要么干脆就不要活了！'他突然发狂似地喊叫起来，俯首帖耳地服从命运算了，一劳永逸，把行动、生活和爱人的权利全部放弃，把内心的一切都消灭掉！"

　　"'您明白吗？您明白吗，先生，走投无路是什么意思?'他突然想起昨天马尔梅拉多夫提的问题，'每个人总该还有条路可走呀……'"

　　这几段内心独白，我们已经说过是在小说开头，情节发展的第二天，在他最后下决心杀死老太婆之前。这时拉斯柯尔尼科夫刚刚接到母亲的来信。信中详细谈到了杜妮亚和斯维德里加依洛夫的事，并告诉他卢仁提亲的事。前一天晚上，拉斯柯尔尼科夫遇见了马尔梅拉多夫，从他那里得知了索尼娅的全部情况。于是，小说中未来的这些主要主人公，全已在拉斯柯尔尼科夫的意识中得到了反映，纳入了他全面对话式的内心独白中；他们每个人都带着自己的"真理"、自己的生活立场。拉斯柯尔尼科夫同他们展开了紧张和至关重要的内心对话。这是关系到最根本的问题和最后的生活抉择的内心对话。拉斯柯尔尼科夫从一开始就已经什么都知道，什么都考虑到了，什么都预见到了。他已经与周围的生活开始了全面的对话交往。

　　我们上面引用的拉斯柯尔尼科夫几段对话式内心独白，是微型对话的绝妙典范：

---

　　① 巴赫金. 诗学与访谈. 石家庄：河北教育出版社，1998：98-100.

其中所有的词句都是双声的，每句话里都有两个声音在争辩。实际上，段落的开头，拉斯柯尔尼科夫复述了杜妮亚的话，带着她评价性的说服语调。但他在她的语调上，又加上一层自己的语调：挖苦的、愤怒的和警告的语调。换句话说，这些话里同时有两个声音：拉斯柯尔尼科夫的声音和杜妮亚的声音。接下去的话里（"要紧的是罗佳，宝贝的罗佳啊，长子嘛！"等），听到的已经是母亲温柔、爱抚的声音，与此同时又有拉斯柯尔尼科夫凄苦的讥讽、（对牺牲精神表示的）愤怒和回报给母亲的充满悲伤的爱怜。再往下，我们在拉斯柯尔尼科夫的话里，听到索尼娅和马尔梅拉多夫的声音。对话渗透到每个词句中，激起两种声音的斗争和交替。这就是微型对话。

因此，巴赫金认为，小说一开始就响起了大型对话里所有主要的声音。这些声音不是各自封闭的，它们总是听着对方，相互呼应。作者不为自己留下任何重要的内容，并且与拉斯柯尔尼科夫以平等地位参与整个小说的大型对话之中。这就是说，陀思妥耶夫斯基的小说中，人物的主体意识世界丰富多彩，充满着矛盾两重性与内在对话性，其结构也似一种多声部。

巴赫金复调小说思想的贡献如下：

(1)创造了独立于作家之外的有生命的人物，把作者的声音和主人公的声音平等放在一起；

(2)发现了有着自我发展过程的思想是如何被叙述的，每个作者都会叙述自己的思想，巴赫金认为，陀思妥耶夫斯基的小说是思想小说，是不同思想对话的小说，塑造的形象是灵魂，思想形象通过人和事物体现出来；

(3)作者客观地阐述了各种思想，这些思想地位平等、相当，没有谁压倒谁的问题。对话作为新的学术立场，使作者改变了外位和超视的立足点。在独白世界里，主人公的独立性被剥夺，而在对话世界里，主人公与作者的思想是互动的、双向的。

巴赫金的复调小说概念从三个方面进行了重大的艺术革新：

(1)从形式主义角度出发，提出新的小说体裁的变体，把传统小说中不可兼容的体裁融合起来，消除了传统小说体裁之间的壁垒。从结构角度出发，打破了贯穿始终的统一思想，使读者感到一种争议性，大型而全面的对话造成小说结构的极端对话性，从而产生极度不安性；

(2)体现一种新的思维类型，一种新的人物关系的观照；

(3)创立新的艺术思维模式，引起艺术结构的变化、艺术手段的更新。

学者们对复调小说理论有反对，也有赞成。巴赫金理论在法国的传播者与解说者茨维坦·托多罗夫在他的《批评的批评》(1985年)一书中认为作者与人物"平等的观点在原则上就无法成立"，强调"陀思妥耶夫斯基是这些众多声音的唯一的创造者"，但托多罗夫也肯定了巴赫金对陀思妥耶夫斯基小说的"多声部性"特征的把握是一大发现。北京大学资深教授彭克巽在《巴赫金的文艺美学》(1999)一文中对巴赫金的复调小说理论的要点作了十分精辟的评述："就文学创作的实际来说，纯然复调思想的小说并不多见，常见的倒是复调思维和独白主义思维的程度不同的混合。"但他也认为，"巴赫金提出独白主义和复调艺术思维是有创造性的，它有助于从一个新角度分析小说的结构特征。"

虽然，学者们对巴赫金的复调小说理论有着种种保留或争议，但对复调式小说世界的"多声部性"、复调式叙事结构的"对话性"、复调式艺术思维的反"独白主义"精神，几乎都给予了首肯。同时，这种对话有助于人文学科的健康发展。

3. 狂欢化(карнавал)

巴赫金不仅注重文本的语言和结构，而且注重文本的人文内容，由此生发了狂欢节文化理论，这是他的重要思想，体现了他的平民意识、非精英意识。巴赫金根据世界文化传统，提出狂欢节笑文化，打破等级制度，将被精英文学史家们放逐到边缘的平民话语、被压抑贬斥的平民文化带入高雅的文学殿堂，这实质上是一种民主思想，提倡文学阅读的平民化，这就是巴赫金平民化、民主化的文学思想。

民间笑文化来源于狂欢节。狂欢节是欧洲民众生活中一个重要的民俗活动。狂欢节式的庆典可以追溯到古希腊罗马或更早的时期。在古希腊人们奉行酒神崇拜。在奥林匹斯神系中，酒神狄奥尼索斯主管丰收，所以每年丰收季节来临之际，人们都要杀猪宰羊，敬献给神庙中的狄奥尼索斯，并在祈祷中表演歌舞，祭献活动之后，人们还要戴着面具，身着奇装异服，到街上去狂欢游行，在狂欢节期间，人们尽情地放纵自己的原始本能，在古罗马，中心的狂欢节型庆典就是农神节。

广义的狂欢节型庆典，还包括一些属于不同国家、不同民族、不同时代的各种民间节庆活动，如愚人节等，甚至还包括日常生活中具有狂欢特点的一些活动，如：集市活动、婚礼、葬礼、洗礼仪式、丰收庆典……

狂欢节型的庆典，在古希腊罗马广大民众的生活中，在中世纪和文艺复兴时期的欧洲，占据着重要的地位，这些庆典活动逐渐丧失祈祷和巫术功能(而这些在古代庆典中是不可或缺的一部分)，不少活动常和反对权贵的闹剧、对教会及其宗教仪式的嘲笑交织在一起，所有这些活动都充满着我们无法想象的欢乐。

巴赫金将狂欢节型庆典活动的礼仪、形式等的总和称为"狂欢式"。巴赫金的"狂欢化"理论，引起了人文学科各方面学者的强烈兴趣。狂欢化理论在《陀思妥耶夫斯基诗学问题》中已有论述，而在《弗朗索瓦·拉伯雷的创作和中世纪与文艺复兴时期的民间文化》一书中作了全面的阐释，在该书中巴赫金重点研究了拉伯雷与中世纪民间文学的联系，提出反对官方文化、专制文化，体现人民群众、平民对世界笑文化的感受，拉伯雷的创作有着深厚的人文内涵，是文学创作与文化研究相结合。拉伯雷的作品在世界文学的民间狂欢式笑文化中充当始作俑者的角色。他第一个以高度的平民意识，冲击官方的、专制的精英文化，提倡大众的民间文化。

巴赫金笑文化的思想实质是不受限制地充分表现自己对世界的感受，使人暂时摆脱占统治地位的官方现存制度与官方认定的真理。人与人平等共处、取消一切特权、规范与禁令，显示了一种人存在的自由形式，表现人与人的真实关系。这种理念是复杂的，是一种对狂欢的感受。狂欢的人的心态、行为、言语不仅是自由的，而且是怪诞的，是一种由狂欢节带来的独特心灵感受。巴赫金认为，这是一种源于民间的文化形态，通过笑语言表达人类文化的初始形式。

笑语言有诙谐、幽默、讽刺、怪诞等特点，有三种表现形式：

（1）戏谑性的表现形式；

（2）戏仿体的表现形式；

（3）俚语、俗语。

巴赫金狂欢化、笑文化的本质表现在文学中是一种怪诞的风格，分别体现在浪漫主义、现实主义、现代主义文学中，是长期贯穿于人类文化中的一个重要因素。在《拉伯雷与果戈理与语言艺术与民间的笑文化》一文中，巴赫金对俄国作家，尤其是果戈理的笑文化进行分析，认为果戈理的笑文化是民间文化与官方文化的对立碰撞，通过民间笑文化否定现有的官方制度与教条。《狄康卡近乡夜话》描写乌克兰的节庆生活与集市生活，主题是节日题材，洋溢着欢乐气氛，这种题材决定了情节、形象与基本情感语调。在《狄康卡近乡夜话》中果戈理烘托的是狂欢化，渲染的是笑文化，并通过鬼怪实现。鬼怪形象，就其实质而言，具有深厚的民间笑文化基础，以此嘲弄、鄙视官方文化中的丑恶。《密尔格拉德》中独特的怪诞主义与怪诞的浪漫主义交织。其中《塔拉斯·布尔巴》中有狂欢化意识，如浪漫主义视死如归的勇士精神。到了 20 世纪三四十年代，转变为怪诞现实主义。巴赫金认为《死魂灵》所依赖的是一种狂欢化的、游于地府的阴间色彩，其中许多现象与地狱接近。《死魂灵》中的狂欢化因素不仅表现在语言方面，而且表现在情节方面。有许多怪诞夸张的情节线索，用以展示俄国社会中形同死人的人。因此这部现实主义作品带有明显的怪诞浪漫主义。果戈理通过笑文化揭示美好、崇高、积极的生活原则，鞭笞假、恶、丑，弘扬真、善、美。

在笑文化之下的语言也独具特色。语言脱离规范，语义滑稽化、怪诞化、夸张化，以此表现广泛存在于民间的对善与恶的态度。在《果戈理之笑的历史传统与民间渊源问题》一文中，巴赫金进一步指出，笑不仅是正面形象，而且是观察历史、认识现实的角度，是对官方话语的嘲弄。他汲取《神曲》与《巨人传》的传统，认为笑不仅是一种形象，而且是一种视角，同时与恐惧对立，以笑释放对官方的恐惧。另外，巴赫金还提出，果戈理的笑不仅是对官方的反叛，也是对经典文学结构的反叛。笑文化是一种非正式的语言文化，使小说形式更自由奔放，打破经典教条。巴赫金还在该文中指出，笑有双重性：一方面是对官方严肃性、专制性、重大性的摆脱与消解，体现一种民间的抗拒、摆脱、消解，另一方面是否定因素与肯定因素的结合、张扬与贬斥的结合，这是笑文化不可分割的两方面。

《拉伯雷与中世纪及文艺复兴期的民间文化》一文是巴赫金对世界文学史、欧洲文学史中笑文化的总结。他认为，拉伯雷的小说有深刻的民间源头。在中世纪，神权与政权紧密联合，神权的精神统治甚至更强。拉伯雷通过笑文化与教会文化、官方文化对立，作品中出现了各种节庆式人物形象、各种节庆场面，建立了一种非官方、非国家、非教会的审视世界的新视点，在官方文化的彼岸建立了第二个世界、第二种生活——民间生活。狂欢节中人人都参与其中，因此是全民性的、自由的、不设防的生活模式。人们自由自在地展示个人存在形式。从人文意义上讲，狂欢节使一切平等化、自由化、神圣化。从审美意义上讲，狂欢节提供了新的文学样式、新的美学形式。这种文学样式是最自由的、最民主的、最真实的。它具有以下特点：

（1）全民性

笑的美学价值不仅是民族的，而且是全人类的。在《死魂灵》中果戈理不是强调单个地主的特点，而是概括全人类共性。

（2）仪式性

狂欢节有一定的仪式和礼仪。狂欢节上主要的仪式，是笑谑地给狂欢节国王加冕和随后脱冕。这一仪式以各种不同的形式出现在狂欢式的所有庆典中。

狂欢节上还存在换装礼仪。这是狂欢节乌托邦理想的一个组成部分。狂欢节从仪式上看，没有神秘主义和虔敬行为，祈祷和巫术功能的逐渐丧失使狂欢文化思想范畴不断得以深化。狂欢仪式具有讽刺模拟的性质，他们对等级制度起着颠覆作用。从这个意义上说，狂欢节又是反仪式的，它是充满节日气氛的庆典。

（3）包罗万象的针对性

笑针对所有人，包括众人与自己。整个世界都是可笑的，从可笑的绝对性来感受，理解世界，从而感到整个世界都是有缺陷的。

（4）双重性

既有欢乐，也有悲伤；既有喜剧成分，也有悲剧成分，既有肯定因素，也有否定因素；既针对他人，也针对自我。

笑文化的人文意义：

（1）重新审视历来被视为文学创作中最低俗的部分、历来被文学史家鄙视的诗学理论。发掘了笑文化，并带入了文学殿堂，弘扬其价值，提倡题材平等，从而颠覆了传统的精英文化。

（2）诗学意义。使文学的诗学研究平等化、美学研究平民化，摒弃了文学研究中的雅俗之分，体现了文学研究的民主主义、人文主义。

（3）美学意义。消除了美学研究的封闭性，扩大了文学的内容与形式的开放性研究，可以在文学研究中寻求各种体裁的融合。

（4）思维方式。巴赫金通过狂欢化思维方式颠覆理性化思维结构，发掘人类的思维潜力，让所有与文学打交道的人的思想从现实中解脱。狂欢化思维方式重新审视人类文化，以反对永恒不变的绝对真理，提倡价值观的相对性、平民化。巴赫金的笑文化不仅适用于文学批评，而且适用于文化审视。

中国著名民俗学家、民间文学研究者钟敬文先生在中国举行的巴赫金国际研讨会上指出，狂欢式人类生活中具有一定世界性的特殊的文化现象。从历史上看，不同民族、不同国家都存在着不同形式的狂欢活动。他们通过社会成员的群体聚会和传统的表演场面体现出来，洋溢着心灵的欢乐和生命的激情。中国文化中的狂欢现象，从历史和现实的情况看，都是存在的。

很多学者就具体作品中体现的狂欢化做出了深入的研究，如北京师范大学夏忠宪教授就认为，《红楼梦》始终笼罩着狂欢的氛围，充满狂欢的双重性：悲喜交替，苦乐相间，时而严肃而悲伤，时而轻松而欢快。

第十五讲

洛特曼文化符号学

在现代符号学研究的版图上，前苏联占据了重要的地位，美国有皮尔士和莫里斯开创的符号学研究，这一学派深受雅可布逊学术思想和现代语言学的影响，在欧洲，符号学研究的重镇首推法国了，有列维-施特劳斯、本维尼斯特、罗兰-巴特、格雷马斯等为代表的符号学研究者。前苏联是以尤里·米哈伊洛维奇·洛特曼（Юрий Михайлович Лотман，1922-1993）为代表的塔尔图-莫斯科学派（Тартуско-московская семиотическая школа 或：Московско-тартуская семиотическая школа）。塔尔图是爱沙尼亚的第二大城市，塔尔图大学的符号学研究排名世界第一，正是因为这里有世界上唯一的符号学系，其前身是洛特曼在 1992 年主持成立的符号学教研室。

洛特曼成为继巴赫金之后又一位具有世界声誉的人文学科领域理论巨擘，甚至有学者把他称为文艺研究中的哥白尼。洛特曼生前曾是国际符号学协会的副主席、不列颠科学院院士、挪威和瑞典科学院正式成员、世界多个大学的荣誉博士、俄罗斯科学院普希金奖获得者，去世的前一年（1992）还当选为爱沙尼亚科学院院士。洛特曼一生著述甚丰，共约1 000 种，其中许多著述被译成多种文字。

在 1973 年的全苏斯拉夫学大会上，洛特曼及其同事伊万诺夫等人提出了文化符号学的概念。1984 年洛特曼首次提出"符号域"（семиосфера）①范畴，被视作文化符号学的核心和理论基础。

洛特曼和塔尔图学派创建的文化符号学理论，是从文化的符号性、文化信息的特点、文化符号系统的复杂结构、这一系统的运作变化等方面对文化进行分析和概括。这一文化符号学派的显著特征如下：从普通符号学原理（以索绪尔和皮尔士为代表）出发，利用结构主义方法，对文化符号进行系统而全面的观察，即文化符号学体系中要素之间的关系及整合它们的规则（属符号体系的"组合"）、符号与意义之间的关系及符号指称和解释规则（属符号体系的"语义"）、符号与使用者之间的关系及符号运用规则（属符号体系的"语用"）。

---

① "Семиосфера"一词可以有三种译法：符号场、符号圈、符号域。我们选择了第三种译法。圈给人的印象容易是封闭的、平面的。而我们希望凸显出符号域的立体性与开放性。"场"是借用的物理学概念，被引申到语言学，如语义场；我们不希望和它过于重复。在后面的论述中，我们提及拓扑学对洛特曼文化符号学的影响，而在拓扑学的概念中有区域、邻域等。因此符号域这一种译法有其合理的一面。

一、洛特曼其人

洛特曼生于 1922 年 11 月 28 日，出生在彼得堡（当时叫列宁格勒）一个犹太知识分子家庭，父亲是出名的律师，20 世纪 20 年代，由于政治环境所限，他感到自己无法使被辩护人胜诉，就放弃掉私人律师职位，改任列宁格勒出版社的法律顾问。母亲是牙科医生。洛特曼有三个姐姐：大姐是音乐家，二姐是文艺学家，三姐是医生。

洛特曼家里的文化生活很丰富，他常常去参观各种博物馆。学校生活给洛特曼留下了深刻印象。他就读的是附属于圣彼得教堂的德国学校，当时这所学校颇负盛名，在 20 世纪二三十年代，全部用德语授课。1939 年洛特曼作为优秀毕业生被免试保送到列宁格勒大学（彼得堡大学）语文系。洛特曼回忆，大学生活开始的一年多是他一生中最幸福的时光。20 世纪 30 年代的列宁格勒大学语文系大师云集，阿扎多夫斯基教授教民俗课，普洛普当时只被允许参加课堂讨论会。文学教研室有古科夫斯基、艾亨鲍姆、托马舍夫斯基、吉皮乌斯等学者，语文系有著名教授谢尔巴、泽列宁、日尔蒙斯基等。当时这里的学习氛围非常浓厚。洛特曼回忆说，他上完课后就在图书馆学习到闭馆，晚上回家学习到深夜，一天只睡三四个小时。这种习惯他一直坚持到晚年。

1940 年秋，由于卫国战争爆发，他中断学业，应征入伍，做了通信兵，一直随部队攻到柏林。1946 年，他重返校园，1950 年以优异成绩毕业。由于当时是苏联国内反"世界主义"运动的高潮时期，洛特曼虽然有战功勋章和优秀毕业生证书，但他身为犹太人，既不能报考研究生，也无法在故乡列宁格勒找到工作。最终，他辗转来到塔尔图师范学院工作。后调入塔尔图大学任教直至终生。1951 年，洛特曼与扎拉·格里高利耶夫娜·明茨结婚，她也是一位著名的文艺学家。

在塔尔图，洛特曼讲授的课程包括古俄罗斯文学、18—19 世纪俄罗斯文学、苏联文学、民俗和文学理论等。1952 年，洛特曼通过副博士论文答辩，论文题目是《与社会政治观念进行斗争的 A. H. 拉季谢夫及 H. M. 卡拉姆津的贵族美学》。1958 年，洛特曼出版了第一本专著《安德烈·谢尔盖耶维奇·戈萨罗夫及其所处时代的文学和政治斗争》。1960 年，洛特曼在母校列宁格勒大学通过博士论文答辩，题目是《前十二月党时期俄国文学的发展道路》。

洛特曼由系统研究俄罗斯古典文学入手，逐步形成自己的研究思路和方法，他把符号学的思想方法和结构主义诗学研究结合起来，首先对俄罗斯诗歌进行了符号学和结构方法的研究，1962 年，他将诗学研究的课程讲义汇编成册，1964 年以《结构主义诗学讲义·引论·诗歌理论》（Лекции по структуральной поэтике, Тарту）为名出版，这本书奠定了俄国结构主义诗学的理论基础。1970 年出版了《艺术文本的结构》（Структура художественного текста, 1970）。1972 年，在《结构主义诗学讲义》的基础上，他又出版了《诗章分析》（Анализ поэтического текста. Ленинград: Просвещение, 1972 г.），使他成为塔尔图-莫斯科符号学派的领军人物，20 世纪 70 年代起，洛特曼的声名鹊起，频繁穿梭于莫斯科和列宁格勒之间讲课和做报告。由诗学到文化学的过渡对洛特曼而言不是十分清晰，因为文学本身也是一种独具特色的文化现象。洛特曼一共发表了 1 000（原来统计的是

800 多)多部作品中,文化学的题目占了相当大的比重。其文化学的代表作是《在思维世界的内部》(Внутри мыслящих миров)(该书是为一家英国出版社所写,俄文版于 1996 年在俄罗斯面世),这本书中,他提出了符号域、文化边缘与中心的交替等主要文化学思想,他晚年的另一部专著《文化与爆发》(1992, Культура и взрыв)也成为文化学方面的经典之作。

1993 年 10 月 28 日,洛特曼逝于塔尔图,终年 71 岁。

二、洛特曼文化符号学的发展历程

洛特曼的文化符号学有个发展的过程,由结构主义诗学扩展到历史文化符号学。洛特曼文化符号学的发展经历了以下三个阶段:

第一阶段:社会历史学研究阶段

洛特曼从文学史研究起家,研究社会历史学,通过文学作品研究俄国社会历史。早期他宣讲法国启蒙文学对俄国文化的影响。洛特曼以审美思想为取向,认为文学是一种思想体系,提出思想与内容的统一性。和西方符号学不同的是,洛特曼较关注传统的社会决定论,但不庸俗化。

这一阶段他重点探讨了文学史,写了一系列文章,如《古典时期的俄国文学》与《18 世纪文化语境中的文学》,集中论述了俄国 18—19 世纪作品,这些论文体现了洛特曼的文学历史观。传统的文学、历史研究对象是独立自主的,而洛特曼的文学史观认为,应该把文学放在整个文化背景中研究,放在文学与其他领域的关系上研究,要探讨文学与其他学科的关系。洛特曼研究不同历史时期的文学概念、文学接受、文学对时代心理及其他问题的影响,这包含了文艺心理学的内容。洛特曼认为这些都是文学研究的重要组成部分。

总体而言,洛特曼认为文学艺术研究应该关注以下四个方面:

(1)文学在时代意识中的地位与作用

自 18 世纪始,俄国的文化就是文学中的文化。文学在文化中地位独特。与其他艺术形式相比,文学的形式更为凸显。比起演员、画家,甚至医生、教授等,诗人才是最受推崇的人。到了叶卡捷琳娜二世时代,文学独立的地位更加崇高。文学的影响甚至迫使当权者把文学家吸引到政府班子。文学强大的权威性使之成为引领俄罗斯的先导。洛特曼通过研究文学在历史中的作用,强调文学在俄国历史上的统治地位,甚至在苏维埃时代主流意识形态也通过文学提高文化生活,斯大林主要捧着高尔基、马雅可夫斯基,而赫鲁晓夫则力捧肖洛霍夫。

(2)文学与读者的关系

洛特曼接受了西方接受美学观点,通过对 18 世纪读者群的变化审视 18 世纪文学对社会思潮的影响,把发行量与读者量同 18 世纪的文化建设紧密相连,得出结论,俄国文学无功利,这一点不同于西方文学。洛特曼强调文学对社会意识的教化作用,严肃文学是高尚的,非功利的。读者文化观念的变化导致了文学的高下之分。

(3)把文学创作与社会思维方式联系

一般认为18世纪俄国文学的发展在古典主义范围内进行。18世纪70年代古典主义让位于感伤主义。洛特曼认为这种看法忽视了文学创作与社会思维方式的联系。18世纪的社会思维方式有浓重的理性色彩，因此古典主义转向感伤主义而不是成为截然不同的两种流派，而是古典主义内部有变化，是理性主义的削弱与感性主义的加强，这是与古典主义社会思维方式不可分割的。

洛特曼通过对俄国近代史的研究，认为在俄国的发展中，从普希金到契诃夫的时代是古典主义时代，是世界文学史上独立而完整的顶峰。洛特曼通过研究19世纪文学，认为作为动态的人类文化发展史有两种形式，即渐进式与爆发式。文化的发展是二者的链形交替。他以19世纪为例，指出文化发展的历史过程既是一个客观的自然进程，也是一个自觉的动态进程。文化历史实质上按照前人可预见的规律发展，同时由于未来的不确定性使发展规律带有偶然性。变偶然性为必然性就是爆发，爆发一经实现，就成为可预见的发展规律。文化就是这样渐进与爆破交替发展的，二者既可以交替，也可以共存。洛特曼认为，普希金时代以爆发为主，这包含两层意义：首先普希金完成的俄国文学浪漫主义运动确立了有独立品格的俄罗斯文学，其次完成了由浪漫主义到现实主义的转变。而19世纪60年代则是二者并存：贵族文学以渐进式继续前进，平民文学以爆发出现。19世纪与20世纪之交是爆发。爆发文学发展会带来文学意识的急剧变革。因此文学与文化的发展是一种特殊机制，是一个变偶然为必然、变爆发式为渐进式的过程。因此分析文化发展可以从两个视角出发：第一从历史的视角，预测未来，分析可能性；第二从未来的视角审视过去，总结规律。

（4）二元对立结构与多元共存结构

从某种角度讲俄国文化中的事物都可分为两类：神圣的与罪恶的，正面的与反面的，光明的与黑暗的，即一系列对立的两极，这两极贯穿俄罗斯文化发展进程。这就是俄国文化中的二元对立结构。

二元对立模式直接影响俄国长篇小说情节发展类型，体现为一种复杂独特的模式：通过对恶的抑制踏上向善之路。二元对立模式贯穿19世纪文学创作始终。这种模式更接近于浪漫主义，但在现实主义文学中也得到了继承与发展。

多元共存结构即多种形态共存（善、非善、非恶、恶）。对一般的生存状态无法做出评价。在多元共存模式的小说中，作者关注人的日常生活，世界是庸俗的，人既非圣人，也非恶人，既不向善，也不向恶。契诃夫是这种模式的代表作家。一系列"多余人"作品也属此类。

二元结构以抑恶扬善为美学追求，多元结构只对人的生存状态做伦理评价：生存是道德的，恶是对人的生存本质的偏离，以此展示人的一般生存状态。

洛特曼比较了二元模式与多元模式，认为二元模式长于道德揭示，具有鲜明的俄罗斯民族文化基础（从一极到另一极）；多元模式是西方文化对俄国艺术表现的影响。二者既对立又联系，是不同历史文化传统使然，是不可分割的统一体。冲突与共存形成了19世纪俄国经典文学的内在多样性，保证了文化体系的内部互动性。

第二阶段：文学符号学阶段

20世纪60年代洛特曼由社会历史学阶段过渡到结构主义诗学阶段。在这一时期，洛特曼的方法论发生了转向，开始关注文学艺术特征，包括语言、形式与篇章结构，确立了符号学的研究方法。通过对具体作品的研究，拓展了文学特征的研究，尤其是文化特征的研究，为走向第三个阶段铺路。

这一阶段洛特曼强调文学的审美功能与结构的体系。他认为，文学文本的两大特点是审美功能和独特的内部结构体系。文学文本具有更多的、更高的语义负荷；文学文本需要二次解码，这是由审美功能决定的。文学文本需要一定的结构方式。文本通过信息发出者的多次加密形成文本结构，文本结构是信息发出者以一定的方式加密语义，文学文本结构有两个层次，文本结构与文化结构，文化结构是作品产生文化的机制，审美功能与结构体系之间没有自动的制约关系，二者之间的关系取决于文化体系与文化类型。洛特曼指出，参与文学发展的不仅是文学文本，文学艺术的发展需要非艺术性文化的加入，包括价值观、世界观、伦理观等。文化的发展与文学的发展是互动的。价值体系再次起到举足轻重的作用。

洛特曼的结构主义诗学与西方结构主义诗学有所区别。首先，俄罗斯文学具有强大深厚的历史内涵，因此不用于西方结构主义学者，洛特曼并不反对社会历史学批评，主张将结构主义方法与社会历史学方法结合进行文学研究。洛特曼克服了传统上科学主义与人文主义的分裂，将二者结合。洛特曼认为文学中的艺术是独特的社会形式，并强调文学作品的思想性。

第三阶段：文化符号学阶段

在这一阶段，洛特曼主要研究文本的文化语义。洛特曼认为，一切人文科学的研究目的是在人类文化的大背景上研究文学作品的民族文化内容与全人类文化内容之间的关系，哪些是共有的，哪些是特有的。洛特曼认为俄国文化的特点是边缘性，故研究俄罗斯文化必须建立在历史观之上的对比思维上。欧洲思维将俄罗斯推到欧洲世界的边缘。

文化符号学研究超出了文艺学范畴，扩展到对民族、国家、地区文化特征的描述上。这种文化是一种观念文化。

三、文化符号学的关键词：第二模式化系统、文本、符号域①

1. 第二模式化系统（вторичная моделирующая система）

在洛特曼文化符号学的概念中，自然语构成的系统被认为是第一（性）模式化系统②（первичная моделирующая система），并被认为是作为第二（性）模式化系统的文化文本

---

① 郑文东. 文化符号域理论研究. 武汉：武汉大学出版社，2007.
② 有的学者翻译为模拟系统，或者模拟体系。

的基础。第二模式化系统最初并非是洛特曼提出的，而是由数学家 B. A. 乌斯宾斯基提出的。洛特曼将之用于文艺学领域进而文化学领域，并进一步发展。

每一个民族所具有的自然语言都是在长期的历史发展过程中逐渐形成的，是人们为了交际方便的需要而创建的代码系统，其特点是，用抽象的符号代替了客观世界的各类事物，自然语勾勒出世界语言图景，使人类借此认知世界，它是将世界模式化的基本手段。由于人类的意识是语言意识，所有建构在意识之上的模式类型——其中也包括艺术——都可以被定义为第二模式化系统。第二模式化系统具有这样的特点，即通过它们，"世界或其各部分的模式被建构起来。这些系统相对于第一性的自然语而言是第二性的，它们直接(超语言的文学艺术体系)或以同自然语平行的结构形式(音乐或绘画)建构于自然语之上"。①

这意味着并非所有的文化文本都以自然语为材料，如音乐、绘画、雕塑，但都具有同自然语相似的特征，即在这些文本中都可区分出组合和聚合关系。如音乐可以作为一种组合结构进行描写，而构成旋律的相似的节奏、节拍、音高、音强、音色可以组成不同的聚合体。在绘画中，不同的点、颜色、线条组合成了一幅图画，但又能在其中分析出类型相同的颜色、线条，并且与其他绘画中的相似因素形成聚合关系，如是分属于人物画、风景画、静物画还是动物画。雕塑有着同绘画相类似的情况。

第二模式化系统具有同自然语一样的模拟客观世界的功能。以自然语为材料的文学文本、政论文本、发挥着同自然语相似的模拟作用：通过语言文字表现客观世界以及对它的认识。所以我们说，自然语和第二模式化系统的区分，是洛特曼文化符号学的根本出发点，他从文化现象中抽象出文化语言，可以使我们从文化模式入手，更加深入地理解文化背后的底蕴。

这样，语言被纳入到文化的普遍系统中，和文化组成了一个复杂的整体。自然语和第二模式化系统之间既对立又统一的关系，促成了人类文化的动态发展。

2. 文本(текст)

塔尔图学派继承了索绪尔在符号学上的观点，但在很多原则问题上和索绪尔及他在法国的追随者们又颇为不同，首先反映在文本问题上。

结构主义的奠基者索绪尔认为语言才是语言学家研究的对象。他的这一观点深深影响着传统结构主义符号学派的发展，因而他们关注的中心是语言，是语言的结构和对它的描写方法。

而洛特曼认为，语言和文本原则上是无法归入一个层面的。那么，什么是文本呢？简言之，文本是符号和信息两方面的统一体：

> 文本和符号。文本是整体的符号，文本是符号的连续。后一种情形，从语言学对文本的分析看来，是唯一可能的。然而在文化的一般模式中存在另一种形式的文本，

---

① 洛特曼. 符号域. 圣彼得堡：圣彼得堡艺术出版社，2000：520.（Лотман Ю. М, Семиосфера Санкт-Петербург, Искусство-СПБ, 2000, С. 520.）

其中文本的概念不属第二种，即由符号链派生的，而是属于第一种概念。这种文本不是离散型的，不能分解为一个个符号。它是浑成的整体，不能分解成单独的符号，而是具有区分性特征。如大众媒体的现代声像系统——电影、电视。"①

这就是说，文本可以分为离散型文本和浑成型文本，如传统意义上的文学文本，就是由一个个字词线性排列组合而成的，是离散型文本；而电影、电视所播放的节目则一般为浑成型文本。

至于文本的另一方面——信息，文化文本所传递的信息包括普通语言信息和文化附加信息。一般而言，普通语言信息是文化文本的第一性意义，是掌握该自然语的集体所共识的，而我们在研究文化文本时，更看重的是其文化附加信息——第二性意义的价值。甚至有的文化文本，它的普通语言信息是零，比如跳大神时念叨的咒语，是没有普通的语言信息的，但在敬畏神灵的百姓眼中，这一行为文本具有高度的神圣性，此时文本的语言意义退居第二位，被第二性的意义所掩盖。这种类型的文本，通常不要求人们去理解。正是零位的普通语言信息，表现出文本高度的符号性。

所以，从信息的方面来说，"文本是完整意义和整体功能的载体（如果区分文化观察者和其代表者的立场的话，那从前者的立场而言，文本是完整功能的载体，而从后者的角度说，文本是完整意义的载体）。在该意义上，文本可被视为文化的第一要素（基本单位）"。②

在文化符号学的视野观照下，"文本"的概念不仅仅指用自然语所表达的信息，还指任何承载完整意义的表达——如礼仪、造型艺术作品或乐曲。因此，一切文化符号的载体被洛特曼通称为文化文本，只要它承载了信息，就成为完整意义和整体功能的载体。

洛特曼总结出文本的三个功能。他认为，文化符号学的主要问题是意义的生成问题。他关注文化文本，特别重视信息在传递过程中的前后变化，重视文本的功能：信息传递功能（передача сообщений）、生成新信息的功能（генерирование новых сообщений）、信息储存记忆功能（память сообщений）。

信息传递是文本最基础的功能，信息的发出者将信息传递给接收者。在理想的情况下，信息内容不发生质和量的改变：接收者能收到初始的信息，文本的意义既没有缺失，亦未增生。这其实只是假定的一种预设，即文本的意义是一个常量，在交际中是固定不变的。严格地说，只有人工语言才能做到这一点。但在现实的、自然的文本交际过程中，信息的发出者和接收者都是各自独立的符号个体，也就是说，各自的语言经验、标准和记忆储量都不一样，个人承袭的文化传统也不尽相同。在译码过程中，初始信息在传递中产生变形，扮演了"触媒"的角色，在接收者的自我认知中意义得到了增生。总之，即使交流双方使用的是同一种自然语，文本的传递也不能不伴随着变异，更遑论其他文化语言了。

---

① 洛特曼. 符号域. 圣彼得堡：圣彼得堡艺术出版社，2000：508.（Лотман Ю. М, Семиосфера Санкт-Петербург，Искусство-СПБ，2000，С. 508.）

② 洛特曼. 符号域. 圣彼得堡：圣彼得堡艺术出版社，2000：507.（Лотман Ю. М, Семиосфера Санкт-Петербург，Искусство-СПБ，2000，С. 507.）

文本的储存记忆功能实际上就是文化的传承功能。如果我们把目光从个体转向民族这个集体的话，文化则可以相应看做集体记忆的机制，是集体保存和加工信息的机制，所以洛特曼认为，文本是文化记忆的容器，它具有保存对以前语境记忆的能力。

文本除了以上两个功能之外，还能建立某种新信息，形成新的意义。因为文本不是由一种语言组成的，而是由多种语言同时在表述，文本中各个子文本之间形成对话，因而形成意义的增生，这就是文本生成新信息的功能。通过文本在一般交际过程中的意义增生研究，洛特曼深入到文化的创新机制。

文化文本意义的生成，是一个动态的变化过程。文本的意义因此失去了终结性和一次性，具有了无限阐释的可能，但和后结构主义不同的是，洛特曼的立足点依然是初始文本，无限的阐释始终围绕着一个意义的常量。

3. 符号域(семиосфера)

"符号域"是洛特曼文化符号学的一个核心概念和理论基础。洛特曼认为，文化在一定的时空环境中自我组成，脱离这个时空，文化便不复存在。这个组成既是符号域的自我实现，同时也是借助于符号域的存在。

符号域概念的提出源于维尔纳茨基的生物圈概念。洛特曼认为，任何存在都有具体的时空，文化也不例外，形成于一定的时空中。符号域就是一个民族文化多种符号系统产生、活动、发展的空间。

符号域思想的前提，是把文化作为人类认知手段与功能来看待的，这亦为其思想价值之所在。文化反映了人类对宇宙、社会、人的认识，本身是一种认知机制。人类为了生存，必须对世界有个认知整合的过程，使之成为有秩序、有规律的世界，对这种"秩序"和"规律"的认知过程，实质上就是文化作为整体符号体系的形成过程，而作为民族文化载体的符号域则是人类对外部世界认知的成果。

文化是一整套符号体系，以有序的多层级性共存互动在符号域内。符号域作为民族文化的载体，形成文本的汇合。符号域的层级性可以从多方面理解。从结构上看，符号域是文化语言的多层级排列；从文化文本出发，符号域是文本的多层级组合；从文本所传递的信息看，符号域是文化信息的多层级组合；而从符号域的整体符号空间看，它是内外空间的组合。

勾勒出符号域的图景后，人们不禁会产生一个疑问：那符号域内部结构的基础是什么？其基础就是离散型符号(或称约定性符号，如自然语)和浑成型符号(或称图像性符号，如一幅画)的二元互动。约定性符号和图像性符号(更确切地说，是各符号系统中约定性和图像性的不同比例)的二元对立与互动是人类文化的普遍现象。整个文化主要就是这两类符号构筑起来的，它们构成了文化的基础。

离散型和浑成型符号类型的二元对立和互动是人类思维机制的一大特点，是人的左右脑非对称结构导致的。对人的大脑半球功能特点的研究，揭示出人脑结构和文化结构极为相似。这说明人的大脑半球分工、人类的思维模式和文化结构是异质同晶的。洛特曼从符号学的角度提出，在个人和集体的意识中，我们可以发现存在着至少两种原则上不同的反映世界和加工新信息的方式，或曰两个系统以及在这两个系统间交换文本的复杂机制。

这两种思维模式相互作用，彼此不能完全等值互译，这样便形成对外部世界的多元化认知。

不对称性和边界性是符号域空间结构的两个显著特征。

不对称性又可称为不平衡性，符号域的内部结构到处充满了不平衡性，这是它的组织规律和重要特点。

不对称性表现在各个层面。从宏观上看，首先一个民族文化符号域的内部空间结构是不对称的。洛特曼认为，它明显可区分出中心与边缘区域符号域的中心是最发达、结构最严谨的符号系统，首先是民族自然语，它是一个文化的核心，是符号域赖以存在的基础。和这些具有组织结构的语言一起存在的还有许多个别语言。符号域的边缘地带是无序的、松散的，核心结构处于边缘的包围之中。

在具体的每个文化门类中，同样区分出中心与边缘。文学作为一个有序的系统，其内部发展同样是不均衡的。唐诗、宋词、元曲、明清小说，从这些名称我们就可以看出在各个时代，哪种文体(文化语言)占据中心地位。

既然符号域具有性质各不相同的区域，当然就有把这些区域隔开的边界。边界性是各个民族文化符号域空间结构的又一特点。边界把民族文化符号域分割成内部空间和外部空间，本民族的符号域为内部空间，其他民族的符号域为外部空间。同时它区分出文化和非文化，因为只有对内部(自己的)空间和外部(他人的)空间进行了划分，才出现了文化，这是文化性质的共相，只有在前文化阶段的人类才生活在混沌之中。内部和外部空间都是相对而言的，这取决于观察者所处的立场：从一个文化的内部看是外部的、非符号的世界；在外部观察者看来可能是符号域的边缘。

符号域内部为何有着形形色色的边界呢？原因在于符号域的内部空间也是由各种互相冲突的结构组成的，都具有个人性，其基本机制之一是边界性。洛特曼认为，边界可定义为一种特征，是一个周期形式的结束。这个空间就是"我们的"、"自己的"、"文化的"、"安全的"、"和谐构成的"等。它和"他们的空间"、"别人的空间"、"敌人的空间"、"危险的空间"、"混乱的空间"相对立。

洛特曼认为，符号构成过程中最"热"点是符号域的边界。边界的概念具有双重含义。一方面，它区分事物；另一方面，它联系事物，它总是和某些事物联系在一起的边界。因此，边界同时属于两种文化或属于两种互相毗连的符号域。

符号域的理论价值在于一方面它从宏观上观察文化现象，同时又从微观入手，从一个具体的文化文本推断文化的全貌，把握文化的恒量与变量，从而揭示文化动态发展的普适性规律。

主要参考文献

中文文献

[1]爱克曼辑录. 歌德谈话录. 朱光潜，译. 北京：人民文学出版社，1991.

[2]巴赫金. 哲学美学. 晓河，贾泽林，等，译. 石家庄：河北教育出版社，1998.

[3]巴赫金. 诗学与访谈. 晓河，贾泽林，等，译. 石家庄：河北教育出版社，1998.

[4]本雅明. 迎向灵光消逝的年代—— 本雅明论艺术. 许绮玲，林志明，译. 桂林：广西
    师范大学出版社，2004.

[5]勃兰兑斯. 十九世纪文学主流. 北京：人民文学出版社，1986.

[6]茨维坦·托多洛夫. 俄苏形式主义文论选. 北京：中国社会科学出版社，1989.

[7]大卫·E. 科铂. 存在主义. 孙晓玲，译. 上海：复旦大学出版社，2012.

[8]方珊. 形式主义文论. 济南：山东教育出版社，1999.

[9]菲利普·锡德尼. 为诗辩护. 钱学熙，译. 北京：人民文学出版社，1987.

[10]菲利普·锡德尼. 爱星者与星：锡德尼十四行诗集. 曹明伦，译. 保定：河北大学出
    版社，2008.

[11]高方，许钧. 反叛、历险与超越——勒克莱齐奥在中国的理解与阐释. 南京：南京大
    学出版社，2014.

[12]葛佳平. 拉·丰特与18世纪法国沙龙批评中的公众观念之争. 文艺研究，2010(1).

[13]户诗社. 马拉美——追求极致的诗人. 外国语文，2008(4).

[14]霍克海默·阿多诺. 启蒙辩证法. 洪佩郁，蔺月峰，译. 重庆：重庆出版社，1990.

[15]金丝燕. 文学接受与文学过滤. 北京：中国人民大学出版社，1994.

[16]John Macy. 你应该知道的文学的故事. 阎敏，译. 北京：九州出版社，2005.

[17]卡西尔. 人论. 甘阳，译. 上海：上海译文出版社，2003.

[18]莱辛. 拉奥孔. 朱光潜，译，北京：人民文学出版社，1979.

[19]莱辛. 汉堡剧评. 张黎，译. 上海：上海译文出版社，1981.

[20]拉曼·塞尔登. 文学批评理论. 刘象愚，等，译. 北京：北京大学出版社，2003.

[21]雷纳·韦勒克. 近代文学批评史：第2卷. 杨自伍，译. 上海：上海译文出版社，
    2009.

[22] 里尔克. 里尔克读本. 冯至, 绿原, 等, 译. 北京：人民文学出版社, 2010.

[23] 里尔克. 里尔克散文. 叶廷芳, 译. 北京：人民文学出版社, 2008.

[24] 里尔克. 里尔克精选集. 李永平, 译. 北京：燕山出版社, 2003.

[25] 里尔克. 马尔特手记. 曹元永, 译. 上海：上海译文出版社, 2011.

[26] 李冬梅. 艾亨鲍姆. 俄苏"形式论"诗学的创建者、守卫者和超越者. 俄罗斯文艺, 2012, 2(25).

[27] 李维屏. 英国小说艺术史. 上海：上海外语教育出版社, 2003.

[28] 麦克斯·霍克海默. 批判理论. 李小兵, 等, 译. 重庆：重庆出版社, 1989.

[29] 马尔库塞. 单向度的人——发达工业社会意识形态研究. 刘继, 译. 上海：上海译文出版社, 1989.

[30] 马尔库塞. 审美之维——马尔库塞美学论著集. 李小兵, 译. 北京：三联书店, 1989.

[31] 玛丁·海德格尔. 存在与时间. 陈嘉映, 等, 译. 北京：三联书店, 2006.

[32] 马汉广. 启蒙观念的辩证发展——康德、霍克海默、福柯. 学术交流, 2006(6)：16-20.

[33] 马克斯·霍克海默. 西奥多·阿道尔诺. 启蒙辩证法. 渠敬东, 曹卫东, 译. 上海：上海世纪出版集团, 2006：前言, 72.

[34] 缪灵珠. 十九世纪英国诗人论诗·译后记. 刘若端, 编. 北京：人民文学出版社, 1984.

[35] 皮亚杰. 结构主义. 北京：商务印书馆, 1984.

[36] 钱翰. 重新定位文学批评史的断裂——论文学史的创立在文学元语言演变中的意义. 文艺理论研究, 2012(6).

[37] 冉东平. 颠覆传统观念开启现代戏剧——浅谈尼采的《悲剧的诞生》. 名作欣赏, 2009(12).

[38] 托马斯·洛夫·皮科克. 诗的四个时代, 缪灵珠美学译文集：第三卷. 章安祺, 编. 北京：中国人民大学出版社, 1998.

[39] 王逢鑫. 英国新古典主义时期诗人的佼佼者——亚历山大·蒲柏. 国外文学, 1993(4).

[40] 王守仁, 胡宝平. 英国文学批评史. 南京：南京大学出版社, 2012.

[41] 王卫新, 隋晓荻. 英国文学批评史. 上海：上海外语教育出版社, 2011.

[42] 王佐良, 何其莘. 英国文艺复兴时期文学史. 北京：外语教学与研究出版社, 2006.

[43] 维·什克洛夫斯基. 散文理论. 刘宗次, 译. 百花洲文艺出版社, 1997.

[44] 席勒. 审美教育书简. 张玉能, 译. 南京：译林出版社, 2012.

[45] 席勒. 席勒美学文集. 张玉能, 编译. 北京：人民出版社, 2011.

[46] 席勒. 席勒诗选. 钱春绮, 译. 北京：人民文学出版社, 1984.

[47] 亚里士多德. 诗学. 罗念生, 杨周翰, 译. 北京：人民文学出版社, 1997.

[48] 杨祖陶, 邓晓芒, 编译. 康德三大批判精粹. 北京：人民出版社, 2001.

[49] 衣俊卿, 等. 20 世纪的新马克思主义. 北京：中央编译出版社, 2001.

[50] 曾渊. 词义深渊、个人气质与期待视野. 黄冈师范学院学报, 2006(5).

[51]张冰. 蒂尼亚诺夫的动态语言结构文学观——《文学事实》评述. 国外文学，2008(3)：7.

[52]张亘. 马拉美作品中的否定观. 巴黎：法国格鲁伯出版社，2008.

[53]张海龙. 哈罗德·布鲁姆的文学观. 上海：上海外语教育出版社，2012.

[54]郑文东. 文化符号域理论研究. 武汉：武汉大学出版社，2007.

[55]周启超. 现代斯拉夫文论导引. 郑州：河南大学出版社，2011.

[56]朱光潜. 西方美学史. 北京：人民文学出版社，1979.

外文文献

[1]Adams, Hazard, & Leroy Searle, eds. *Critical Theory Since Plato*. Beijing：Beijing University Press, 2006.

[2]Armistead, J. M. *The First English Novelists*. Knoxville：The University of Tennessee Press, 1985.

[3]Bloom, Harold. *The Anxiety of Influence：A Theory of Poetry*. 2d Edition. New York and Oxford：Oxford University Press, 1996.

[4]—. *The Western Canon：The Books and School of Ages*. New York：The Berkley Publishing Group, 1994.

[5]—et al. *Deconstruction and Criticism*. New York：Continuum, 1979.

[6]Cattaui, George. *Entretiens sur Paul Claudel*. Paris：Mouton, 1968.

[7]Derrida, Jacques. *Memoirs for Paul de Man*. New York：Columbia University Press：1989.

[8]De Man, Paul. *Allegories of Reading：Figural Language in Rousseau, Nietzsche, Rilke, and Proust*. New Haven and London：Yale University Press, 1979.

[9]—. *Blindness and Insight：Essays in the Rhetoric of Contemporary Criticism*. Minneapolis：University of Minnesota Press, 1983.

[10]Eagleton, Terry. *Literary Theory：An Introduction*. Minneapolis：University of Minnesota Press, 1983.

[11]Goodman, John, ed. *Diderot on Art Volume I：The Salon of 1765 and Notes on Painting*. New Haven：Yale University Press, 1995.

[12]Hartman, Geoffrey. *Wordsworth Poetry*, 1787-1814. New Haven and London：Yale University Press, 1964.

[13]"Trauma Within the Limits of Literature". *European Journal of English Studies*, 2003, 7(3)：257-274.

[14]Johnson, Samuel. *Lives of the Poets*. Oxford：Oxford University Press, 2009.

[15]Miller, J. Hillis. "The Critic as Host". *Critical Inquiry* 3.3(1977).

[16]Ousby, Ian, ed. *The Cambridge Guide to Literature in English*. Cambridge：Cambridge University Press, 1998.

[17] Puttfarken, Thomas. "Whose Public?" *The Burlington Magazine* 129 (1987): 397-399.

[18] Richardson, Samuel. *Clarissa*. William King & Adrian Bott, eds. Oxford: Basil Blackwell, 1929-1931.

[19] Stewart, Alan. *Philip Sidney: A Double Life*. London: Pimlico, 2001.

[20] Sidney, Philip. *A Defence of Poesie and Poems*. Ed. Henry Morley. 10 May 2014 ⟨http://www. Gutenberg. org/files/1962/1962-0. txt⟩.

[21] Watt. Ian. *The Rise of the Novel*. Berkeley: University of California Press, 1957.

[22] Fisher, Dominique D. "L'Hamlet de Mallarmé: Le personnage emblématique et la déchirure de l'espace." *The French Review* 62. 5 April(1989), printed in USA.

[23] Marchal, Bertrand. *Lecture de Mallarmé*. Paris : Librairie José Corti, 1985.

[24] Morrison, Donald, & Antoine Compagnon. *Que reste-t-il de la culture française? Le souci de la grandeur*. Paris: Denoël, 2008.

[25] Richard, J. P. *L'Univers imaginaire de Mallarmé*. Paris : Editions du Seuil, 1961.

[26] Sartre, Jean-Paul. *L'Idiot de la famille. Gustave Flaubert*, t. III. Paris: Gallimard, 1972.

[27] Todorov, Tzvetan. *La Littérature en péril*. Paris: Flammarion, 2006.

[28] Vibert, Bertrand. *Villiers de l'Isle-Adam et《 l'impossible théâtre 》du XIXᵉ siècle, la revue Romantisme*, vol. 28, 1998. 72-73.

[29] Mallarmé, Stéphane. *Oeuvres complètes*. Paris: Gallimard, 1945.